Dikaio.
Ich mach euch das Licht tot

Wenn sich auch die einzelnen Ereignisse im Kontext realer Geschehnisse hätten abspielen können, sind alle Dialoge, Beschreibungen und Handlungen erfunden.

Darüber hinaus ist jede Ähnlichkeit mit lebenden oder toten Personen sowie realen Geschehnissen, Orten und Namen rein zufällig und nicht beabsichtigt. Die Erwähnung real existierender Institutionen unterstützt lediglich die rein fiktionale Darstellung.

BENIAMIN LESSA

Dikaio.
Ich mach euch das Licht tot

Die Rache kommt zwischen sechs und acht

Bibliografische Information der Deutschen Nationalbibliothek:
Die Deutsche Nationalbibliothek verzeichnet diese Publikation in
der Deutschen Nationalbibliografie; detaillierte bibliografische Daten
sind im Internet über http://dnb.dnb.de abrufbar.

TWENTYSIX – Der Self-Publishing-Verlag
Eine Kooperation zwischen der Verlagsgruppe Random House und
BoD – Books on Demand

© 2018 Beniamin Lessa

Herstellung und Verlag:
BoD – Books on Demand, Norderstedt

ISBN: 978-3-7407-4628-5

Inhalt

Die Wohnung

»Wir haben kein Warmwasser.« Anja steckte den Kopf ins Schlafzimmer. Lukas lag noch im Bett. Es war Sonntag. Vor ein paar Jahren hatte er sich über Studien amüsiert, die belegten, dass die meisten deutschen Ehepaare vorwiegend samstags Sex hatten. Jetzt, mit fünfzig, war er auch nur am Samstag dran, und das auch nicht an jedem. Mit seinem mächtigen Ranzen, der einer halbierten Kugel glich, ließ sich kaum mehr eine Stellung umsetzen und so blieb es bei den Vorlieben seiner Frau.

Gestern, nachdem sie miteinander geschlafen hatten und Anja aus dem Bad gekommen war, meinte sie, das Wasser wäre nur lauwarm. Jetzt war es scheinbar kalt.

»Es stimmt etwas mit dem Heizkessel nicht. Guck mal nach«, sagte sie.

Er schaute auf sein Smartphone. Kurz nach neun. Eigentlich müsste der Wasserkessel nach dem Sonntagsprogramm seit einer Stunde heißes Wasser liefern. Bevor er aufstand, rief er noch seine E-Mails ab. Das Laden der Box dauerte deutlich länger als sonst. Erst jetzt fiel ihm auf, dass die WLAN-Leiste keine Verbindung anzeigte. Auch die Apple-Uhr hatte keine Internet-Connection. Vorsichtig stellte er sein rechtes Bein auf den Boden. Trotzdem durchfuhr ihn ein stechender Schmerz im Knie. Die OP hatte nur kurzfristig Besserung gebracht; seine mindestens vierzig Kilo Übergewicht drückten aufs Gelenk. Er müsste etwas dagegen tun, aber ihm fehlte der lange Atem. Die verschiedenen Pulvermischungen als Essensersatz konsumierte er höchstens zwei Wochen lang, danach machte er die wenigen Kilo Gewichtsverlust rasch wieder wett. Der Jo-Jo-Effekt war zu seinem täglichen Begleiter geworden. Sogar das Rauchen hatte er wieder angefangen, um der ausufernden Hüften Herr zu werden. Vor zwei Monaten hatte er sich ein E-Bike zugelegt, nutzte aber jeden Regentropfen als Vorwand, um die vier Kilometer zur Arbeit mit dem SUV zu fahren.

Das Tablet – neustes Modell – zeigte mehrere WiFi-Netze in der Umgebung an, aber nicht das eigene. Lukas ging zur Vorratskammer und öffnete dort den Deckel der Heizungssteuerung. Das Display war dunkel. Er drückte auf den Lichtschalter. Kein Licht. War die Birne kaputt? Er ging in den Flur. Auch hier kein Licht. In der Küche schauten ihn alle Geräte, die sonst alleine durch ihre Displays den Raum beleuchteten, dunkel an. Der Kühlschrank, der auf dem Panel den Inhalt auflistete; der Herd, der neben der Uhrzeit noch die Raumtemperatur einblendete; der Toaster, der durch ein rotes Lämpchen signalisierte, ob die Krümelschublade geleert werden muss; der Wasserspender, der verriet, wie alt das Wasser war; die Mikrowelle; die Spülmaschine, die Fritteuse, das Radio, der Fernseher – in der ganzen Küche kein Lebenszeichen. Jetzt bemerkte er, dass auch der ihn sonst so schnell wachrüttelnde Duft nicht durch die Wohnung wehte. Dabei hatte er gestern Abend selber das Sonntagsprogramm an der Kaffeemaschine angestellt.

Das gleiche Bild im Wohnzimmer. Die Stereoanlage, der Fernseher, der am Sontag um neun sonst ansprang, die zwei Laptops – nichts leuchtete. Im Arbeitszimmer, in dem sie üblicherweise auch bei runtergelassenen Rollläden oder nachts kein Licht brauchten, weil die unzähligen Dioden, Lämpchen und Sensoren von Routern, Modems, PCs und Telefonanlagen als Notbeleuchtung reichten, stolperte er gleich über die Hausschuhe. Es war stockdunkel.

»Bestimmt hat's die Sicherungen rausgehauen«, gab er mürrisch zu.

Seine Frau stand jetzt neben ihm und war, vorsichtig ausgedrückt, schlecht gelaunt. Dass sie kalt duschen musste, war schon schlimm genug. Jetzt fehlte ihr auch noch der Lieblingskaffee. Dabei hatten sie sich erst vor kurzem diese sündhaft teure Ingenieurskunst angeschafft. »Ich hab dir schon hundert Mal gesagt, deine unzähligen Geräte werden uns zum Verhängnis«, zischte sie in sein Ohr.

Lukas ging wieder in den Flur. Der Sicherungskasten war geschlossen. Er öffnete ihn. Alle Sicherungen zeigten mit ihren Nasen nach oben. Alles korrekt. Er schaute auf den Stromzähler. Der war ganz neu, die letzte Entwicklung. Sogar aus der Firma konnte er die Daten abfragen und überprüfen, wann wie viel Strom verbraucht wurde. Mit Erleichterung stellte er fest, dass wenigstens hier ein Zeichen der Zivilisation geblieben war. Um eine Sekunde später ins Grübeln zu kommen. Der Zähler lebte, also lag das Problem in der Wohnung. Er dachte weiter nach. Schon gestern Abend hatte sich Anja über das lauwarme Wasser beschwert. Hatte sie auch schon im Dunklen geduscht? Da fiel ihm ein, dass die Leuchte im Bad von Akkus gefüttert wird. Die Akkus wiederum laden sich durch Tageslicht und die Energie auf, die beim Laufen im Bad und über den Flur erzeugt wird. Erst vor drei Monaten hatte er mitsamt der Bodenheizung diese neueste Technologie einbauen lassen.

Er versuchte, das Protokoll des Zählers abzurufen, aber: Shit, ohne WLAN-Verbindung ging das nicht.

Lukas war ratlos und fragte sich nun, ob die anderen Bewohner im Haus Strom haben. Anja und er bewohnten die größte Erdgeschosswohnung im Vierfamilienhaus. Er wollte auf die Terrasse, um einen Blick auf die Fenster oben zu werfen, aber der elektrobetriebene Rollladen war noch unten. Die Kurbel hatten sie längst irgendwo verstaut. Er schloss die Wohnungstür auf. Kaum hatte er einen Schritt ins Treppenhaus gemacht, aktivierte der Bewegungsmelder die Beleuchtung. Das bedeutete: Nur in der Wohnung geht nichts.

Er trat zurück in den Flur und rief bei der Störungszentrale des Energieversorgers an. Dort teilte ihm der Herr von der Hotline mit: »Wir haben keine Störung. Auch der Smart-Zähler zeigt keine Fehler an. Das Problem muss bei Ihnen liegen.« Doch der Mitarbeiter versprach schließlich, einen Techniker vorbeizuschicken. Allerdings erst, nachdem Lukas mit dem Anwalt gedroht hatte.

Anja war in den Flur getreten und stand vor ihm. Sie schaute ihn mit einem ironischen Lächeln an. Das wäre das vierte Verfahren, das ihr Mann gleichzeitig führen würde. Sie sparte sich aber eine giftige Bemerkung, ihr Mund war noch voller Zahnpasta. In der Hand hielt sie eine Elektrozahnbürste. »Haben wir keine normale Zahnbürste mehr im Haus?«, nuschelte sie.

Gestern Abend hatte sie den letzten Schrei der Parodontose-Technik in die Ladeschale gesteckt, die nun aber keinen Saft mehr lieferte.

Lukas ignorierte ihre Frage. Die Antwort kannte sie selber. »Ich hole Brötchen beim Bäcker. Und bringe Kaffee mit«, sagte er nur.

Er überlegte kurz, mit dem Auto zu fahren, aber dafür müsste er den Elektroantrieb beim Garagentor abschalten. Die neue Vorrichtung verhinderte das gewaltsame Öffnen von außen. Blieb das E-Bike.

Erst auf dem Rückweg, der etwas bergauf verlief, sodass er immer schwerer atmete, warf er einen Blick auf die Akkuanzeige. Der Motor war keine Unterstützung mehr. Gestern vor dem Schlafengehen hatte er das E-Bike zwar noch an die Ladestation angedockt, aber vermutlich war auch dort wie überall in der Wohnung der Saft ausgefallen. Trotz kühler Temperaturen lief ihm der Schweiß in die Augen und den Rücken herunter. Er stieg ab und schob das Rad den Hügel hinauf, nahm einen Schluck vom Kaffee, ohne den faden Geschmack zu bemerken. Dieser Kaffee ließ sich geschmacklich natürlich nicht mit dem Kaffee aus seiner Hightech-Maschine vergleichen.

Anja hingegen bemerkte den Unterschied sofort. Sie nippte nur kurz am Becher und spuckte das Gebräu dann in die Spüle aus. »Ich fahre zu Siggi. Dort gibt's wenigstens einen gescheiten Kaffee«, entschied sie genervt.

Siggi, oder Siegfriede, war Anjas Mutter. Sie lebte alleine in einer Dreizimmerwohnung. Sie war in jedem Familienurlaub ihrer Tochter dabei, was Lukas nicht so ganz passte. Aber Siggi war seine Altersvorsorge, genauer: ihre Wohnung. Selber schafften sie es nicht, etwas Eigenes zu kaufen. Früher hatte er immer befürchtet, dass die Kreditraten fürs Haus keinen Spielraum für andere Sachen lassen würden. Und jetzt, wo er es sich eigentlich leisten könnte, waren die Immobilienpreise in die Höhe geschossen.

Lukas legte trotzdem kaum etwas auf die hohe Kante, kaufte nur das Beste vom Besten, teuren Wein – alles unter zwanzig Euro die Flasche war ein Gesöff für ihn – und griff nur zu Bioprodukten. Was ihn nach seiner Überzeugung berechtigte, bei den Wahlen mit gutem Gewissen einen Haken bei der Öko-Partei zu setzen.

Zum Glück parkte Anjas Auto draußen auf der Straße, was Lukas sonst Kopfschmerzen bereitete. Wochenlang hatte er sich mit der Versicherungsgesellschaft gestritten, um noch ein paar Euro Rabatt herauszuholen. Schließlich hatte er sein Ziel erreicht, allerdings im Kleingedruckten auch ein Häkchen übersehen: Das Auto musste nachts in der abgeschlossenen Garage untergebracht werden. Der zweite Garagenplatz war aber von seinem Motorrad blockiert, das er höchstens einmal im Jahr bewegte. Letzten Winter, um dem Krach mit Anja vorzubeugen, war er jeden Morgen zu ihrem MINI gelaufen und hatte ihn freigekratzt.

Als er die Wohnung betrat, hörte er sofort Anjas verärgerte Stimme aus dem hinteren Zimmer: »Ich kriege diesen scheiß Schrank nicht auf.«

Nachdem ihr Sohn ausgezogen war, hatten sie eines von seinen zwei Zimmern in eine Art Schuhkammer umgebaut. So musste Lukas nicht mehr kartonweise die Schuhe seiner Frau zu jeder Saison aus dem Keller in die Wohnung und wieder zurück verfrachten. Der riesige begehbare Schrank mit automatischen Türen bot Platz für hunderte Schuhe. Oder waren es mehr? Anja hatte eine Schwäche für schönes

Schuhwerk. Vor zwei Monaten hatte sie in München Stiefel entdeckt, von denen sie dann wochenlang träumte. Aber vierhundert Euro waren ihr doch zu viel. Und so trug sie ihrem Mann auf, täglich im Laden anzurufen. Denn die Verkäuferin hatte verraten, dass irgendwann die Schuhe heruntergesetzt würden. Als der Preis dann tatsächlich unter dreihundert Euro gefallen war, hatten sie sich auf den langen Weg in die bayrische Hauptstadt gemacht.

Jetzt ging der Schuhriese nicht auf. Nach mehreren Versuchen ertastete Lukas oben den Riegel für den manuellen Betrieb und öffnete so die Tür.

Der Techniker ließ weiter auf sich warten. In der Zwischenzeit versuchte Lukas den Rollladen aufzukriegen. Er marschierte ums Haus auf die Terrasse und schob von unten die von Morgenfrische nassen Streifen hoch. Nur einen schmalen Schlitz rang er dem sperrigen Rollladen ab. Er dachte sich, dass er mal nach der Kurbel suchten müsste.

Schließlich kam der Techniker doch noch. Nach einer halben Stunde mit Rumprobieren und Testen, Anhängen und Abhängen von Geräten und Sensoren an den Zähler hob er ratlos die Schultern. »Ich finde nichts. Der Strom kommt am Zähler an, wird aber nicht weitergeleitet. Wir können den Zähler tauschen. Ich glaube aber nicht, dass es etwas bringt«, verkündete er.

Lukas machte eine Grimasse. Mit einem neuen Zähler müsste er alle seine Apps und sonstigen Werkzeuge erneut konfigurieren. Na gut, das könnte er morgen in der Firma in Ruhe machen.

Das Knallen der Wohnungstüren im Haus, das mittlerweile erklang, bedeutete wohl, dass die Nachbarn nun auch ohne Strom waren. Ein kurzes Gespräch und viele wütende

Gesichter bewiesen die Vermutung. Der Techniker nahm das ganze Haus für den Zählerwechsel aus dem Netz. Als er endlich fertig war, gab er Lukas ein Zeichen. Und der drückte auf den Schalter im Flur. Nichts. Er probierte es noch einmal im Wohnzimmer. Kein Licht.

Der Techniker stand ratlos im Flur, sah Lukas an und kratzte sich am Kopf. Schließlich sagte er: »Ich muss jetzt weiter. In der Nordstadt spinnt eine Umspannstation. Falls keine weiteren Notrufe reinkommen, melde ich mich noch einmal. Wir können versuchen, den alten analogen Zähler zu installieren. Wobei …« Ihm gingen scheinbar die Ideen aus.

Lukas sah den Techniker gehen, die Tür fiel hinter ihm ins Schloss. Er stand allein im Flur und spürte einen Stich in der Brust. Er selbst wird den Tag ohne Strom schon irgendwie überstehen, aber seine Frau wird ihn mit großer Sicherheit zur Sau machen. Die teuren Lebensmittel, die sie erst gestern auf dem Markt gekauft hatten, könnten sie bei den Nachbarn in der Straße oder bei Anjas Mutter verstauen. Aber sonst? Wenn er nur an den Sonntagabend dachte … Ohne einen laufenden Fernseher hatte Anja noch nie einschlafen können. Ihr zuliebe hatte er vor kurzem ein 85-Zoll-Plasmagerät im Schlafzimmer einbauen lassen. Dafür hatte der alte Kleiderschrank einem neuen weichen müssen.

Ihr Sohn Samuel, genannt Sami, der ausgerechnet dieses Wochenende bei den Eltern verbrachte, aber zum Glück bei seiner Freundin übernachten wollte, wird auch nicht gerade glücklich sein, wenn er sein Lieblingseis bei der Oma abholen muss. Wobei ihm etwas mehr Bewegung sicher nicht schaden wird. Mit seinen zwanzig Jahren brachte er immerhin fast neunzig Kilo auf die Waage. Lukas ertappte sich letztlich bei dem Gedanken, dass sein Sohn noch stämmiger wird, wenn er das Rauchen aufgibt.

Sami studierte nicht weit vom Elternhaus und kam jedes Wochenende heim. Meistens holte Lukas ihn ab – nicht, dass sein Junge in stinkenden Zügen von irgendwelchen Mitfahrern angemacht wird. Da war doch die Fahrt in Papas SUV viel angenehmer.

Das Studium an der Privatschule für Mediendesign riss zwar kein Loch mehr in das Familienbudget, aber fraß immerhin einen gewissen Anteil vom Einkommen auf. Doch sie war als letzte Option, auf die sich alle hatten einigen können, geblieben. Denn der behütete Junge hatte mit Ach und Krach den Realschulabschluss geschafft (die Lehrer hatten halt zu viel verlangt) und nach sechs Monaten die Berufsschule (er kam mit den Dozenten nicht zurecht, auch wenn der Papa fast mit jedem von denen ein Privatgespräch geführt hatte) verlassen.

Lukas seufzte, er würde Sami heute Abend notgedrungen wieder zurückbringen. Hoffentlich floss bis dahin Strom, sonst müsste er doch das Garagentor auf manuellen Betrieb umstellen.

Plötzlich fiel ihm etwas ein und er hüpfte in die Waschküche. Die Waschmaschine, die gestern noch einmal mit Samis Klamotten vollgestopft worden war, stand still. Genau wie der Wäschetrockner, das energieverfressene Gerät. Die Wäsche war noch nass. Oje, haben wir überhaupt noch einen Wäscheständer, fragte er sich.

Lukas trottete zurück ins Wohnzimmer und ließ sich dort auf einen Sessel fallen. Er starrte ins Halbdunkel und hoffte, dass der Techniker früher als die Gattin oder der

Sohn auftauchen würde. Sonst wäre der Krach vorprogrammiert.

Er konnte sich nicht mehr daran erinnern, wann er die Linie überschritten hatte, ab der er fast ausschließlich das machte, was seine Frau wollte. Er würde gerne mal in den Urlaub fliegen, weit weg, nach Kanada oder Afrika, statt jedes Jahr – seit zwanzig Jahren – mit dem Auto nach Spanien zu fahren. Immer in denselben Ort. Nur weil Anja nicht fliegen wollte. Er würde gerne mal an seinem Geburtstag die Leute einladen, die er sehen wollte, musste aber Anjas ganze Verwandtschaft ertragen, nicht nur die Mutter, auch die Schwester samt Familie, ihre Freundinnen und Neffen. Aber wenigstens redete Anja nicht dazwischen, wenn er sich wieder einmal ein neues Spielzeug bestellte, sei es ein Smartphone, das er alle paar Monate wechselte, ein Tablet oder einen neuen MAC. Beim E-Bike war sie allerdings skeptisch. Die Garage und der Keller beherbergten schon ein Motorrad, ein Mofa und vier Räder. Außerdem kannte sie ihren Gatten gut: Die leichteste frische Brise nutzte er als Vorwand, um sich nicht in den Sattel schwingen zu müssen.

*

Stunden später. Nachdem Lukas Sami in das Studentenstädtchen zurückgefahren hatte, schaute er noch in der Firma vorbei, um seinen Laptop und das Smartphone aufzuladen. Er stempelte ein in voller Zuversicht, die paar Stunden, bis alle Geräte wieder eine volle Ladung anzeigten, rechtfertigen und sie sich entsprechend auszahlen lassen zu können. Im Büro konnte er sich außerdem vor den heftigsten Angriffen seiner Frau verstecken. Denn die Wohnung war selbst nach dem Austausch des modernen Smart-Zählers gegen einen analogen Zähler dunkel geblieben. »Als ob jemand mit dem Messer den Stromfluss abgeschnitten hat«, hatte der Techniker bemerkt. Eine Erklärung dafür hatte er nicht. Von draußen kam der Strom rein, floss in den Zähler und wurde dann irgendwie verschluckt. Am Ausgang war keine Spannung mehr.

Die Bank

Diese Stunde am frühen Morgen war ihm heilig. Herr Bräuner hievte sich Punkt sieben Uhr aus dem Bett, duschte, holte die Zeitung und setzte sich an den gedeckten Tisch. Seine Frau schlief noch, sie kam vor neun nicht aus den Federn. Ihre Haushälterin Verena hatte das Frühstück vorbereitet und war gegangen, noch bevor er von der oberen Etage runterkam. Keiner durfte ihn in dieser Stunde stören.

Er blätterte genüsslich in der Zeitung, blieb nur kurz an den Börsenkursen hängen. Als Bankchef konnte er auch ohne den Blick in die Presse sagen, wie die Aktien standen. Bräuner blieb an einem Bericht im Innenteil hängen. Es ging um seinen größten Konkurrenten, die Mitteldeutsche Bank, die plötzlich ins Wanken geraten war, nachdem die Amis ihre Hypothekengeschäfte angeprangert hatten. Gleichzeitig hatte die Bankenaufsicht Milliardengeschäfte mit russischen Oligarchen ausgegraben. Ausgerechnet mit den Russen, die auf der Sanktionsliste der EU standen.

Das wusste Bräuner aber alles schon. Seine Aufmerksamkeit erregte vielmehr der Vorschlag des Bundesministers, die Mitteldeutsche Bank zu verstaatlichen oder unter Aufsicht des Bankenrettungsfonds SoFFin zu stellen. Von SoFFin regiert zu werden war eigentlich das Einzige, wovor er und seine Kollegen aus der Finanzbranche sich fürchteten. Dann wäre es vorbei mit satten Gehältern und Boni. Wie es bei der Kommerzbank 2008 geschah: Im Gegenzug zu acht Milliarden Euro staatlicher Hilfe musste sich das Geldinstitut den ans Rettungspaket geknüpften Regeln unterwerfen: zwei Jahre keine Boni, eine Obergrenze für die jährlichen Festbezüge der Vorstandsmitglieder und des Vorstandssprechers. Andere Androhungen waren reine Politikmacherei, die festgelegten Spielregeln folgte. Im Fernsehen wetterten Politiker gegen Banker, ihre Freizeit verbrachten sie zusammen mit ihnen in Villen und auf Jachten. Die Banken hatten Erfolg mit ihrer Strategie. Kein Bankhaus durfte in die Pleite gehen, das würde schwere Folgen für die Wirtschaft haben und viele Arbeitsplätze kosten. Und wer hatte schon etwas gegen Arbeitsplätze?

Manchmal dachte Bräuner, dass seine Kollegen und er es tatsächlich übertrieben hatten mit ihren aggressiven Strategien und der Entlohnung. Aber nur kurz. Wenn er auch etwas ändern wollte, was könnte er schon alleine ausrichten? Die Politik müsste handeln. Aber die Banken haben die Politik in der Tasche. Offen durfte er so etwas natürlich nicht aussprechen. Auch gegenüber seinen Mitarbeitern nicht, die für ein durchschnittliches Gehalt das Tagesgeschäft erledigten und die Taschen der Vorstände, Aufsichtsräte und Aktionäre füllten. Erst gestern hatte Bräuner den Abteilungsleitern zwei Briefe zitiert, um ihnen ins Gewissen zu reden. Fürs Protokoll. Nicht, damit sie seine Forderungen umsetzten. In einem Brief beschwerte sich ein Kunde über achtzig Euro Gebühren, die ihm nach Rückzahlung des Hauskredits für einen Grundbuchauszug berechnet worden waren. Okay, das war eigentlich nicht erlaubt, aber übliche Praxis. Die meisten Leute merkten gar nicht, dass von ihrem Konto Geld abgebucht wurde. Und achtzig Euro waren für die Bank viel Kohle, wenn man den Betrag mal tausend oder zehntausend multiplizierte.

Ein anderer Kunde beschwerte sich über eine falsche Beratung. Er hatte daraufhin Aktien gekauft und war leer ausgegangen. Solche Beschwerden nahm der Banker kaum mehr ernst. Seitdem der Kunde laut neuem Gesetz seine Unterschrift unter das Beratungsprotokoll setzen musste, war die Bank auf der sicheren Seite.

Auch die Abteilungsleiter wussten, dass ihr Chef nur pro forma diese zwei Themen ansprach. Für die nächste Prüfung waren solche Protokolle Gold wert.

Nur im äußersten Notfall durfte Bräuner in seiner heiligen Stunde gestört werden. Überhaupt liebte er es nicht, zu Hause gestört zu werden, was deshalb auch nicht geschah. Er war zwar als Vorstand für den technischen Bereich zuständig und als Krisenbeauftragter für alle außerordentlichen Situationen, aber nur einmal in all diesen Jahren war er nachts aus dem Bett geholt worden, als im Keller der Bankzentrale Feuer ausgebrochen war. Und das auch nur, weil sein Name ganz oben auf der Liste der Feuerwehr stand. Was hätte er dort eigentlich machen können? Der Feuerwehr Anweisungen geben?

Doch nun klingelte sein Geschäftshandy. Er reagierte zunächst nicht. »Verpasster Anruf von Walter« stand auf dem Display. Walter war der Leiter des technischen Dienstes. Er war über zwanzig Jahre bei der Bank, kannte sich mit jeder Kleinigkeit aus. Wenn der sich um diese Stunde meldete, war es sicher besonders wichtig, befand Bräuner schließlich und rief zurück. Der Techniker nahm sofort ab. Bräuner hörte nur zu. »Ich bin in dreißig Minuten da«, sagte er dann, obwohl er nicht wusste, was seine Anwesenheit bringen sollte. Walter hatte schon alle Schritte eingeleitet. Vielleicht kann ich den Bürgermeister anrufen, dachte er nach ein paar weiteren Sekunden. Dann sind wir wenigsten zwei, die danebenstehen und nichts ausrichten können.

Bräuner schaute auf die Uhr. Zehn vor acht. Bald werden die ersten Kunden ins Gebäude stürmen, um vor dem Heimatfest, dem größten Ereignis in der Stadt, noch ihre Angelegenheiten zu regeln. Die Bank versuchte zwar, so viel Geschäft wie möglich auf die Online-Plattform auszulagern, trotzdem zogen die meisten Leute den Gang zum Schalter dem Internet vor.

Insgeheim hoffte er, dass der Fall bis zu seiner Ankunft gelöst war. Auch wenn dieser nicht so einfach war, wie der technische Chef es vermutet hatte. Zunächst hatte wohl die Putzfrau Alarm geschlagen. Sie war frühmorgens nicht in den Vorraum reingekommen. Dieser Raum, wo die Geld- und Überweisungsautomaten standen, war die einzige Ausnahme – seit Langem kam die Putzkolonne nur abends und durfte nie ohne Aufsicht im Gebäude bleiben. Nur hier wurde auch morgens geputzt, falls nachts jemand den Raum verunreinigt hatte.

Das elektronische Schloss hatte sich nicht öffnen lassen. Das ganze Gebäude war dunkel. Die Reinigungsfrau hatte ihren Vorgesetzten angerufen, der wiederum die Rufbereitschaft, die wiederum den Elektriker und den Chef. Als Nächster war der Geschäftsführer vom Versorgungsunternehmen aus dem Bett geholt worden. Nur um festzustellen: Der Strom wird ans Haus geliefert, kommt aber am Ziel nicht an.

Draußen sammelten sich bereits die ersten Kunden und schauten ungeduldig auf die verschlossene Tür. Vor dem Heimatfest hatte die Bank die üblichen Geschäftszeiten geändert und die Öffnungszeit von halb neun auf acht verlegt. Noch standen nicht viele Leute an der frischen Luft, doch bald würde sich das ändern.

Bräuner war eingetroffen und gab seiner Sekretärin ein Zeichen. Sie lief zum nächsten Copyshop, kam bald zurück und klebte ein A4-Blatt an die Tür: »Aus technischen Gründen bleibt die Bank heute geschlossen.«

Bräuner hoffte, dass wenigstens morgen der Zettel wegkommt. Sicher war er sich allerdings nicht. Er drehte sich zum Sicherheitschef Bayer um, der wie andere Angestellte über den Notausgang hereinkam und sich nun im Foyer umschaute.

»Was haben Sie eigentlich mit dieser Mail gemacht, die ich Ihnen letzte Woche weitergeleitet habe?«, fragte Bräuner.

Bayer sah ihn an. »Meinen Sie diese seltsame Nachricht mit den Gehältern?«

»Ja, die meine ich. Haben Sie die noch?« Plötzlich fiel Bräuner etwas ein und er winkte den IT-Leiter zu sich. »Was ist eigentlich mit unseren Servern?«

»Die sind an die USV angeschlossen. Da wir aber seit Stunden keinen Strom mehr haben, müssen wir demnächst alle runterfahren. Nur der Hauptrechner, auf dem auch das Online-Geschäft läuft, ist ausgelagert. Der läuft weiter«, erklärte der IT-Leiter geflissentlich.

Bräuner wandte sich wieder an den Sicherheitsmann.

Der hob nun die Schultern. »Ich schaue mal nach. Ich kann es nicht genau sagen, aber normalerweise lege ich solche Sachen in Papierform ab.«

Mittlerweile waren auch andere Vorstandsmitglieder eingetroffen. Bräuner wollte nicht, dass sie von der Existenz dieser merkwürdigen Nachricht Wind bekamen, solange nicht geklärt war, ob man diese überhaupt ernst nehmen konnte. Er gab Bayer ein Zeichen und sagte: »Ich komme mit.«

Bräuner war es gewohnt, durch leere Räume und Flure zu flanieren, da er oft abends bis in die Nacht noch über den Unterlagen hing und dann außer ihm keine Menschenseele im riesigen Gebäude anwesend war. Heute wirkte diese Leere jedoch anders, sogar die Luft schien mit Unruhe vollgesogen zu sein. Oder lag es an der spärlichen Notbeleuchtung?

Die Rollläden im Büro waren unten und konnten nur mit dem elektrischen Schalter hochgeschoben werden. Bayer leuchtete mit seinem Smartphone auf das Schloss, öffnete den Aktenschrank und holte einen rot beschrifteten Ordner heraus. Er bemerkte den fragenden Blick Bräuners. »Im Tresor liegen nur wirklich wichtige Stücke. Das hier …«, erklärte er, blätterte ein paar Dutzend Seiten um und holte ein Blatt heraus, nur ein Blatt. Es war nicht vollständig bedruckt. Bräuner schaute auf den Absender: *Recht&Rache*. Der Domain-Name stand nicht drauf. Bayer verstand ohne Worte, wonach der Chef suchte. »Das ist eine gefakte Adresse. Um herauszufinden, vom welchem E-Mail-Account die Nachricht geschickt wurde, müssten wir an das Original herankommen. Aber …« Er zeigte auf den Monitor auf seinem Tisch, der sie mit dunkler Oberfläche anschaute.

Bräuner wählte die Nummer des Technischen Leiters. »Ich brauche eine Taschenlampe«, verlangte er.

Fünf Minuten später saß er in seinem bequemen Leder

sessel und las die E-Mail erneut durch. Eigentlich nichts Besonderes. Was hier stand, publizierten seit der Wirtschaftskrise 2008 fast jeden Tag die meisten Zeitungen, wo die Leser ihren Unmut über die Milliarden staatlicher Gelder äußerten, mit denen die Pleitebanken aus dem Schlamassel gezogen wurden. Auch seine Bank hatte damals von Steuergeldern profitiert.

Die letzten drei Zeilen waren aber sehr konkret. Der Absender rechnete genau nach, wie hoch die Boni-Zahlungen und Gehälter aller Vorstände und Aufsichtsräte in den letzten zehn Jahren ausgefallen waren. Theoretisch war das nicht unmöglich, denn die Jahresberichte waren ja alle wie üblich veröffentlicht worden. Aber es gehörten schon etwas Fachwissen und Nachforschung dazu, um an die richtigen Zahlen zu kommen. Sogar bei ihm rief die Summe Staunen hervor. Aber wenn er bedachte, dass es um zehn Jahre ging, könnte die Zahl sogar stimmen.

Eine Zahl stand auch in der letzten Zeile. Genauer, ein Datum. Der Verfasser forderte die Banker auf, ganz höflich, achtzig Prozent der erhaltenen Zahlungen an wasserfördernde Projekte in Afrika zu überweisen, das öffentlich zu machen und die Kollegen aus anderen Geldinstituten aufzufordern, ihrem Beispiel zu folgen. Bis zum 29. August. Das war gestern gewesen.

Das Stadion

Mathias Gruber hielt seinen Chip an das Lesegerät an der Eingangstür. Das bekannte Piepsen blieb aus. Er rüttelte an der Tür. Zu. Er hielt den Chip noch einmal hin, jetzt etwas länger. Nichts. Er zog den Generalschlüssel aus seiner Manteltasche und entsperrte den Notausgang. Ich muss die Techniker anrufen, dachte er, der spärlichen LED-Beleuchtung in Richtung Umkleide folgend. Aber zuerst würde er, wie immer, seinen obligatorischen Rundgang durchs Stadion machen. Nicht, dass er abergläubisch war, aber die gemütliche Runde durch die riesige Anlage beruhigte ihn und half ihm, sich zu konzentrieren sowie die kleinen Details im Augen zu behalten. Denn bei Champions-League-Spielen gab es keine unwichtigen Sachen. Heute war das erste Spiel der neuen Saison. Der erste Spieltag war etwas Besonderes, auch für ihn, den Stadionmanager.

Er war eigentlich kein Fan vom *FV Beuren*. Aber nachdem er sechs Monate ohne Beschäftigung war, hatte er beim Vorstellungsgespräch angegeben, er wäre leidenschaftlicher Anhänger einer der umstrittensten Mannschaften der Bundesrepublik. Das war die wichtigste Voraussetzung für den neuen Job, erst danach kamen seine organisatorischen Fä-

higkeiten. Zu seiner Überraschung fieberte er fünf Jahre
später genauso mit dem Team wie jeder eingefleischte Fan.

Die Beleuchtung in der Gästeumkleide sprang sofort an.
Erst letztes Jahr hatte die Vereinsleitung seinem Plan zugestimmt, im Stadion Bewegungsmelder und Akku-LEDs,
die nachts aufgeladen werden, zu installieren. Mit der Zeit
sollte die Investition eine spürbare Entlastung für das Ener-
giebudget bringen.

Mathias schaute kurz in die Duschkabinen. Alles sauber, Handtücher türmten sich auf den Ablagen neben den
Tuben mit Shampoo und Gel. Auch in den Toiletten alles
picobello. Er warf schon die Tür zu, als ein beißender Geruch seine Nase erreichte. Hatte jemand das Klo benutzt,
ohne die Spülung zu drücken? Er schaute in jede Kabine
hinein. Da war nichts. Der Geruch kam aus Richtung des
Pissoires. Sekunden später entdeckte er die gelbliche Flüssigkeit in einem der Urinale. Die neuen Schüsseln hatten
keinen Druckknopf, der Bewegungsmelder regelte den
Wasserfluss. Obwohl Mathias sich mehrmals hin- und
herbewegte, tat sich nichts.

Er holte sein Notizheft heraus und vermerkte das Problem. Plötzlich fiel ihm etwas ein. Er ging zum anderen Uri-
nal und erleichterte sich. Nichts passierte, kein Wasser floss.

Mathias entschied, den Rundgang später fortzusetzen,
und ging direkt ins Büro. Sein Arbeitstisch badete im Son-
nenlicht. Er zog die Jalousie herunter und schaltete den
Computer ein. Das Startsummen blieb aus. Er runzelte
die Stirn, drückte nochmals auf den Powerknopf. Kein Lebenszeichen. Mathias überprüfte das Netzkabel – vielleicht
war die Putzfrau zu eifrig gewesen. Aber auch das brachte
nichts. Er schlug mit der rechten Hand auf den Schalter

der Tischlampe. Nichts. Er ging zur Tür und drückte den Wandschalter. Nichts. Auch im Besprechungsraum funktionierte die Beleuchtung nicht.

Wenn der PC starten würde, könnte er im Überwachungsprogramm überprüfen, ob eine Störung vorlag. So blieb ihm nichts anderes übrig, als den Leiter des technischen Dienstes zu alarmieren.

Während er auf Herrn Schramm wartete, setzte er seinen Rundgang fort. Er lief durch die VIP-Loge – alles sauber und aufgeräumt. Mathias holte sich aus dem Getränkeschrank eine Flasche Wasser. Erst beim zweiten Schluck merkte er, wie lauwarm das Getränk war. Er öffnete den Schrank wieder. Alle Flaschen waren warm. Auch hier kein Strom. Das Restaurant empfing ihn mit einem schwülen Gemisch aus Gebratenem und Saurem. Mathias fluchte, schon wieder! Dabei war längst vereinbart, dass die Lüftung in der Küche auch nachts an blieb. Doch bevor er auf den Knopf der Lüftungsanlage drückte, wusste er, dass sie nicht anspringen würde. Er spürte ein drückendes Gefühl auf seiner Brust. Wenn doch Herr Schramm schneller da wäre!

Sein Smartphone vibrierte. Eine Nachricht vom Technischen Leiter. Er versuchte von zu Hause aus per Fernwartung das Überwachungstool aufzurufen, kam so aber nicht weiter. Und das hieß: kein Strom in der ganzen Anlage. Herr Schramm rief bei den Technischen Werken der Stadt an und machte sich dann auf den Weg ins Stadion.

Mathias steckte sein Smartphone wieder in die Hosentasche, doch dann zog er es noch einmal hervor. Vor einer Woche hatte er eine merkwürdige E-Mail bekommen, die er gleich aus dem Postfach gelöscht hatte. Seine Mailbox war ständig voll mit beleidigenden Nachrichten, in denen die Absender ihren Unmut über das Team oder einige Spieler äußerten. Dass er nicht der richtige Ansprechpartner war, juckte niemanden, Hauptsache, sie konnten Dampf ablassen. Diese Mail war allerdings seltsam. Jetzt suchte er auf seinem Handy danach, wobei er wusste, dass diese Suche fast aussichtslos war. Der Synchronisationsmechanismus tilgte die Nachrichten auf allen Geräten.

Er setzte sich mit der lauwarmen Wasserflasche auf eine Bank im Stadion, nahm noch einen Schluck und versuchte die Nachricht in seinem Gedächtnis wiederherzustellen. Schon in der Schule hatte er von seinem einzigartigen Gedächtnis profitiert. Es hatte ihm gereicht, sich an die Stelle im Buch zu erinnern – oben rechts oder in der Mitte oder links unten, wo die Formel, die Geschichte, das Gedicht anfingen, und schon hatte er das ganze Puzzle zusammen. So auch jetzt. Er versuchte sich an die Absenderadresse zu erinnern. Es war irgendetwas mit »Recht« oder »gerecht« gewesen, in jedem Fall keine persönliche Adresse. Er stellte sich vor, wie er die Nachricht öffnet, im Voll- oder Teilbildmodus, auf dem linken oder rechten Bildschirm. Irgendetwas an der Darstellung war auffallend gewesen. Die Waage! Sie war als Symbol am Anfang und am Ende der Mail eingefügt.

Mathias kniff die Augen zu, bis sie schmerzten, und rief das Bild auf. Zeile für Zeile las er in seinem Gedächtnis. Er war sich nicht sicher, ob der Wortlaut stimmte, was den Sinn betraf, hatte er aber kaum Zweifel.

Fußball ist kein Sport mehr. Nur Geschäft, in dem aber nicht die üblichen Geschäftsregeln gelten. Die Spieler verdienen Unsummen, Millionen. Die kleinen Vereine werden von den Großclubs ausgebeutet. Für Spieler werden Gelder bezahlt, die alleine dafür reichen würden, die Dritte Welt mit sauberem Wasser zu versorgen.

Die Fußballfans sind so verdummt worden, dass sie Hunderte von Euros für Tickets, Schals, Trikots ausgeben. Oft geben sie, wie die jungen, von Arbeitslosigkeit gebeutelten Spanier, ihr letztes Geld dafür aus.

Auch der FV Beuren mischt ganz oben mit. Lässt die Konkurrenz ausbluten. Dabei stammt das Geld nicht immer aus legalen Quellen.

Jetzt wusste Mathias auch, wieso der Brief an ihn, der mit der Spielerpolitik eigentlich nichts zu tun hatte, gerichtet war.

Der Club sollte ein Zeichen setzen, alle Sünden der Vergangenheit zugeben, die Spielergehälter senken, wenn es auch das Ausscheiden aus großen Wettbewerben bedeuten wird. Sollte bis zum ersten Spieltag in der Champions-League nichts passieren, wird dieses Spiel nicht stattfinden. Aus Sicherheitsgründen, um die Zuschauer nicht zu gefährden, sollte das Spiel rechtzeitig abgesagt werden.

Heute war dieser Tag. Mathias, der die Nachricht damals für Schwachsinn gehalten hatte, wurde nachdenklich, als er wieder an den warmen Kühlschrank dachte. Oder an den Chip an der Eingangstür, der nicht mehr reagierte. Der beißende Geruch aus der Umkleide kehrte wieder in sein Gehirn zurück. War das eingetreten, was der Gerecht-Absender angedroht hatte? Mathias kam kurz der Gedanke, den IT-Chef anzurufen, damit der seine Mails aus der letzten Woche zurücksicherte. Ohne Strom war aber auch der IT-Boss hilflos. Blieb also nur, auf den Technischen Leiter zu warten.

Der erschien auch bald. Er kam direkt aus der Technik-zentrale. Der Kesselraum, der Serverraum, die Elektrosteu-erung – alles dunkel, alles außer Betrieb. »Was ich nicht verstehe«, Herr Schramm sprudelte los, ohne Mathias zu begrüßen, »wieso das Notstromaggregat nicht eingesprun-gen ist.«

Das Stadion war technisch wie ein modernes Kran-kenhaus ausgestattet. Die wichtigsten Bereiche waren an zwei Stromkreise angeschlossen. Sollte der erste ausfallen, speiste der zweite Saft aus der Notversorgung in die Leitun-gen. Es wäre schwer zu verantworten, wenn während eines Abendspiels die Masten kein Licht mehr spendeten. Panik und Chaos wären die Folge.

Zwei Minuten später war der Einsatzleiter der städtischen Elektrowerke zur Stelle. Beide Techniker verschwanden so-fort in den Katakomben. Mathias rief ihnen nach: »Geben Sie mir spätestens in dreißig Minuten Bescheid. Ich muss den Vorstand informieren.«

Bald würden die ersten Fernsehteams eintreffen. Sie ka-men immer viel zu früh für Mathias. Aber jeder musste selber wissen, wie er seinen Job erledigt.

Er versuchte, nicht an die großen Stadionkatastrophen zu denken. Das machte er unbewusst in heiklen Situatio-nen. Doch dann hatte er Brüssel vor Augen, wo neunund-dreißig Menschen starben und mehrere Hunderte verletzt wurden. Oder England – dort wurden fast hundert Fans an die Begrenzungszäune gequetscht. Das schlimmste Unglück geschah im Moskauer Luschniki mit über drei-hundertfünfzig Toten. In seinen ersten Dienstmonaten war er oft schweißgebadet aufgewacht, nachdem er davon geträumt hatte, dass in seinem Stadion ein Desaster passierte. Mit der Zeit und der gewonnenen Routine ließen die Alpträume nach.

Mathias war tief in seine Gedanken versunken. Zurück in seinem Büro merkte er nicht sofort, dass die Tischlampe leuchtete. Er atmete aus. Alleine die Vorstellung, das unangenehme Gespräch mit dem Vorstandsvorsitzenden führen zu müssen, zerrte an seinen Nerven. Herr Briel, ein ehemaliger Spieler, war nicht besonders beliebt, aber er stellte den Verein zufrieden, indem er beträchtliche Sponsoren- und TV-Verträge aushandelte. Über den mehrfachen Millionär tuschelte man, er nähme aus den Hotels sogar die Badeschuhe mit und ließe sich gerne auf Kosten anderer bewirten.

Mathias rief seine Checkliste auf und ging sie Punkt für Punkt durch. Mittlerweile waren auch seine Mitarbeiter eingetroffen. Alles schien reibungslos zu funktionieren, die Polizei war auch schon vor Ort. Es war kein brisantes Spiel, dem Gegner aus der Ukraine folgten nur ein paar Hundert Anhänger. Schlimmer wäre es, wenn die Engländer zu Gast sind. Oder die Russen. Dann strömten Tausende in Deutschland lebende russische Fans in die Arena und sorgten für eine aufgeheizte Stimmung. Vielleicht würde er heute sogar dem Spielgeschehen folgen können, was bei vielen anderen Spielen unmöglich war. Dann wäre auch die VIP-Loge anders besetzt und alleine die anspruchsvollen Gäste hielten ihn schon gut auf Trab.

Es blieben noch anderthalb Stunden bis Spielbeginn. Der kleine Fluss aus ersten Zuschauern sickerte auf die Tribünen. Bald würde er immer mächtiger und breiter. Mit dem ersten Pfiff würden die VIP-Gäste ihre bequemen Plätze einnehmen. Mathias mochte diese einzigartige Spezies nicht, aber sie sicherten dem Verein neben den Sponsoren ein sorgloses Leben und, letztendlich, ihm seinen Arbeitsplatz.

Als die Masten flackerten, merkte es keiner, so kurz war der Augenblick. Mathias begriff aber sofort, was passiert war. Die Notstromversorgung war angesprungen. Das hieß: Stromunterbrechung. Er rannte Richtung Technikzentrale, als sein Mobiltelefon klingelte.

Herr Schramm war dran. »Ich kann es mir nicht erklären. Seitens der Stadt gibt es keine Unterbrechung. Aber bei uns kommt der Strom nicht an. Ich habe nach dem ersten Ausfall noch eine Zisterne Diesel für die Notstromaggregate bestellt. Die ist auch schon da. Aber …«

Mathias wusste, was das »aber« bedeutete. Der Notstrom hielt die wichtigsten Bereiche am Leben, der Rest – Toiletten, Restaurants, Lüftung, Büros, Kommentatoren-Kabinen – war abgeschnitten.

Kaum hatte Mathias aufgelegt, da klingelte es wieder. Herr Briel. Ohne abzuwarten, dass der Boss ihn in seiner üblichen Manier anbellte, berichtete Mathias in kurzen Sätzen über die Geschehnisse am heutigen Tag. Auch vom Ausfall am späten Nachmittag. Nur die merkwürdige Mail verschwieg er.

Es folgte eine Pause. Mathias stellte sich vor, was durch Briels Hirn rauschte: die entgangenen Einnahmen, Schadensersatzansprüche von Werbepartnern, Streitereien mit dem Bezahlfernsehen. Dazu der Spott von allen Seiten: Ein Verein mit Ansprüchen auf Weltherrschaft sagt ein Spiel ab. Wegen Stromausfall!

Wider Erwarten blieb der Boss ruhig. »Sie haben zehn Minuten, dann muss die Lage geklärt sein«, sagte er nur.

Zehn Minuten waren viel Zeit, wenn man bedachte, wie viele Leute in diesen sechshundert Sekunden noch ins Stadion kommen würden. Und verdammt wenig, um den Fehler zu finden.

In den Katakomben traf er auf den Einsatzleiter der städtischen Hilfswerke. Auch die Feuerwehr war vor Ort. Keiner hatte eine Erklärung für den Ausfall. Als ob der Strom in der Erde verschwinden würde. Es blieb keine Zeit, um die kilometerlangen Leitungen zu überprüfen, wobei jedem klar war, dass die Ursache nicht dort zu suchen war. Auch die elektronischen Überwachungssysteme zeigten keine Fehler an, abgesehen davon, dass kein Strom floss.

Als ein Tropfen seine Nase traf, bemerkte Mathias, dass kalte Schweißperlen seine Stirn bedeckten. Er holte das Telefon heraus und wählte die Nummer Briels. »Wir finden nichts. Die Feuerwehr und die Stadt sind auch da. Keiner kann erklären, was los ist«, berichtete er.

Obwohl er das Handy nicht dicht am Ohr hielt, spürte er, wie Briels Wutschreie sein Trommelfell kitzelten.

Da nahm ihm der Feuerwehrleiter das Telefon aus der Hand, als ob er wüsste, was gerade am anderen Ende der Leitung passierte. »Herr Briel, wir müssen das Stadion evakuieren. Ich gebe meinen Leuten und der Polizei Bescheid. Die Polizei wird einen Krisenstab einberufen«, sagte er entschieden. Und ohne eine Antwort abzuwarten, wandte er sich an Mathias: »Herr Gruber, funktioniert die Durchsage noch?«

Vor kurzem war die Anlage auf Drängen von Mathias an die lokale Notstromversorgung angeschlossen worden. Die Notstromversorgung war nur eine kleine Kiste mit dem kurzen Namen USV, was »Unterbrechungsstromversorgung« bedeutete. Eine kleine Kiste, die jetzt Leben retten könnte.

Es dauerte ewig, bis sich die Zuschauer auf den Tribünen in Bewegung setzten. Zum Glück. Trotz der Durchsagen in der S-Bahn, in den Parkhäusern und auf dem Weg ins Stadion kamen die Fans weiter herbeigeströmt. Wer oft im Fernsehen sieht, wie Menschen reingelegt werden, vermutet zuerst einen Scherz. So ging es vielen. Wären den Ankommenden Tausende aus dem Stadion entgegengekommen, hätten sie wohl viel mehr als nur ein paar Blessuren und blaue Flecke gezählt.

Es war schon weit nach Mitternacht, als Mathias in sein Auto stieg. Sobald das Stadion leer gewesen war, lief der Strom wieder. Jemand spielte hier eindeutig Katze und Maus mit ihnen. Aber wer? In der ganzen Aufregung hatte er die Droh-Mail komplett vergessen. Gerade wollte er losfahren, da meldete sich sein Handy, das auf dem Beifahrersitz lag. Und als auf dem Handydisplay zwei Zeilen aufleuchteten, erinnerte er sich wieder an die Mail. Dort stand: »Ich habe Sie gewarnt. Denkt an Samstag.«

Die Nachricht war kurz und eindeutig. Samstag war der nächste Spieltag der Bundesliga. Die Begegnung wird am Nachmittag stattfinden, trotzdem war ohne Strom kein Betrieb möglich.

Da kam ihm ein Gedanke. Eigentlich sollte er dem verrückten Unbekannten dankbar sein. Wenn er den Strom eine halbe Stunde später abgeschnitten hätte, was dann? Dann wären viel mehr Leute im Stadion und Tausend wären auf dem Weg zur Pharmagold-Arena gewesen. Auch die

VIPs wären schon da gewesen. Das hätte unausweichlich in ein schreckliches Chaos geführt.

Bis Samstag waren es drei Tage. Die Zeit, als er nachts aus seinen Alpträumen aufschreckte, war zurückgekehrt.

Der Flughafen

Daniel mochte diesen Flughafen nicht. Er fühlte sich hier erdrückt und eingesperrt. Vielleicht war's nur eine Einbildung, nur eine entsetzliche Erinnerung, die sich in seinem Gedächtnis eingenistet hatte. Damals, 2004, als er zum ersten Mal auf Kreta war, war der Airport in Heraklion für Olympia umgebaut worden, bei laufendem Betrieb, was zu größtem Chaos geführt hatte. Zu allem Überfluss hatte ihn die Reiseleitung mit Frau und kleinem Kind zum falschen Check-in-Schalter geschickt. Das stellte sich aber erst später heraus, als sie schon in der Schlange angestanden hatten und dem Personal die Papiere reichten.

»Ihr Flug wird am Schalter zehn abgefertigt, am anderen Ende der Halle. Dieser Flieger geht zwar auch nach München, aber das ist eine andere Gesellschaft«, wurde ihnen mitgeteilt.

Die Monitore an den provisorischen Schaltern hatten nur das Ziel geliefert: München. Keine Flugnummer, keine Fluggesellschaft standen dort.

Wäre Daniel ohne Kind und Frau und ohne Gepäck gewesen, hätte er sich vielleicht mit Ach und Krach rechtzeitig zum zehnten Schalter durchschlagen können. Schließlich, nachdem er sein Gewissen in die hinterste Ecke gestopft hatte und losgezogen war, ohne Rücksicht auf Verluste gegen fremde Beine, Füße und Koffer getreten hatte, gelang es ihm, den Kofferwagen zum gewünschten Schalter durchzuboxen. Sie hatten es gerade noch geschafft. An der Sicherheitskontrolle dann die nächste Hürde: Tausende von Passagieren versuchten sich in den schmalen Durchgang zu drücken. Daniel hatte mittlerweile sein Gewissen aus der hintersten Ecke wieder herausgeholt, um es ganz auszuschalten, sich seinen Sohn auf die Schulter gesetzt und die Ellenbogen ausgefahren. Wären sie eine Minute später zum Boarding erschienen, hätten sie sich um einen Ersatzflug kümmern müssen.

Seine Frau und er mochten Kreta und kamen jeden Sommer auf die Insel. Das waren zwei Wochen wie auf einem anderen Planeten. Die Luft, das Meer, die Menschen, die Sonne – alles war anders und ein Genuss pur. Nur am Tag vor der Abreise wurde Daniel regelmäßig unruhiger und brach zum Flughafen lieber ein paar Stunden früher auf.

So auch dieses Mal. Sie waren viel zu früh da. Trotzdem waren sie nicht die ersten am Check-in-Schalter. Daniel war etwas nervös geworden, als ein stark übergewichtiger Mann in der Schlange vor ihnen gefühlte fünf Minuten sein Flugticket suchte. Als der Riese seinen Koffer auf das Band hievte, atmete er ganz schön vor Anstrengung. Sein nassgeschwitztes Hemd klebte am Rücken. Wahrscheinlich kamen unter den mindestens einhundertfünfzig Kilo keine zwei Kilo Muskeln zusammen. »Hoffentlich kriegen wir keinen Platz neben ihm«, flüsterte Elena ihrem Mann zu.

Nach dem Einchecken flanierten sie noch gemütlich durch den Duty-free-Laden, bevor sie sich in einer Ecke niederließen.

Daniel kannte sich zu gut: Die innere Unruhe, die ihn seit gestern Nachmittag trieb, würde nicht verschwinden, bis er im Flieger saß. Alle seine Sinne waren hochgefahren und nahmen wie hochempfindliche Antennen Stimmungen und Bewegungen wahr. Deshalb merkte er auch sofort, dass irgendetwas nicht stimmte. Da war dieses kurze Aufflackern, das er in den letzten Jahren mehrmals in seiner Firma erlebt hatte. Seitdem der Energiemarkt liberalisiert worden war und die Energieversorger mehr mit Kundenfang als mit der Instandhaltung von Leitungen und sonstiger Infrastruktur beschäftigt waren, kam es in seinem Forschungsinstitut oft zu Stromausfällen. Dieses kurze Aufflackern, bevor die Notstromaggregate die Versorgung übernahmen, war ihm somit vertraut.

Er war in einen Zeitungsbericht auf dem Smartphone vertieft. Das nur einen Augenblick dauernde Aufflackern entging ihm trotzdem nicht. Es musste nicht unbedingt etwas Großes sein. Er schaute sich um. Viele Fluggäste starrten auf ihre Handys, andere standen Schlange für das Boarding, Kinder sorgten für den üblichen Lärmpegel. Im Grunde wirkte alles normal und doch war etwas anders. Er wischte sich über die Stirn, er schwitzte. Waren das seine Sorgen, die ihm die Schweißperlen auf die Stirn trieben? Dann begriff er: Die Klimaanlage lieferte keine kühle Luft mehr. Ihm war sofort klar, was das bedeutete. Auch in seinem Institut übernahm die Notstromversorgung nur die wichtigsten Bereiche. Die Kühlung gehörte nicht dazu.

Daniel versuchte, sich wieder auf den Bericht auf seinem Smartphone zu konzentrieren. Was ihn noch vor einer halben Stunde gefesselt hatte – es ging um den Ausschluss eines ganzen Landes von den Olympischen Spielen wegen massenhaften und vom Staat unterstützten Dopings –, drang jedoch nicht mehr wirklich zu ihm durch. Er stand schließlich auf und stellte sich an die große Glasfront. Das ganze Rollfeld hatte er im Blick. Er sah keinen Flieger mit dem grünen Emblem. Das Flugzeug, mit dem sie zurückfliegen wollten, müsste aber schon längst gelandet sein. Seine innere Unruhe drückte auf sein Herz.

Da kam ihm eine Idee. Er holte sein Smartphone wieder heraus und wählte sich noch einmal ins WLAN-Netz ein. Keine Verbindung. Klar, das Netz gehört ja auch nicht zu den lebenswichtigen Bereichen. Er aktivierte die Internettelefonie. Das würde teuer, aber egal. Er rief die Webseite der Fluggesellschaft auf und suchte nach dem Flug aus München. Was er sah, überraschte ihn nicht. Nur die geplante Ankunftszeit auf Kreta, mehr stand dort nicht.

Langsam bemerkten auch andere Passagiere, dass es im Warteraum wärmer geworden war. Hatte die wachsende Menschenmenge die Temperatur noch weiter steigen lassen? Zeitungen, in denen sie gerade noch gelesen hatten, wurden zu Windspendern umfunktioniert.

Daniel aktualisierte die Webseite, was ewig dauerte. Anscheinend hatten noch andere Fluggäste von WLAN auf Telefonie umgeswitcht. Die neue Information versetzte ihm einen Stich. Ihr Flugzeug war vor vierzig Minuten gelandet, aber nicht auf Kreta, auf Kalamata. Daniel wusste nicht genau, wo das war, wahrscheinlich der letzte Hafen vor Heraklion.

Die Abflughalle füllte sich. Er gab keine Aufrufe mehr fürs Boarding. Die schwüle Luft erreichte nun auch die letzte Ecke. Elena blickte fragend von ihrem Sitz auf. Eigentlich müssten sie längst in der Luft sein.

Daniel kam zur Bank zurück. »Wir müssen weg von hier«, sagte er leise zu ihr.

»Was soll der Blödsinn?«, fragte sie ihn genervt. Er hatte sich neben sie gesetzt und sah sie eindringlich an. Elena kannte ihren rational denkenden Mann. Er plante jede Reise, jeden Ausflug bis ins letzte Detail. Auch heute waren sie viel zu früh am Flugplatz angekommen. Und jetzt will er weg von hier?

»Ich erklär's dir draußen«, sagte er schnell. Ohne ihre Antwort abzuwarten, griff er nach dem Rucksack und rannte zur Sicherheitskontrolle. Von innen war das Ende der Schlange auf der anderen Seite der Detektoren nicht zu erkennen.

»Ich habe meine Tasche vergessen«, rief er dem Beamten zu und drückte sich, Elena an der Hand mit sich ziehend, an dem Detektor vorbei.

»Sie müssen sich neu anstellen.« Die Worte der Security erreichten ihn, als er schon um die Ecke bog.

»Und was ist mit unseren Koffern?«, rief Elena, als sie sah, dass er direkt den Ausgang ansteuerte, der eigentlich der Eingang war, durch den die Menschenmasse versuchte in den Check-in-Bereich zu gelangen.

Mehrere Männer und Frauen in Uniform drängten sie zurück und wiederholten ununterbrochen nur einen Satz: »Bitte draußen warten, gleich geht es weiter.«

Daniel hatte Mühe, sich durch die Menge durchzuwühlen. Sein Rucksack blieb ständig hängen. Am Taxistand warteten Dutzende Autos auf die Fahrgäste. Normalerweise war das umgekehrt, das Anstehen dauerte Stunden. Er zog Elena auf den Rücksitz eines der Taxis. »Zum Hafen«, rief er dem Fahrer auf Englisch zu. Und zu Elena sagte: »Wir müssen weg von hier. Wie es aussieht, ist der Strom ausgefallen. Für längere Zeit. Hoffentlich nur am Flughafen. Unser Flugzeug ist woanders gelandet. In einer Stunde wird die Flughalle voll sein. Wenn Panik ausbricht, sind die Menschen dort drin verloren. Und draußen kriegst du auch kein Taxi mehr.«

»Was willst du am Hafen?«, fragte sie und wirkte nun verwirrt und ein wenig ängstlich. »Sollen wir nicht lieber ins Hotel zurück?«

Er schüttelte entschieden den Kopf. Das Taxi bog auf die Straße. »Das Hotel war schon die letzten Tage überbelegt. Hast doch gesehen, wie lange die Leute auf ihr Zimmer gewartet haben. Ich glaube, spätestens jetzt werden auch keine Touristen mehr aus den Hotels abgeholt. Es landen zwar keine Flugzeuge mehr, aber viele kommen auch mit Schiff und Fähre an.«

Elena wollte ihm widersprechen. Konnte es nicht auch sein, dass er zu schwarz sah und zu panisch reagierte? Aber irgendetwas sagte ihr, dass sie einfach ihrem Mann folgen sollte. Er plante zwar immer alles akribisch, aber neigte nicht zu übertriebener Vorsicht. Und gerade war er sowieso schon wieder mit anderen Dingen beschäftigt und tippte irgendetwas ins Smartphone ein.

»In einer Stunde legt die Fähre nach Piräus ab. Das ist der Hafen von Athen. Hoffentlich kriegen wir noch Tickets«, murmelte er.

Die Hoffnung war schnell verflogen. Weder für die nächste noch für die Fähre am Abend gab es Fahrscheine. Ein Grieche in seinem Alter winkte Daniel, dass sie ihm folgen sollten. »Ich kann euch helfen«, flüsterte ihnen der Mann zu, auf Russisch.

Elena war eine waschechte Russin. Sie und Daniel hatten mehrere Jahre in Moskau gelebt, bis sie sich endgültig für Deutschland als festen Wohnsitz entschieden hatten. In Moskau hatte er Russisch gelernt, sodass er sich mit Elena auch in ihrer Muttersprache unterhalten konnte. Anscheinend hatte der Grieche das mitbekommen. »Mein Name ist Michail. Ich bin Anfang der 90er aus Russland ausgewandert«, erklärte er.

»Wie willst du uns helfen?« Daniel hatte keine Zeit für Michails Geschichte.

»Direkt nach Athen kriegt ihr keine Fahrscheine mehr. Auch für morgen nicht und für übermorgen ebenfalls nicht. Aber in vierzig Minuten geht ein Schnellschiff nach Paros. In vier Stunden seid ihr dort.«

»Und weiter? Wenn wir dort hängen bleiben?«, fragte Daniel.

»Von dort geht zweimal täglich ein Schiff nach Piräus. Dann seid ihr in Athen«, schloss er mit einem schmalen Grinsen.

Daniel hatte keinen Plan, wohin er überhaupt wollte. Hauptsache weg von der Insel. »Und wenn es dort auch keine Fahrscheine mehr gibt?«, hakte er weiter nach.

Michail zwinkerte ihm zu. »Mein Bruder, der uns nach Paros mitnimmt, wird schon dafür sorgen.«

Alles klar. Daniel kapierte jetzt, was Michail ihm anbot. Schwarzfahren. »Wie viel?«, fragte er schnell.

»Achtzig pro Nase.«

Elena schaute ihren Ehemann verwundert an. Sie hatte ein gutes Gespür für überzogene Preise. Auch Daniel wusste, dass das viel zu viel war, vor allem, wenn sie als Schwarzfahrer an Bord gingen. Aber im Moment war das

Geld unwichtig, er wollte so schnell wie möglich die Unruhe aus seinem Inneren raushauen.

Er nickte. »Aber nur unter der Bedingung, dass ihr uns auch Tickets nach Piräus besorgt.«

Michail verschwand. Zehn Minuten später kam ein kleiner Mann in Seemannsuniform zu ihnen. »Ich Bruder von Michail. Stefanos. Kein Gepäck? Gut.«

Sein gebrochenes Englisch störte Daniel nicht, Hauptsache, er brachte sie ihrem Ziel näher.

Michails Bruder lief demonstrativ gelassen am Kontrolleur vorbei, dann ein Deck runter, dort öffnete er eine Tür. »Ich sagen, wenn rausdürfen«, teilte er ihnen mit.

Daniel steckte ihm fünf Euro zu. »Bring uns Wasser.«

Stefanos schlug seine Hand weg, schob ein Tuch zur Seite und holte eine Fünfliterflasche hervor. »Ich sage, wenn raus«, wiederholte er.

Der Raum hatte kein Tageslicht. Das störte sie nicht. Wahrscheinlich war das der Bootsmannlast – ein enger Lagerraum, in dem der übliche Kram deponiert wurde. Sie ließen sich auf eine kleine Bank sinken, die zwischen den spiralartig zusammengelegten Seilen und leeren Eimern eingepresst war, und lehnten sich an die Wand. Elena kramte aus ihrer Tasche zwei Kekse hervor. Sie nahm immer etwas zu essen mit, auch wenn sie zu Hause nur für ein paar Stunden zum See spazieren gingen. Auch jetzt hatte sie im Hotel noch Gebäck und Obst eingesteckt.

»Bist du dir sicher, dass wir nicht in unser Hotel fahren sollen? Oder ›Alltours‹ anrufen? Die Reiseleitung wird uns sicherlich helfen. Wir wissen ja gar nicht, was los ist. Und was ist mit unseren Koffern?«

Statt Antwort atmete Daniel tief ein, holte seine Geldbörse heraus und zählte einhundertsechzig Euro ab. Blieben noch zirka dreihundert Euro. Über das Geld machte er sich keine Gedanken. Auf Reisen hatte er immer eine Bankkarte und die Kreditkarte dabei. Sie brauchten kaum Bares im Urlaub, aber er steckte für den Notfall lieber etwas mehr als weniger ein.

Sie knabberten an den Keksen und warteten darauf, dass das Brummen des Motors das Ablegen bescheinigte. Doch der Motor schwieg. Daniel drehte Elenas Hand nach innen und sah auf ihre Uhr. Schon seit zehn Minuten hätte das Schiff durch die Wellen pflügen müssen. Sein Magen zog sich zusammen.

Er wollte gerade eine Flasche Wein, die er im Duty-free-Shop gekauft hatte, aus dem Rucksack holen, als Michail die Tür aufriss. »Wir müssen warten. Irgendetwas ist in der Stadt passiert. Oder am Flughafen, keiner weiß es genau«, rief er den beiden zu.

Elena schaute ihren Mann an. Ihre Hände zitterten. Woher hatte er dieses gute Gespür für Gefahr? Sie dachte an ihren Skiurlaub in Österreich vor sechs Jahren. Der Abreisetag wäre Samstag gewesen. Am Freitagabend, als sie gegessen und die meisten Sachen gepackt hatten und Elena schon die Bettdecke aufschlug, kam Daniel ins Schlafzimmer und sagte: »Ich glaube, wir sollten lieber heute Abend schon fahren. Morgen wird es bestimmt einen Mordsstau vor dem Tunnel geben. Es fängt an zu schneien. Du weißt ja, jeder Zentimeter Schnee bedeutet einen Kilometer Stau.«

Sie hatte eigentlich nur schlafen wollen, aber um des lieben Friedens willen hatte sie zugestimmt.

Sie packten noch den Rest, brachten die Schlüssel den

Vermietern, die etwas verwundert waren, dass ihre Gäste, obwohl schon bezahlt, früher abreisten.

Um eins in der Nacht waren sie daheim. Morgens hatten sogar die deutschen Radiosender alle dreißig Minuten Nachrichten aus dem österreichischen Vorarlberg ausgespuckt. Seit dem frühen Morgen war kein Auto aus den Ortschaften mehr herausgekommen. Und das am Bettenwechseltag! Die Räumungsfahrzeuge schafften es nicht, die meterhohe Schneedecke zu bewältigen, die innerhalb von wenigen Nachtstunden das Gebiet gefangen genommen hatte. Dabei hatten die Meteorologen nur fünf bis zehn Zentimeter vorhergesagt.

Erst zwei Tage später, am Montag, konnten die ersten Fahrzeuge das Dorf, wo sie ihre Unterkunft gehabt hatten, verlassen …

Sie hatten Michails Nachricht noch nicht richtig verdaut, da heulte der Motor plötzlich auf und das Schiff setzte sich ruckartig in Bewegung.

Michail hob die Schultern. »Kapitän muss Geld verdienen. Wenn er länger wartet, schafft er heute die zweite Fahrt nicht. Stefanos holt uns bald.«

Der Grieche gesellte sich zu ihnen und setzte sich den beiden gegenüber auf den Boden.

Daniel steckte den Wein zurück in den Rucksack. »Da oben gibt es doch eine Bar. Darf ich dich auf ein Bier einladen?«, fragte er.

Michail schüttelte den Kopf. »Ich trinke nicht. Das kostet nur Geld. Und Geld haben wir kaum. Seit der Krise verdiene ich viermal weniger als früher. Nur vierhundert Euro. Eure Kanzlerin sollte mal versuchen, mit meinem Gehalt auszukommen.«

In einer anderen Situation hätte Daniel dem Griechen widersprochen, versucht zu erklären, dass nicht die deutsche Kanzlerin für die Misere in Griechenland verantwortlich ist, sondern die heimischen Politiker, die, um die Gunst der Wähler zu erkaufen, sie mit Versprechungen überschütteten. Und das mittelalterliche Steuersystem, das den Reichen zahllose Schlupflöcher ließ. Und das ineffiziente Wirtschaften der Staatsbetriebe, die überzogenen Rentenbezüge, die sozialistische Arbeitsmoral. Daniel dachte oft an seine Reise auf die Insel Rhodos. Er war mit Elena im Linienbus in das bildschöne Städtchen Lindos gefahren. Auf der Rückfahrt hatten sie die Fahrscheine an der Haltestelle am Kiosk gekauft, beim Einstieg überprüfte ein Kontrolleur die Tickets und im Bus während der Fahrt verkaufte ein Konduktor Scheine. In Deutschland erledigte das alles eine Person – der Fahrer.

Aber die griechischen Politiker hatten geschickt des Volkes Unmut auf die deutsche Bundeskanzlerin gelenkt. Das funktionierte gut, weil sie im Gegenzug für neue Kredite Reformen verlangte: beim Steuer- und Rentensystem, bei der Privatisierung und Modernisierung.

Anderseits hatten die europäischen Großkonzerne, auch die deutschen, die Griechen geschickt aus mehreren Marktsegmenten verdrängt, zum Beispiel aus dem Schiffbau und der Haushaltstechnik.

Michail war froh, auf offene Ohre gestoßen zu sein, und redete weiter: »Als wir Anfang der 90er kamen, war das hier wirklich ein Paradies. Gute Gehälter, niedrige Preise. Ich war beim städtischen Betriebshof angestellt und habe Pflaster verlegt. Wir haben bis mittags gearbeitet, manchmal auch am Nachmittag, aber selten. Die Krankenhäuser waren kostenlos, jetzt muss man seine Medikamente selber besorgen und sogar das eigene Essen und die eigene Wäsche mitbringen. Seit Ausbruch der Krise habe ich höchstens sechs bis sieben Monate im Jahr Arbeit. Gut, dass meine Frau als Zimmermädchen in einem Hotel putzt, das auch im Winter geöffnet hat. Sonst wäre es ganz schlimm.«

Daniel versuchte seinen neuen Bekannten abzulenken. Er fragte ihn, wie denn seine Vorfahren nach Russland gekommen wären, wie sie in der Sowjetunion gelebt hätten. Aber Michail war so mit den gegenwärtigen Problemen beschäftigt, dass er schnell wieder zurückschwenkte. »Zurzeit gibt es für meine Baufirma nichts zu tun. Deswegen fahre ich hier mit. Das bringt wenigstens ein paar Euro«, erzählte er.

Als die Tür aufging und die Silhouette von Stefanos im Türrahmen erschien, schaute Daniel auf Elenas Uhr. Schon eine Stunde erzählte Michail von seinem Schicksal. Elena guckte gelangweilt, sagte aber nichts.

»Ich nicht vergessen. Ich arbeiten.« Stefanos streckte die Hand aus. »Jetzt hochgehen. Wenn fragen, Janis wissen alles.«

Alles klar, dachte Daniel, die einhundertsechzig Euro werden nicht nur in den Taschen von Stefanos und seinem Bruder landen. Er überreichte dem Seemann das Geld und folgte ihm aufs obere Deck. Michail, als ob er um seine Zuhörer fürchtete, blieb ihnen auf den Fersen.

Daniel drehte sich zu Elena um. »Schau bitte im Kiosk nach Zahnpasta und ähnlichem Zeug. Wer weiß, wann wir zu Hause sind. Ich gehe so lange aufs Klo«, bat er sie.

Michael blieb an ihm hängen. Daniel schmunzelte. Geht er mit mir auf die Toilette, fragte er sich. So weit kamen sie aber gar nicht. Sie wollten sich gerade an der Bar durch die Schlange quälen, als Michail ihm von hinten auf die Schulter klopfte. Daniel drehte sich um. Sein Bekannter nickte zur Decke. Daniel schaute hoch, oben hing ein Fernsehbildschirm. Gerade lief ein Bericht über den Flughafen, Daniel erkannte ihn sofort. Da war der Eingang, durch den sie vor wenigen Stunden geflüchtet waren. Eine Menschenmasse, die in allen Richtungen zu flüchten versuchte, wogte vor und hinter den Türen. Verzerrte Gesichter, weinende Kinder. Die Kamera schwenkte zur Seite und nach unten. Auf dem Boden kauerten Menschen, viele waren mit Blut verschmiert. Ein neues Bild tauchte auf, wahrscheinlich von einem Smartphone aufgenommen. Daniel schreckte auf. Er erkannte den Mann auf dem Bildschirm. Der war ihm beim Check-in aufgefallen mit seinen mindestens hundertfünfzig Kilo Gewicht. Jetzt zeigte das Amateurvideo den schwer atmenden Riesen, der sich die linke Seite hielt und langsam zu Boden sank. Sofort wurde das nächste Video eingespielt. Die Qualität war noch schlechter, aber es gab das Chaos in der Abflughalle wieder.

Michail übersetzte ihm die Untertitel, die über den Bildschirm flimmerten. Bei der Massenpanik am Eingang zum Flughafen waren schon mehrere Menschen zu Tode gekommen, als die Polizei Sperrzäune aus Metall aufstellte. Von Hunderten war die Rede, genauer wusste es keiner. Hunderte waren verletzt worden. Hinzu kamen Dutzende Opfer in der Abflughalle im ersten Obergeschoss. Die Flughafenmanager hatten bis zuletzt versucht, die Stromversorgung wieder herzustellen, dabei kostbare Zeit verschwendet und den Kollaps begünstigt. Als die Evakuierung angeordnet wurde, saßen tausende Passagiere in der Falle, nur wenige entkamen.

Der Sender wiederholte die Bilder wieder und wieder, dazu kamen neue Amateuraufnahmen und die Stellungnahmen des Polizeisprechers und der Armee. Daniel vergaß ganz, dass er auf dem Weg zur Toilette war. Er konnte seinen Blick nicht vom Bildschirm lösen. Bis er eine Berührung an seinem Ellenbogen spürte. Elena stand neben ihm, die Tränen liefen ihr über die Wangen. Er kannte seine Frau gut und wusste, was jetzt passieren würde. Er schob sie sanft in die Ecke, wo sie sich an seine Schulter lehnte und losheulte. Fünf Minuten, sagte er zu sich, nur fünf Minuten. Obwohl seine Blase sich wieder meldete, blieb er stehen, bis seine Frau auf den Stuhl rutschte und nach einem Kaffee fragte.

Die vier Stunden Fahrzeit schienen eine Ewigkeit zu dauern. Sie saßen an einem Tisch mit dem Rücken zum Fernseher, aber die Bilder schienen sie auch von hinten zu erreichen. Am Tisch neben ihnen war es immer lauter geworden, schließlich übertönten die zwei älteren Griechen sogar den Fernseher.

Michail hörte eine Weile zu und übersetzte: »Die diskutieren über das Interview vom Polizeichef. Eine Journalistin wollte von ihm wissen, ob jetzt endlich dem Drohbrief vom letzten Jahr nachgegangen würde.«

»Was für ein Drohbrief?«, fragte Daniel.

»Wenn ich richtig verstanden habe, haben einige Internetportale und lokale Zeitungen letztes Jahr einen Brief veröffentlicht, in dem ein Tourist die Müllentsorgung auf Kreta anprangerte. Nichts würde getrennt, die ganzen Kunststoffverpackungen würden einfach in der Erde vergraben oder im Meer versenkt. Die Natur würde immer mehr vergewaltigt. Der Mann, vielleicht war es auch eine Frau, forderte ein rasches Eingreifen, wie auf Mallorca, wo eine moderne Entsorgungsanlage entstanden ist und eine Touristenabgabe eingeführt wurde«, erzählte Michail.

»Was hat das mit dem Flughafen zu tun?«, wunderte sich Daniel.

»Das ist es ja. Der Briefverfasser hat der Regionsregierung eine Frist gesetzt. Sollte diese nichts unternehmen, würde dafür gesorgt, dass der Tourismusstrom auf die Insel austrocknet. Gestern war diese Frist abgelaufen«, antwortete Michail geduldig.

Daniel, der immer noch keinen Schluck von seinem Kaffee getrunken hatte, schob die Tasse weg. Wenn Michail ihm die Ereignisse richtig wiedergeben hatte, fügte sich das Puzzle zusammen. Keiner wird jetzt mehr auf die Insel fliegen. Auch der zweite kretische Flughafen in Chania wird Abstriche machen müssen. Sogar die wilden Touristen, die mit Schiff oder Fähre rüberkamen, werden ihr Ziel überdenken. Klang plausibel. Und gekostet hat diese Aktion Hunderte Tote und Verletzte. Vielleicht waren es mittlerweile sogar schon Tausende. Und alle, die heil davongekommen waren, werden ihr ganzes Leben mit dem Schrecken leben müssen.

Aber er musste jetzt wieder an sich und seine Frau denken. Daniel begann unruhig nach Stefanos Ausschau zu halten. Sie brauchten noch Tickets für die Fähre nach Piräus. Stefanos erschien kurz vor Ankunft in Paros. Er war in Begleitung. Er sagte etwas zu Michail, umarmte ihn, was darauf schließen ließ, dass auch sein Bruder weiterreisen wird. Der Begleiter, der sich als Ilias vorstellte, führte sie nach unten. Sie verließen nach dem Anlegen unter den Ersten das Schnellschiff und liefen ein paar Hundert Meter weiter.

Ilias blieb dann stehen, drehte sich zu Michail um und beschoss ihn mit kurzen Sätzen. Daniel wusste nicht, worüber sie redeten, aber es klang, als würden die beiden streiten. Am Ende seiner Tirade hob Ilias drei Finger in die Höhe. Noch bevor Michail mit dem Übersetzen loslegte, war Daniel klar, was das bedeutete. Dreihundert Euro. Sollte er jetzt noch für Michail bezahlen? Egal, nur weg von hier! Er wollte aufs Festland, so schnell wie möglich. Sechs Stunden waren vergangen, seitdem sie den Flughafen verlassen hatten. Er wollte um jeden Preis vor Einbruch der Dunkelheit auf sicherem Festlandboden sein – er sah nur dieses Ziel. Also zückte Daniel seine Brieftasche und holte alle Scheine heraus. Zweihundertachtzig Euro.

»Frag ihn, wo der nächste Geldautomat ist«, sagte er. Doch noch bevor Michail den Mund aufmachte, riss Ilias das Geld an sich und rannte weg.

Der Ex-Kollege

Sechs Monate hatten er und Mark sich nicht gesehen. Nach seiner Kündigung hatte Valentin seinen Ex-Kollegen nur einmal getroffen, in einer Skihütte, wo sie sich jedes Jahr für fünf Tage von der Außenwelt abschirmten. Gestern hatte er ihn angerufen und zu einer Radtour eingeladen. Nachdem sie siebzig Kilometer hinter sich gebracht und am Bodenseeufer ein alkoholfreies Weizenbier genossen hatten, konnten sie sich endlich unterhalten. Während der Fahrt hatte sich Valentin gewaltig anstrengen müssen, um seinem jüngeren Freund, der sich zudem noch ein Rennrad zugelegt hatte, zu folgen.

»Und? Wie geht es dem Großkotz?«, fragte Valentin nun.

In fünfzehn Jahren gemeinsamer Arbeit in der *Laura- tal-Klinik* hatten sie so etwas wie eine Geheimsprache entwickelt. Mark wusste gleich, wen Valentin meinte. »Immer noch das Gleiche. Wenn es ums Schwatzen geht, ist er unter den Ersten. Sobald es nach Arbeit riecht, verschwindet er.« Mark grinste traurig.

Die beiden hatten früher oft über den »Großkotz« geschmunzelt. Denn wenn es mal in der Firma ernst geworden war, wenn Systemstillstand drohte oder sonst ein Fehler sich in die IT-Infrastruktur eingeschlichen hatte, war ihr Kollege Lukas Schubert regelmäßig auf dem Klo verschwunden oder musste dringend zum Arzt, zu einer Besprechung oder den Sohn abholen. Er schaffte es aber trotzdem, sich unter die Helden zu mischen, sobald das Problem gelöst worden war. Die meisten Kollegen hassten ihn, aber kamen gegen ihn nicht an. Eine offene Konfrontation versuchte jeder zu vermeiden.

Lukas hatte es geschafft, alle Prozesse in der Abteilung auf sich zu verlinken. Bei ernsten Problemen nachts oder am Wochenende war er der Erste, der vom diensthabenden Mitarbeiter angerufen wurde. Da er selber kaum einen Fehler beheben konnte, rief er dann einfach die Kollegen oder eine externe Firma an. Für diese Sekretärtätigkeit wurde er üppig entlohnt. Die Kollegen lachten oft: Wenn der mal sein Telefonbüchlein verlieren sollte, wäre das schlimmer für ihn als eine Naturkatastrophe. Zu allem Überdruss stellte Lukas, nachdem einer der Kollegen oder ein externer Techniker den Fehler behoben hatte, alles so dar, als ob er alleine das Problem gelöst hätte. Keiner widersprach ihm, denn jeder wusste: Lukas würde nicht zögern und sofort einen Rechtsanwalt engagieren.

Dabei verstand es Lukas, sich bei den richtigen Personen im Unternehmen gut zu verkaufen. Zum Beispiel beim Geschäftsführer, dem er seine Smartphones und Tablets reparierte. Genauer gesagt: Er holte die Geräte beim Chef ab, überreichte diese den Kollegen zur Reparatur und brachte sie dann wieder zurück. Die privaten Geräte von anderen – weniger hochrangigen – Mitarbeitern ließ er genauso von den Kollegen instand setzen und steckte das Geld ein. Denn selber war er immer noch auf dem Stand der Technik aus dem letzten Jahrhundert. Obwohl er immer das aktuellste elektronische Spielzeuge besaß.

Die Hinterhältigkeit von Lukas war einer der Hauptgründe für Valentins Kündigung gewesen. Er hatte es nicht mehr mit seinem Gewissen vereinbaren können, dem Kollegen jeden Tag bei seinen Machenschaften zuzuschauen, ohne etwas dagegen tun zu können. Denn Lukas hatte es geschafft, zum Teamleiter aufzusteigen. Alleine das Gefühl, von einem Taugenichts regiert zu werden, war erdrückend. Solange er im täglichen Geschäft mit Lukas wenig zu tun hatte, konnte er das noch verkraften. Aber nachdem er infolge von internen Umstrukturierungen mit Lukas öfter in Berührung kam, eskalierte die Lage immer wieder. Lukas suchte die Fehler nie bei sich und sorgte dafür, dass sich alle Mitarbeiter im Unternehmen an seine Arbeitsweise anpassten.

Sobald Valentin ein geeignetes Angebot bekommen hatte, ging er. Wenn auch der Abteilungseiter versucht hatte, ihn mit mehr Geld zu halten. Mehr Geld war aber nicht mehr so wichtig für ihn. Sein Haus war abbezahlt, die Kinder hatten Stipendien und zum Leben brauchte er nicht viel. Er hatte zu einem kleineren Gehalt gewechselt in der Hoffnung, keine Kopie vom Großkotz in der neuen Firma zu treffen. Und das alles, obwohl er seinen Job sehr gemocht hatte.

»Der Mann wird immer gefährlicher«, erzählte Mark. »Redet bei jeder Besprechung mit, ohne Ahnung von der Materie zu haben, trifft Entscheidungen, die das Unternehmen ein Vermögen kosten. Erst letzte Woche hat's einen Großschadenfall gegeben. Da rief er mich aus dem Krisenstab an und wollte wissen, wie lange unser Hauptsystem ohne Strom auskommen kann. Der wusste gar nicht, dass unsere Serverlandschaft am anderen Kreis angeschlossen ist. Und er ist unser Systemoberboss.« Er machte eine kurze

Pause und nahm einen Schluck. »Apropos Strom«, fuhr er dann fort. »Seit drei Tagen hat er keinen Strom zu Hause. Nichts geht. Kein einziges Gerät. Die Techniker haben schon alles ausprobiert – ohne Erfolg. Seine Alte ist zu ihrer Mutter gezogen. Ich habe sie gestern getroffen. Sie meinte, die unzähligen Geräte von Lukas wären schuld daran.«

Die Schadenfreude in Marks Stimme war nicht zu überhören. Mark war früher mit Lukas eng befreundet gewesen, aber Lukas' Hinterhältigkeit hatte ihn irgendwann aufhorchen lassen. Den endgültigen Bruch leitete Lukas' Bemerkung ein, er bräuchte in Ernstfällen keine Hilfe von den Kollegen, egal, um welches Problem es ginge. Dabei holte er Mark nachts öfter aus dem Bett, weil er sogar mit einfachen Fehlern nicht zurechtkam. Seitdem hielt Mark den Kollegen auf Distanz.

Hätte Valentin keine Sonnenbrille getragen, hätte Mark vielleicht gesehen, dass er mit den Augen zwinkerte, um sich ein Lächeln zu verkneifen.

Der Grieche ohne Sonne

Daniel dachte, dass er reingelegt worden war. Michail aber nickte ihnen zu und ging gemütlich in die Richtung, in die Ilias verschwunden war. Als sie ihn einholten, stand Ilias am Aufgang zu einem Schiff. Er drückte ihnen ein paar Zettel in die Hände und ging davon, ohne sich zu verabschieden.

Ein jüngerer Seemann mit einem wuscheligen Kopf gab ihnen einen Wink. Auf dem Schiff führte er alle drei ein Deck tiefer, sperrte eine rostige, knirschende Tür auf und zeigte auf eine schmale Pritsche. Er sagte etwas auf Griechisch zu Michail und schlug dann die Tür zu.

»Wir müssen die ganze Fahrt hierbleiben. Aber es sind ja nur dreieinhalb Stunden«, erklärte Michail.

Daniel seufzte und setzte sich neben Elena auf die Pritsche. Er schaute sie von der Seite an. Sie winkte ab. »Hauptsache, wir kommen irgendwann nach Hause«, sagte sie nur.

Das war ihr erster Satz, seit sie die Fernsehbilder gesehen hatte. Überhaupt war sie seit dem überstürzten Aufbruch still, obwohl sie sonst eher redegewandt war. Sie heftete nun ihre Augen auf ihr Gebetbuch und schien nicht mehr gestört werden zu wollen. Daniel selber, wie stark er auch schockiert war, hätte sich gern von Michail die letzten Nachrichten vom

Bildschirm erklären lassen. Nicht die Zahl der Opfer interessierte ihn, die war sicherlich weiter gestiegen. Der seltsame Touristenbrief ließ ihn nicht los. Ist so etwas möglich, fragte er sich, dass ein Durchgeknallter, und das muss die betreffende Person sein, von welchen guten Vorsätzen auch immer geleitet, das Leben von Tausenden mit einer bewussten Stromunterbrechung bestimmen kann? Sind wir von der Technik so abhängig geworden, dass eine kleine Schwachstelle uns zum Verhängnis wird? Er glaubte immer noch nicht, dass der Knalli, wie er den Briefverfasser im Stillen getauft hatte, imstande war, so ein kompliziertes Bollwerk wie diesen modernen Flughafen lahmzulegen.

In seinem Forschungsinstitut hatte er nur am Rande mit elektrotechnischen Projekten zu tun. Aber solche Themen hatten ihn schon immer angezogen. Er wusste, dass es im Zeitalter der Digitalisierung und wahnsinniger Datenströme einfacher geworden war, die Herrschaft über entfernte Objekte zu übernehmen. Er dachte an einen Fall, als ein Atommeiler durch Softwaremanipulation zum Stillstand gebracht wurde. Das Programm täuschte einen Fehler vor, den es gar nicht gab; die Automatik fuhr das Kraftwerk herunter.

Ein leichtes Zittern riss ihn aus seinen Gedanken. Das Schiff legte ab. Zum Glück hatten sie Wasser mitgenommen, denn langsam wurde es schwül in der kleinen Kajüte. Elena las immer noch in ihrem Buch.

Daniel wandte sich Michail zu, um sich etwas abzulenken. Er hatte sich auf einen kleinen Hocker an der Tür gesetzt. Daniel wollte ihn schon die ganze Zeit fragen, wie er es schaffte, auf dem Bau zu arbeiten und so blass zu sein. Doch er hatte sich die Frage verkniffen. Vielleicht war der

Mann krank. Ihn hatte es schon immer gewundert, dass die meisten Hotelangestellten in südlichen Ländern anscheinend nie in der Sonne waren, so bleich war ihre Hautfarbe.

»Wo geht ihr zum Baden hin?«, versuchte es Daniel nun von einer unverfänglichen Seite. »Die meisten Strandabschnitte sind ja von den Hotels belegt.«

Michail schüttelte den Kopf. »Das stimmt nicht. In Griechenland ist der freie Zugang zum Strand Verfassungsrecht. Es wird allerdings getuschelt, dass die Regierung jetzt auch die Strände privatisieren will. Aber noch können wir baden, wo wir wollen. Ich gehe aber gar nicht baden. Ich mag das nicht.«

Daniel nickte unverbindlich. »Wohin fährst du jetzt eigentlich?«

»Nach Hause. Zu Kassandra.« Michail lächelte. »Nach Kassandra, meine ich. Dort wohne ich mit Familie.«

Daniel überlegte. Nicht nur aus der griechischen Mythologie war ihm der Name bekannt. »Wo ist das?«

»Hundert Kilometer südlich von Thessaloniki. In Chalkidiki. Hast du vielleicht schon mal auf der Karte gesehen. Diese Halbinsel mit drei ins Meer ragenden Fingern. Auf dem ersten Finger liegt Kassandra.«

Genau, Chalkidiki, dort war er mal vor einigen Jahren mit Elena. Nicht auf dem ersten Finger, etwas weiter, zwischen dem ersten und zweiten. Wie das Dorf hieß, wusste er aber nicht mehr. »Ist eine schöne Gegend«, sagte er.

»Na ja, lauter Touristen. Und alles sehr teuer«, brummte Michail.

Daniel grinste. Noch vor ein paar Stunden hatte Michail vom Glück gesprochen, dass seine Frau im Hotel, das auch im Winter geöffnet ist, putzen darf. Na ja, wie hatte mal ein Österreicher gewitzelt? »Uns wäre lieber, die deutschen Touristen würden uns einfach das Geld schicken und selber zu Hause bleiben.«

Er fragte sein Gegenüber noch einmal, wie und wann es seine Vorfahren nach Griechenland verschlagen hatte, spürte aber, dass dieses Thema Michail aus irgendwelchen Gründen unbequem war. Bald darauf verschwand er für längere Zeit aus der Kammer. Nun, er hatte ja auch schon lange genug ohne seinen Kaffee auskommen müssen. Hoffentlich bringt er uns einen mit, dachte Daniel.

Elena war eingenickt. Seit Stunden das erste Mal alleine, versuchte Daniel seine Gedanken von den schrecklichen Ereignissen fort und auf die nächsten Schritte zu lenken. Er hoffte, sich auf dem Schiff ins Internet einwählen und eine Flugverbindung nach Deutschland checken zu können. Es musste auch nicht unbedingt München sein. Noch nicht einmal unbedingt Deutschland. Stuttgart, Nürnberg, Innsbruck, Basel, Zürich – egal.

Die hohen Roaming-Gebühren störten ihn zwar mittlerweile nicht mehr, aber es leuchtete kein einziger Balken auf seinem Handy. Hier unten hatte er keinen mobilen Empfang.

Als die Tür aufgerissen wurde, schreckte Daniel hoch. Er hatte nicht bemerkt, dass seine Augen zugefallen waren. Michail hielt zwei Pappbecher in der Hand, aus denen es noch dampfte und duftete. »Sind zwar aus dem Automaten, aber man kann den Kaffee trinken. Es sind noch einige Opfer dazugekommen, auf der Zufahrtsstraße zum Flughafen. Der Fahrer eines Linienbusses hatte es eilig und wollte den Stau über die Gegenfahrbahn umfahren. Dort krachte er in einen anderen Bus«, erzählte er leise mit einem Blick auf Elena und reichte Daniel einen der Becher. Dann setzte er sich wieder auf den Hocker und erzählte von weiteren Opfern und den Todesumständen.

Daniel hörte nicht genau zu und wartete geduldig eine Pause im Wortschwall ab, um eine Frage zu stellen. »Weiß man schon mehr über die Ursache des Stromausfalls?«

Michail schüttelte den Kopf und schlürfte Kaffee. »Die können sich das nicht erklären. Strom gibt es auch wieder, seit mehreren Stunden. Aber der Flughafen ist leer. Alle Flüge wurden umgeleitet.«

Für Daniel war das die schlimmste Situation. Davor hatte er in seinem Institut am meisten Angst, dass ein Gerät nach einer Panne wieder funktionierte und keiner den Grund für den Ausfall ermitteln konnte. Es könnte dann ja in jeder Sekunde wieder passieren. So auch jetzt auf dem Flughafen. Den Betrieb aufzunehmen, ohne die Ursache zu kennen, wäre Selbstmord. Wird das Management Selbstmord begehen?

Der Hafen von Piräus sah ganz anders aus als vor fünf Jahren, als Daniel mit der Familie, auch der Sohn war noch dabei, wegen dem Fischerstreik hier hängen geblieben war. Oder der Blick vom oberen Deck des Kreuzfahrtriesen war einfach angenehmer gewesen. Vom kleinen Schiff aus fielen gleich die schäbigen Fassaden der maroden Häuser auf.

Es dauerte lange, bis ihr Schnellschiff einen Anlegeplatz fand. Der Hafen war vollgestopft mit kleinen und großen Booten. Michail wechselte paar Worte mit dem Matrosen, der die Festmacherleine um einen Poller legte, und drehte sich zu Elena und Daniel um:

»Kein einziges Schiff hat seit heute Nachmittag den Hafen Richtung Inseln verlassen. Deswegen dieses Durcheinander hier. Verstehe ich nicht: Eigentlich sollten die Leute von Kreta gerade mit Booten geholt werden.« Er zuckte mit den Schultern, was wohl heißen sollte: Chaos pur.

Daniel fragte sich, was besser wäre, zum Hafengebäude zu gehen oder gleich zur U-Bahn-Station, wo es WLAN geben sollte, denn die Verbindung über die mobile Leitung dauerte ewig. Er musste auch so langsam an den Akku denken. Blöderweise hatte er das Ladekabel im Koffer verstaut.

»Wir fahren mit der U-Bahn in die Stadt, und du?«, fragte Daniel schließlich Michail.

Der schaute auf die Uhr. Fast zwanzig Uhr. »Selbst wenn ich noch den Zug nach Thessaloniki erwische, nachts fährt sowieso kein Bus nach Kassandra. Ich übernachte bei Bekannten. Die wohnen hier in der Gegend. Halbe Stunde zu Fuß. Die haben leider kein Telefon. Hoffentlich sind sie zu Hause. Wenn nicht, kann ich vielleicht bei Nachbarn schlafen.«

Sie verabschiedeten sich. Daniel marschierte schnell, für Elena viel zu schnell, Richtung U-Bahn, als ob er jeden Tag diese Strecke bewältigte. Erst unterwegs fiel ihm ein, dass er Michails Adresse hätte aufschreiben sollen. Wer weiß, was noch alles passierte. Viele junge Leute verschiedener Hautfarben, die in beide Richtungen unterwegs waren, zwangen sie das Tempo zu verlangsamen. Als sie die U-Bahn erreichten, brach die Dämmerung an. Daniel, noch immer unsicher, ob sie zum Flughafen oder zum Bahnhof fahren sollten, entschied sich, Tickets in die Innenstadt zu lösen. Während der Fahrt würde er online nach einem Flug schauen. Im Zentrum könnte er Geld abheben. Irgendwie wollte er in der Hafengegend nicht an den Bankomaten.

An der Kasse kramte er aus dem Geldbeutel und dem

Rucksack genügend Kleingeld für zwei Tickets, was den anderen Anstehenden viel zu lange dauerte, sie drängten von hinten. Im Zug holte Daniel sein Smartphone heraus, wählte sich ins WLAN ein und rief eine deutsche Buchungsseite auf. Der erste verfügbare Flug würde am nächsten Morgen um sechs Uhr gehen, aber fast sechshundert Euro pro Person waren doch etwas überzogen. Er wählte den nächsten Flug um halb neun. Mit der rechten Hand tippte er ins Buchungsformular, die linke huschte in die Hosentasche, um die Kreditkarte zu holen. Er hielt inne. Die linke Tasche, wo er immer seine Geldbörse aufbewahrte, war leer.

Wenn der Inspektor aus dem Bett flüchtet

Volker Sauter war sauer. Er war richtig sauer. Sogar saurer als sauer. Als er beim Frühstück, na ja, es war nur ein Kaffee an der Tankstelle, in der Zeitung gelesen hatte, dass die Ursachen für den GAU im Stadion immer noch nicht geklärt waren, wurde er noch saurer. Konnte so etwas möglich sein? In einer modernen Welt, wo jeder Pfiff eines beliebigen Gerätes überwacht und protokolliert wird?

Jetzt saß der Stadionmanager vor ihm im Polizeipräsidium und quasselte etwas von einer geheimnisvollen E-Mail, deren Absender als Täter infrage käme. Wenn ihm dieser Bürofuzzi gestern Abend über den Weg gelaufen wäre, würde er heute nicht hier sitzen, sondern ein Krankenhausbett hüten.

Sechs Monate hatte Sauter mit seiner Ex-Frau Rebecca verhandelt, bis sie ihm endlich ihren gemeinsamen Sohn anvertraute. Seit der Trennung hatte Sauter nun jeden zweiten Samstag Tobi abgeholt und ihn am Sonntagabend zurückgebracht. Alles funktionierte perfekt. Bis im Leben von Sauter eine neue Frau auftauchte. Da schaltete Rebecca auf stur. Jeden Vorwand nutzte sie, um Tobis Besuch beim Vater abzusagen. Mal wurde der Bub plötzlich krank, mal kamen Oma und Opa aus dem Norden. Und wenn ihr nichts mehr einfiel, stand Volker einfach vor verschlossener Tür.

Mit jedem weiteren Wochenende wuchs Volkers Wut. So wütend war er noch nicht einmal gewesen, als seine Frau ihn verlassen hatte. Er hatte Verständnis für ihre Entscheidung gehabt. Mit einem Polizisten verheiratet zu sein, war nicht einfach. Mit einem Polizisten verheiratet zu sein, der gewissermaßen selber nach Beschäftigung suchte, war doppelt schwer. An ihrem letzten gemeinsamen Abend, als sie im Bett waren und sie kurz vor dem Höhepunkt war, sprang er sofort auf, als sein Diensthandy klingelte. Morgens nach seiner Rückkehr fand er die leeren Schränke und Schubladen. Sie war mit Tobi zu ihrer Freundin gezogen und einen Monat später zog sie zu einem neuen Lebensgefährten. Vielleicht hatte sie sich den schon lange auf dem Ersatzgleis gehalten. Aber anscheinend lief es nicht so gut mit dem Neuen. Als Racheziel wählte sie ihren Ex-Mann.

Vor einem Monat hatte sich Volker beim Landratsamt über das Jugendamt beschwert, das hammerhart auf Seite seiner Frau stand und überdies ihn beschuldigte, nicht die kompletten Einkünfte offenzulegen. Er hätte noch einen Nebenjob in einer Privatdetektei. Beweise hatten weder Rebecca noch das Amt vorgelegt. Aber der Vorwurf hatte als Rechtfertigung für die ausbleibenden Vater-Sohn-Zusammenkünfte gereicht.

Er vermutete, plötzlich seinen Sohn an diesem Dienstag sehen zu dürfen, weil seine Beschwerde beim Landratsamt auf offene Ohren gestoßen war und für die nächste Woche die Anhörung angesetzt war. Und weil Volker sich einen Abend für das Treffen mit Tobi hatte aussuchen dürften, wählte er den Dienstag. Sein Sohn war verrückt nach Max

Müller, dem Stürmer vom *FV Beuren*. Sauter hatte seinen Stolz in die hinterste Ecke gesteckt und den Präsidiumsleiter gebeten, ihm zwei Karten für das längst ausverkaufte Champions-League-Spiel zu besorgen. Der Junge war im siebten Himmel. Der Vater noch höher. Er hatte sich zunächst verflucht, nicht früher losgefahren zu sein, als er auf dem Weg ins Stadion die Durchsage hörte, dass die Zuschauer umkehren sollten. Wären sie früher da gewesen, hätte sich Tobi wenigstens das Stadion ansehen können. Noch nie war er drin.

Später, als er die Fernsehbilder sah, mit zwei entgegenlaufenden Menschenströmen, war er froh darum. Und jetzt saß Arena-Manager Gruber vor ihm und erzählte von einem Drohbrief, in dem der Stromausfall angekündigt worden war. Nicht direkt, aber das Ereignis passte zur Drohung.

»Haben Sie den Brief?« Volker Sauter versuchte gar nicht erst, seine Verärgerung zu verstecken.

Gruber nickte. »Ja, den hatte ich zwar gleich nach Erhalt gelöscht, aber unsere IT-Fachleute haben ihn zurückgesichert.« Er holte ein A4-Blatt aus seinem Aktenkoffer heraus und legte es auf den Tisch. Unwohl fühlte er sich, das musste er schon zugeben. Er war nach schlafloser Nacht zur Polizei gegangen, ohne seinem Boss Bescheid zu geben. Wobei ihm klar war, dass auch ohne seine Visite die Behörden Ermittlungen einleiten würden. Früher oder später wäre das Kriminalamt bei ihm aufgekreuzt.

Der Kriminalinspektor Sauter überflog die Zeilen, ohne den Brief in die Hände zu nehmen. Fast wortgenau hatte Gruber ihm gerade den Inhalt zitiert.

Fußball ist kein Sport mehr. Nur Geschäft, in dem aber nicht die üblichen Geschäftsregeln gelten. Die Spieler ver-

dienen Unsummen, Millionen. Die kleinen Vereine werden von den Großclubs ausgebeutet. Für Spieler werden Gelder bezahlt, die alleine dafür reichen würden, die Dritte Welt mit sauberem Wasser zu versorgen.

Die Fußballfans sind so verdummt worden, dass sie Hunderte von Euros für Tickets, Schals, Trikots ausgeben. Oft geben sie, wie die jungen, von Arbeitslosigkeit gebeutelten Spanier, ihr letztes Geld dafür aus.

Auch der FV Beuren mischt ganz oben mit. Lässt die Konkurrenz ausbluten. Dabei stammt das Geld nicht immer aus legalen Quellen.

Der letzte Satz nahm vermutlich Bezug auf die Steueraffäre aus dem letzten Jahr. Trotz millionenschwerem Steuerbetrug waren die Vereinsbosse mit einem blauen Auge davongekommen. Sauter konnte sich noch daran erinnern, wie er sich damals geärgert hatte. Der kleine Mann, sollte er vergessen haben, einen Kleinbetrag in der Steuererklärung anzugeben, bekam ein Bußgeld in beachtlicher Höhe aufgebrummt, manchmal auch eine Freiheitsstrafe. Und die Mächtigen überwiesen als Strafe für ihre Millionen-Vergehen lediglich ein paar Euros an einen Wohltätigkeitsverein.

Sauter schaute auf die Absenderadresse und wählte eine Nummer. »Kannst du kurz vorbeischauen?«, fragte er.

Er hatte kaum aufgelegt, da ging die Tür auf und ein glattrasierter dünner Mann stolperte ins Büro. Er setzte sich zu ihnen.

Sauter schob ihm das Blatt hin. »Martin, kannst du herausfinden, von welcher Adresse diese Mail abgeschickt wurde?«

»Klar, ich brauch nur die Metadaten.« Martin schaute den Zettel kaum an.

»Was für Daten?« Gruber schaute auf.

»Der Stadionmanager vom *FV Beuren*«, stellte Sauter ihn vor.

Martin ließ Grubers Frage unbeantwortet und verschwand genauso plötzlich, wie er gekommen war.

»Da wäre noch etwas«, Gruber wandte sich an den Inspektor und hielt ihm sein Smartphone hin. Dort stand: *Ich habe Sie gewarnt. Denkt an den Samstag.*

»Das habe ich noch spätabends bekommen«, fügte Gruber hinzu. »Samstag ist ja der nächste Spieltag.«

Sauter drückte auf den Zurück-Pfeil. Die Ländervorwahl der Absendernummer begann nicht mit einer 0049. Er wusste nicht, welchem Land die Vorwahl 007 zugeordnet war, würde aber darauf wetten, dass sie aus einem Land stammte, in dem Prepaid-SIM-Karten in jedem Supermarkt angeboten wurden. Und selbst wenn dort ein Ausweis vorgelegt werden müsste, würden die Kassiererinnen vermutlich auch die schlechteste Fälschung nicht erkennen.

»Die Sieben – Vorwahl von Russland.« Martin, der wieder zurück war, brauchte Dr. Google nicht zu konsultieren, um die Nummer zu erkennen. »Noch vor fünf bis sechs Jahren hat keiner dort den Pass beim Kartenerwerb verlangt. Es sind Tausende im Umlauf. Die Karte kann bar an speziellen Terminals aufgeladen werden, sodass keine Spuren bleiben«, erklärte er weiter.

»Kannst du die Nummer orten? Ich will wissen, wo und wann sich das Telefon eingeloggt hat«, fragte Sauter.

»Klar. Wird gemacht. Aber zunächst mal das.« Martin legte einen Zettel auf den Tisch, *station1@kh-lauratal* stand darauf.

Sauter sah den IT-Spezialisten grimmig an. »Das heißt?«

»Die Mail wurde von dem Account einer Station aus dem Krankenhaus Lauratal abgeschickt«, übersetzte Martin.

»Das heißt?« Sauter blieb einsilbig.

»Das heißt … Wann warst du das letzte Mal in einem Krankenhaus?«, fragte Martin zurück.

»Hm … Als Tobi auf die Welt kam«, sagte Sauter.

Martin nickte. »Wie alt ist er jetzt? Zwölf? Damals war in den meisten Kliniken der Begriff Computer noch ein Fremdwort. Heute läuft ohne Computer nichts mehr. Die Patienten bleiben sogar ohne Essen, wenn das System ausfällt.«

»Was hat das mit der Mail zu tun?«, Sauter klang leicht genervt.

»Ganz einfach, schau mal abends in einem Krankenhaus vorbei. Meistens ist nur eine Schwester auf Station. Oder nur die Nachtwache. Und die haben so einen Schiss vor dem PC, dass sie den Bildschirm nicht sperren, wenn sie den Leitstand verlassen. Und wenn doch, dann steckt das Passwort meistens unter der Tastatur oder dem Tischkalender«, erklärte Martin.

»Aber wer kann schon diesen langen Text in einer Sekunde eintippen? Das Risiko, erwischt zu werden, wäre zu groß«, wandte Sauter ein.

Martin grinste schief. »Er muss ja den Text nicht unbedingt vor Ort schreiben. Sicherheit in Krankenhäusern wurde noch nie großgeschrieben. Viele haben die USB-Ports offen. Steck deinen Stick rein und wenn nur eine Textdatei drauf ist, schlägt auch der Virenscanner nicht an. Fertig.«

»Da muss der Täter aber ziemlich sicher sein, dass die USB-Zugänge offen sind.« Sauter war überrascht, dass das so einfach gehen sollte.

»Das ist nur eine Vermutung. Genauso gut könnte er an die Adresse der Station aus der Nähe, sagen wir von einem Smartphone, eine Mail schicken, sich an den Rechner setzen, den Text kopieren und die Mail anschließend unwiderruflich löschen. Oder eine CD mitbringen. Es gibt mehrere Möglichkeiten. Was ich aber nicht verstehe: Wieso schickt er die Mail von diesem Account, wenn es einfacher und ungefährlicher mit einer gefakten Adresse geht?«

»Komm, wir fahren ins Krankenhaus«, beschloss Sauter, vor allem aus Ratlosigkeit.

»Das wird aber eine lange Fahrt. Lauratal ist über einhundert Kilometer von hier entfernt«, wandte Martin ein.

So langsam fühlte sich Sauter verarscht von dieser modernen, digitalen Welt. Elektronischen Unfug anrichten? Bitteschön, geht problemlos aus weiter Entfernung. Aber um diesen auszubaden, musste er sich physikalisch dorthin bewegen. »Wir fahren«, wiederholte er und winkte den Praktikanten zu sich, der am anderen Ende des Raumes saß.

»Kramer, setzen Sie das Protokoll auf und lassen Sie es von Herrn Gruber unterzeichnen.« Dem hundetreuen Blick Grubers ausweichend, fügte er hinzu: »Wir melden uns bei Ihnen. Wegen Samstag, versteht sich.«

Das Haus am Meer

Sogar seinen Sohn ermahnte Daniel regelmäßig, auf keinen Fall Geld und Papiere in die Gesäßtasche zu stecken, wenn der verreiste. Im Gedränge an der U-Bahn-Kasse hatte er nun selber das Portmonee nicht wie üblich in die Vordertasche gesteckt.

Daniel klopfte alle Taschen ab und holte alle Sachen aus dem Rucksack. Die Geldbörse war weg. Geld war ja keins mehr drin, aber die Bank- und Kreditkarten. Der Ausweis. Auch der von seiner Frau. Sein Herz machte einen Sprung. Er fing Elenas Blick auf. Sie verstand sofort, ohne dass er etwas sagen musste. Fünf Minuten saß er schweigend da. Dann öffnete er nochmals den Rucksack, machte den inneren Reißverschluss auf und fischte einen Fünfzigeuroschein heraus. Dann knöpfte die Brusttasche auf. Dort hatte er noch einen Fünfziger versteckt. Vor Jahren hatte er es sich angewöhnt, sein Geld nicht nur in einer Börse aufzubewahren. Er schloss die Buchungsseite auf seinem Smartphone. Das mit dem Flug hatte sich erledigt. Die Kreditkartennummer kannte er nicht auswendig. Andere Zahlungsmöglichkeiten bot die Seite nicht an. Daniel stand auf und schaute auf den U-Bahn-Plan. Der Hauptbahnhof lag auf der blauen Linie, mit der sie gerade fuhren.

Entschuldigend schaute er auf Elena runter.

»Ohne Ausweise können wir nicht fliegen. Vielleicht sollen wir zum Bahnhof fahren. Wir müssen weg von hier.«

»Wieso gehen wir nicht zur Deutschen Botschaft?«

»Du hast ja die Fernsehbilder gesehen. Die ist jetzt wahrscheinlich mit anderen Sachen beschäftigt. Aber du hast recht, wir können es versuchen. Was zeigt dein Akku an?«

»Noch zwanzig Prozent.«

Daniel seufzte und tippte den Suchbegriff »Botschaft Athen« in den Browser ein.

»Elena, komm, wir steigen hier aus. Im Waggon kann ich nicht telefonierten. Zu laut.«

Zu seiner Überraschung meldete sich am anderen Ende der Leitung sofort eine angenehme männliche Stimme.

Nach einer Minute war das Gespräch aber schon beendet.

»Kommen Sie am Montag zur Botschaft, Herr Schwab. Dann sind wir wieder in voller Besetzung. Wir können im Moment nur Härtefälle bearbeiten. Auf Kreta stecken Tausende unserer Bürger fest, davon viele Kinder. Einige Deutsche sind auch unter den Toten und Verletzten«, der Diplomat hörte sich Daniels Geschichte gar nicht zu Ende an.

Daniel zog Elena, die das Gespräch mitgehört hatte, zum Metro-Plan.

»Wenn du nichts dagegen hast, laufen wir die eine Station zum Bahnhof zu Fuß.« Er zeigte auf die blaue Linie.

Vor einigen Jahren, als sie das erste Mal in dieser Stadt gewesen waren, hatten sie sich gefragt, wie wohl das florierende City-Leben nachts aussieht. Jetzt hatten sie die Chance, es zu erfahren. Nicht ganz freiwillig, leider.

Genau wie vor einem Jahr auf Menorca. Daniel war

fasziniert von dem Naturhafen der Inselhautstadt Mao gewesen. Er hatte sich das tanzende Wasser in der Dunkelheit von Dutzenden Schiffen beleuchtet vorgestellt. Es wäre gigantisch, das mal zu erleben, so hatte er schwärmerisch gedacht. Die Möglichkeit dazu hatten sie drei Tage später bekommen, als nach dem Einchecken eine metallische Lautsprecherstimme mitteilte, dass ihr Flieger aus technischen Gründen erst morgen gehen würde – genau vierundzwanzig Stunden später. Sie wurden in ein Hotel gebracht, nicht weit vom Hafen, und spazierten nach dem Abendessen sofort ans Ufer. Die Enttäuschung beim Anblick des dunklen und ausgestorbenen Hafens hatte er auf den Stress wegen des verschobenen Flugs zurückgeführt.

So war es auch jetzt. Daniel zwang sich, langsamer zu laufen, aber die sich in seinen Gliedern festgesetzte Furcht trieb ihn durch die gut gefüllten Straßen. Auch die Krise verdrängte die Griechen nicht von ihren Lieblingsplätzen. Wenn sie auch kein Geld im Portmonee hatten, für einen kleinen Mokka fanden sie immer eine Münze.

In weniger als in zwanzig Minuten hatten sie den Weg zum Hauptbahnhof zurückgelegt. Ohne eine Vorstellung davon zu haben, wohin sie fahren sollten, lief Daniel zum Fahrscheinautomaten und wählte das Menü auf Deutsch. Sein Blick wanderte durch die Halle und blieb an der Anzeigetafel hängen. In fünf Minuten fuhr ein Zug nach Thessaloniki ab. Den würden sie vielleicht nicht schaffen. Er gab den Ort ins Suchfeld ein. Schnell stellte er fest, dass er sich gar nicht beeilen musste. Für den Schnellzug würde das Geld knapp reichen, er wollte aber nicht alles ausgeben. Der Eilzug um Mitternacht war deutlich billiger. Er war so auf Thessaloniki fixiert, dass er an andere

Optionen gar nicht dachte. Irgendwie glaubte er, dort eine Lösung zu finden.

Er speiste den Bildschirm mit Daten. Der Automat warf zwei Karten und das Restgeld aus. Vierzig Euro hatten sie noch. Bis nach Hause waren es von Thessaloniki noch zweitausend Kilometer. Er atmete tief durch.

Als Nächstes war sein Smartphone dran. Im Kiosk fand er schnell das passende Ladekabel, nahm es in die Hand und drehte das Preisschild um. Dreißig Euro! Verrückt! Dreißig Euro für ein Stück Draht. So viel kostet ein neues preiswertes Handy. Er legte die Ware zurück.

»Komm, wir laufen in die Stadt, zur Akropolis. Vielleicht finden wir einen schönen Aussichtspunkt oben«, schlug er nun Elena vor, die ihm die ganze Zeit geduldig gefolgt war. Sie vertraute ihm und schwieg, was sein Herz noch schwerer machte.

Er versuchte alle Gedanken auszublenden, lief wie auf Autopilot den Schildern folgend die Treppen hoch. Oben entdeckten sie eine Ecke, bis zu der das Lichtermeer von unten schimmerte wie ein riesiges, über das Tal geworfenes Handtuch. Die übliche Faszination bei solchen Ausblicken blieb aus. Sie schauten sich gegenseitig an und schlenderten zurück, aus einer Gasse in die andere, am Parlamentsgebäude vorbei. Das trübe Gefühl überlagerte all die zauberhaften Bilder, die ihnen vor Jahren den Atem geraubt hatten.

Elena blieb vor dem Parlamentsgebäude stehen.

»Kannst du dich noch an das Foto erinnern, auf dem ich mit dem Wachsoldaten abgebildet bin?«, fragte sie.

Daniel nickte schnell.

»Das war eine schöne Reise«, fuhr seine Frau fort. »Da

war unser Sohn noch dabei.« Wie jede Mutter arrangierte sich Elena schwer mit dem Gedanken, dass der Sprössling nun lieber mit Freunden als mit den Eltern in den Urlaub ging. »Übrigens, wieso rufen wir ihn nicht an? Oder deinen Bruder? Er kann uns Geld schicken. Es gibt doch diesen Expressservice.«

»Meinst du Western Union? Thomas ist ja in Italien mit den Kumpels. Und ohne Ausweise kriegen wir das Geld nicht ausbezahlt.«

Elena schaute ihrem Mann in die eingefallenen Augen. Er wollte um jeden Preis so weit wie möglich von der Insel, vom Wasser weg. Sie erinnerte sich wieder an die Bilder im Fernsehen und strich ihm über die Wange. Immerhin hat er die Gefahr am Flughafen sozusagen erspürt und vielleicht beiden das Leben gerettet.

»Übrigens, Ausweise. Genauer gesagt, die gestohlenen Bankkarten. Du hast diese sicherlich sperren lassen?«, fragte sie vorsichtig. Immerhin war sie immer diejenige, die solche wichtigen Sachen vergaß.

Ihr Mann schaute sie an, als ob sie ihm von der UFO-Landung im eigenen Garten erzählt hätte, und schlug sich nach längerer Pause an die Stirn.

»Ogottogott. Daran habe ich gar nicht mehr gedacht.« Sein Hirn war voll mit nur einer Idee beschäftigt – weg von hier. Er holte sein Smartphone raus. Fünfzehn Prozent Akkurestladung zeigte es an. Hätte er ein gängiges Modell gehabt, könnte er es in einem Café aufladen. Da er aber das ständige Rennen hinter den aktuellen Geräten für reine Rohstoffverschwendung hielt, nutzte er die von seinem Sohn aussortierten Handys. Nun war er einer der wenigen iPhone 4-Besitzer, zu dem kein anderes Ladekabel passte. »Darf ich dein Handy benutzen? Was zeigt dein Akku an?«

Elena reichte ihm ihr Telefon. Siebzehn Prozent Batterieladung. Er wählte die +49 116 116, wartete die Ansage ab, drückte die eins für die Sparkassenfinanzgruppe, dann die zwei für Kreditkarte und wurde weiterverbunden. Die Kreditkartennummer war eine der wenigen Zahlen, die Daniel sich nicht merken konnte. Deswegen dauerte es etwas, bis sein Gesprächspartner seinem Namen die richtige Karte zuordnen konnte.

»Das ist aber nicht ihr ernst?«, rief Daniel plötzlich ins Handy. »Okay, trotzdem danke.«

»Gibt es Probleme?«, Elena berührte ihn am Arm.

»Die Kreditkarte habe ich sperren lassen. Um die Maestro-Bankkarte zu sperren, muss ich die 116 116-Nummer noch mal wählen und statt der Zwei die Eins drücken. Ist egal. Unser Girokonto kann nur um 500 Euro überzogen werden – ist kein Beinbruch.«

Ist immer noch viel Geld, wollte Elena widersprechen, ließ es aber.

Als Daniel aufwachte, brach schon die Morgendämmerung an. Er wusste nicht, wann er eingeschlafen war. Normalerweise konnte er nie im Bus oder Flugzeug ein Auge zudrücken. Anscheinend war die Müdigkeit dieses Mal jedoch stärker gewesen. Außer ihnen saßen nur wenige Menschen im Waggon, darunter einige schief schauende Jugendliche. Na ja, dachte Daniel sarkastisch, wenigstens kann man uns jetzt nichts mehr klauen. Die letzten vierzig Euro hatte er gut verstaut. Im Rucksack steckten die Wasserflasche und ein paar Kekse. Das war's.

Elena, die ihm gegenübersaß, wechselte zu ihrem Mann auf die Bank.

»Michail hat gesagt, er wohnt in Chalkidiki, in Kassandra. Oder?«, sie nahm seine Hand.

Daniel nickte.

»In der Gegend waren wir doch vor drei, vier Jahren. Bei deinem Freund Döma.«

Tatsächlich. Wie ist er selber nicht draufgekommen!

Döma kannte er aus seinen Moskauer Zeiten.

Seine Tochter Dascha hatte einen Mann aus der neuen russischen Elite geheiratet, dem ein Häuschen direkt am Meer gehörte, nicht weit von Michails Kassandra. Dascha verbrachte jeden Sommer mindestens zwei Monate dort. Oft war Dömas Frau Manja dabei.

Noch im Zug checkte Daniel, wie sie am schnellsten zum Busbahnhof Chalkidiki kamen. Er hatte sich fest vorgenommen, zur Halbinsel zu fahren. Vielleicht könnten sie dort seinen Freund Döma oder seine Familie treffen.

Der Busbahnhof Chalkidiki lag am Rande der Stadt in der Nähe des Flughafens. Vom Hauptbahnhof waren es zwanzig Minuten mit dem Linienbus. Daniel tat so, als ob er Geld in den Automaten einwerfen und Fahrkarten herausholen würde. Was in der frühen Stunde – außer ihnen waren nur drei Fahrgäste im Bus – nicht so einfach war. Aber jetzt zählte jeder Cent. Zum Glück lagen die Kontrolleure um diese Uhrzeit noch im Bett. Am Ziel atmete er erleichtert aus. Wären sie in eine Kontrolle geraten, hätte die Strafe das letzte Geld verschlungen.

Der Busbahnhof war fast leer. Daniel wartete geduldig, bis der Ticketverkäufer endlich von seinem Kaffeebecher hochschaute. Zwei Euro waren nach Bezahlung übriggeblieben.

Der Bus stand schon bereit, aber die Türen waren geschlossen. Der Fahrer kam fünf Minuten nach Abfahrtszeit. Noch zwei Minuten warteten sie auf den Konduktor. Noch drei Minuten, bis er die Scheine vom halben Dutzend Passagiere überprüft hatte. Daniels Nerven waren überstrapaziert. Elena befürchtete schon, ihr Mann würde gleich ausrasten. Zum Glück legte der Fahrer, nachdem er noch ein paar Wörter mit seinem Kollegen gewechselt hatte, den Gang ein. Diese Gelassenheit, die Ruhe, die Stresslosigkeit, alles, was Daniel in einer normalen Situation eher amüsiert hätte, ließ ihn nun innerlich kochen. In diesem aufgedrehten Zustand blieb er während der ganzen Fahrzeit. Die Fahrt dauerte über eine Stunde, er hielt trotzdem ständig Ausschau nach dem ersehnten Namen »Nikiti«.

Er erkannte die Bucht schon von Weitem und sprang sofort auf. Der Bus hatte kaum angehalten, da war er schon draußen und streckte Elena seine Hand entgegen. Es war nicht weit bis zum Haus. Sie gingen nicht zur Eingangstür, sondern gleich zum Strand, an den sich die Terrasse anschloss. Schon aus der Ferne sahen sie eine Gestalt: in einer Hand die Zigarette, die andere fütterte den Laptop, auf dem Tisch leuchtete eine Flasche Whisky in der Morgensonne und ein fast leeres Glas stand daneben.

Ausnahmezustand auf Station eins

So weit ist es gekommen, fluchte Sauter stumm. Er hatte vor der Notaufnahme in zweiter Reihe parken wollen, war aber vom Sicherheitsdienst zur Weiterfahrt aufgefordert worden. Jetzt stand er vor einer Schranke und wollte seinen Augen kaum trauen. Der Krankenhausparkplatz war kostenpflichtig. Und nicht gerade günstig. Zwei Euro die Stunde. Die ersten dreißig Minuten waren zwar kostenlos, aber wer erledigte schon in einer halben Stunde seine Sachen, wenn der einfache Fußweg vom Parkhaus zum Haupteingang schon mehr als fünf Minuten dauerte?

Er zog ein Parkticket. Der Parkplatz war riesig. Trotzdem fuhr er schon das dritte Mal im Kreis in der Hoffnung, eine Lücke zu finden. Schließlich stellte er den Wagen auf der Wiese ab. Er wollte ja heute noch zurück.

Er und Martin gingen nicht gleich zur Station eins. Vielmehr schlenderten sie langsam durch das aus mehreren Gebäuden bestehende Krankenhaus und staunten immer wieder, wie einfach man hier in die nicht abgeschlossenen Räume kam. Sie öffneten eine Tür, auf der mit welligen Buchstaben »Umkleide Physiotherapie« stand. Um die zwanzig Paar Sportschuhe reihten sich unter den Bänken auf. Alles bekannte Marken. Jeder könnte sich hier wie in einem

Sportgeschäft bedienen. Vorbei an der Station eins stiegen sie die Treppe hoch zu Station zwei. Am Leitstand unterhielten sich zwei Schwestern. Wenige Minuten später leuchtete ein rotes Lämpchen auf. Die eine Frau drückte auf den Knopf und marschierte den Flur entlang. Durch die angelehnte Tür sahen die Polizisten im Hinterzimmer den offenen Medikamentenschrank. Wie auf Kommando schauten sie sich an. Sie bräuchten nur die zweite Schwester ablenken und schon hätten sie eine breite Auswahl an Spritzen und Tabletten.

Sauter hatte im Vorfeld mit dem IT-Leiter des Klinikums telefoniert und seinen Besuch angekündigt, allerdings nichts Genaueres mittgeteilt. Er holte nun sein Handy heraus und wählte die Nummer von Herrn Knipp. Er hatte zwar am Eingang das Schild gesehen, das die Nutzung von Handys verbot, wollte aber nicht zurück zum Empfang gehen. »Herr Knipp, wir sind im Haus. Treffen wir uns auf Station eins?«, fragte er.

»Kann man den Handy-Empfang in sensiblen Bereichen nicht dämmen?«, wollte er dann von Martin wissen.

Der nickte. »Doch, ja, sogar relativ einfach. Viele Kliniken machen das, damit vor allem die empfindlichen medizinischen Geräte nicht gestört werden«, erklärte er.

Der IT-Leiter erwartete sie am Eingang zur Station. Schon an den Begrüßungsgesten bemerkte Sauter, wie unangenehm die Geschichte für den IT-Mann war.

»Würden Sie uns bitte den Computerarbeitsplatz zeigen.« Sauter deckte seine Karten immer noch nicht auf.

Herr Knipp trödelte Richtung Leitstand und zeigte auf zwei Bildschirme. »Jede Station hat bei uns zwei Arbeitsplätze, weil alles elektronisch abläuft, von der Essensbestellung über die Laboranforderung bis zum Röntgen.«

Martin trat zum ersten PC, hob die Tastatur an, dann das Mousepad und machte das gleich noch einmal beim zweiten Rechner. Nichts Auffälliges. Sein Blick schwebte über den Arbeitstisch und blieb schließlich an den aufgestapelten Ablagefächern hängen. Er löste einen mit Tesafilm befestigten gelben Notizzettel vom untersten Fach und legte ihn vor Herrn Knipp. Zwei Zeilen waren mit einem roten Stift drauf vermerkt: *Erste Anmeldung: pflege21. Zweite Anmeldung: pflege1.*

Herr Knipp holte tief Luft und erklärte: »Um an sein Arbeitsprogramm zu kommen, muss sich jeder Mitarbeiter bei uns zuerst im Netzwerk anmelden. Das ist mit ›erste Anmeldung‹ gemeint. Die Krankenschwester, um die Patientenliste der Station aufrufen zu können, muss sich dann noch einmal in unserem Krankenhausinformationssystem anmelden. Die User bringen die zwei Passwörter sehr oft durcheinander, vor allem die Nachtwachen, die höchstens vier bis fünf Einsätze im Monat haben. Als Konsequenz sperren sie den Bildschirm gar nicht, wenn sie zum Beispiel in ein Patientenzimmer gehen. Der Bildschirm wird zwar automatisch nach einer bestimmten Zeit gesperrt, aber jeder hat halt seine Tricks. Dazu kommt, dass das erste Passwort alle drei Monate gewechselt werden muss, das zweite nicht. Das verstärkt die Unsicherheit.

Die meisten Mitarbeiter melden sich im System mit ihrem Nachnamen an. Nur in einigen Bereichen, wie hier auf den Stationen oder in der Physiotherapie, haben wir diese Sammelkonten, mit denen sich mehrere User einloggen. Aber worum geht es eigentlich?«

Inspektor Sauter ging auf seine Frage nicht ein. »Herr

Knipp, ist es schon mal passiert, dass von einem Computer wie diesem, zu dem mehrere Personen Zugang haben, irgendwelche Rechtswidrigkeiten begangen wurden?«

Es entstand eine Pause. Die Polizisten sahen dem IT-Mann an, wie er in seinem Hirn verschiedene Antwortmöglichkeiten durchspielte. Anscheinend fiel die Entscheidung zu Gunsten der Wahrheit.

»Vor zwei Jahren wurde von einem Stationszugang eine böswillige Mail gesandt«, gestand er.

»Können Sie etwas genauer werden?«, hakte Sauter nach.

»Na ja, Sie werden es ja eh früher oder später herausfinden, schließlich wurde damals Anzeige erstattet. Ein schwarzer Krankenpfleger war auf das Übelste beschimpft worden. Die Polizei wurde eingeschaltet, aber der Absender konnte nicht identifiziert werden, wenn auch die Mail an einem Arbeitstag am Vormittag losgeschickt worden war.«

»Welche Polizeistelle hat die Ermittlung geführt? Die örtliche?«, fragte Sauter.

Herr Knipp nickte.

Martin schaltete sich nun in das Gespräch ein. »Wieso werden diese Sammel-Accounts geduldet? Verstoßen sie nicht gegen die Datenschutzgesetze?«

»Das ist eine Grauzone, auch lizenztechnisch gesehen«, antwortete Knipp.

Aha, dachte Martin, auf Deutsch heißt das: Würde jede Pflegekraft sich mit eigenem Zugang anmelden, müsste für jede eine Lizenzgebühr gezahlt werden. Und zwar für jedes System extra.

Herr Knipp las anscheinend die Gedanken seines IT-Kollegen. »Das ist nicht nur eine Kostenfrage, sondern auch ein riesiges organisatorisches Problem. Meine Mitarbeiter wären dann Tag und Nacht damit beschäftigt, vergessene Passwörter wiederherzustellen und Sperren aufzuheben. Denn nach drei Falscheingaben wird das Konto automatisch gesperrt.«

»Aber Sie haben doch sicherlich einen Bereitschaftsdienst in der IT?«, entgegnete Martin.

»Das stimmt. Wir haben eine Sieben-Tage-24-Stunden-Rufbereitschaft.« Herr Knipp hatte seine Verlegenheit abgelegt und erzählte jetzt gerne von seiner Tätigkeit. »Das heißt, jeden Abend geht ein Mitarbeiter nicht mit der Ehefrau ins Bett, sondern mit dem Geschäftshandy.« Er versuchte zu scherzen, was allerdings angesichts der aktuellen Umstände nicht besonders lustig klang. »Nach der Rufbereitschaftsnacht muss mein Mitarbeiter morgens pünktlich zum Dienst erscheinen. Zurzeit sind es ein, zwei Anrufe in der Nacht, würden wir aber alle Kontos auf Einzelzugänge umstellen, könnten wir den Schlaf komplett vergessen.«

»Es muss doch auch eine technische Lösung geben.« Martin ließ nicht locker.

Knipp nickte bedächtig. »Selbstverständlich gibt es technische Lösungen. Zum Beispiel das Single-Sign-on-Verfahren, bei dem der User nach einer einmaligen Authentifizierung auf alle Rechner und Dienste zugreifen kann, ohne sich jedes Mal neu anmelden zu müssen. Oder das Chip-Verfahren: Da legt der User seinen Chip – die haben wir schon im Einsatz, beim Parken und in der Kantine, auch bei der Stempeluhr – auf das Lesegerät und wird automatisch bei allen Systemen angemeldet. Aber bei jeder Methode gibt es eine Schwachstelle: den Menschen. Stellen Sie sich vor, jemand verliert seinen Chip und merkt es nicht sofort … Es wird zwar eine PIN abgefragt …« Er winkte ab. »Erst vor ein paar Wochen«, erzählte er dann weiter, »war in Hessen ein Krankenhaus für Wochen lahmgelegt, nachdem der Geschäftsführer einen Mail-Anhang geöffnet hatte, in dem sich ein Verschlüsselungsprogramm versteckte.«

Sauter unterbrach Knipps Schilderungen. »Wir brauchen die Liste aller Mitarbeiter, die am 30. August Dienst auf Station eins und in anderen Bereichen hatten. Lässt sich das auf die Schnelle machen? Wenn schon bei Ihnen alles elektronisch abläuft, müssten Sie doch auch in der Lage sein, auf Knopfdruck die Dienstpläne auszuwerten.«

»Ja, das geht. Ich werde Sie zum Personalleiter bringen. Sagen Sie, wurde wieder eine böse Mail von unserem System aus gesendet?«, fragte Knipp nun direkt nach.

»Das kann man wohl sagen. Aber behalten Sie die Information für sich. Auch von unserem Besuch sollte keiner wissen. Vorerst.« Sauter musterte ihn eindringlich.

»Alleine der 30. August bringt Sie unter Umständen nicht weiter«, sagte Knipp.

Sauter hob die Augenbrauen.

»Jedes Mailprogramm verfügt über eine Verzögerungsautomatik. Simpel ausgedrückt: Ich kann heute eine Nachricht schreiben, die wird aber erst morgen abgeschickt«, erklärte der IT-Mann.

»Und das können Sie nachverfolgen?«

»Mit großer Wahrscheinlichkeit.«

Sauter holte die Mail, die an den Stadionmanager geschickt wurde, hervor und reichte sie dem Herrn Knipp:

»Dann haben Sie jetzt etwas zu tun. Wir kümmern uns inzwischen um die Dienstpläne.«

Knippe zögerte. »Eigentlich muss ich mir das Okay vom Betriebsrat holen …« Er verstummte, denn er sah den scharfen Blick des Inspektors. »Na ja, ist ja auch kein persönliches E-Mail-Konto«, fügte er dann schnell hinzu.

Sauter ließ sich in die Personalabteilung bringen, Martin im Schlepptau. Er hatte zwar nicht viel Hoffnung, aber er wusste nicht, was er sonst unternehmen könnte.

Die Abfuhr

Daniel und Elena mischten sich in die Menschenmenge vor dem Hoteleingang. Daniel zitterte immer noch, obwohl schon eine Stunde vergangen war. Er hatte es hundert Mal bereut, nur in die Nähe des Hauses am Meer gekommen zu sein. Die Gestalt auf der Terrasse hatten sie früher nicht gesehen, aber oft von ihr gehört. Dömas Schwiegersohn Arsenij. Er sei nicht besonders zimperlich und wäre fest davon überzeugt, die Leute drum herum als minderwertig abzufertigen zu dürfen, nur, weil sein Portmonee dicker war. Das hatte sich nun bestätigt.

Wie blöd kann man nur sein, dass einem die Geldbörse mitsamt Bankkarten und Ausweisen gestohlen wird. Und wenn euch die Botschaft nicht helfen kann, dann wohnt ihr im falschen Land. Die Augen des jungen Mannes waren voller Verachtung und Ekel.

Auch eine Stunde später noch bebte Daniels Stimme. Sie waren am Strand entlang zum nächsten großen Hotel gelaufen, das kein All-inclusive anbot – ohne die Armbänder war es einfacher, sich unter die Gäste zu mischen. Daniel hatte Elena ein Zeichen gegeben: »Warte am Pool, bin gleich wieder da.«

Im Hauptgebäude war er schnell fündig geworden. Schon in der ersten Etage entdeckte er einen Rollwagen, den das Zimmermädchen im Flur stehen gelassen hatte. Er nahm sich zwei Shampoos und zwei Badetücher und verschwand unbemerkt wieder. Er fand schnell eine abschließbare Kabine mit Dusche in einem leeren Zimmer. Sie war so breit, dass dort drei Personen Platz gehabt hätten. Vielleicht für Gäste mit Handicap. Er winkte Elena zu, ließ sie herein und sperrte die Tür wieder zu. Noch nie hatten sie das lauwarme Wasser so genossen wie in diesem Moment. Daniel hätte noch ewig so stehen können, doch er musste sich mit Elena abwechseln. Ein paar Mal rüttelte es an der Tür, aber nicht aufdringlich. Sie wuschen noch ihre Hemden in der Hoffnung, dass die pralle Sonne sie schnell wieder trocknen würde.

Keiner hatte auf sie geachtet, als sie das Gelände verließen und sich zum nächsten Hotel begaben. Als Nächstes hatte er Ausschau gehalten nach Touristen mit Armbändern. Zwei Hotels weiter entdeckte er welche. Er legte sein immer noch feuchtes Hemd auf einen Arm, umarmte Elena mit dem anderen und taumelte mit ihr – wie ein glückliches Ehepaar – Richtung Bar. Er hoffte, Wasser direkt aus dem Spender holen zu können, ohne es beim Barkeeper bestellen zu müssen, wie es oft in All-inclusive-Hotels üblich war. Aber da war nichts.

Ohne anzuhalten, waren sie weitergeschlendert, bis sie eine überdachte Terrasse erblickten, auf der es sich die ersten Gäste mit ihren Tabletts bequem machten. Daniel erfasste schnell die Lage: Das Mittagessen wurde nicht im Hauptrestaurant serviert, sondern draußen in einem kleinen Restaurant, das eher einer Kantine glich. Sie waren direkt zur Theke marschiert, hatten ihre Teller bis zum Rand gefüllt und zwei Gläser mit Wein und zwei mit Wasser auf die Tabletts gestellt. Keinen interessierte es. Die Bedienung am Tisch hatte sie sogar noch gefragt, ob sie ihnen Öl bringen sollte.

Daniel merkte kaum, wie er den Teller leerfegte. Seine Gedanken waren ganz woanders. Wie sollte es weitergehen? Sie mussten zurück in die Stadt. Aber wie? Mit zwei Euro kamen sie nicht weit. Elena, die sonst immer langsam aß und jeden Bissen genoss, war auch bald fertig. Daniel hatte dann noch zwei Flaschen mit Wasser aufgefüllt. Er hatte noch mitbekommen, wie die Gäste am Tisch daneben sich über die Ereignisse auf dem Flughafen auf Kreta unterhalten hatten. ›Schrecklich‹, ›Katastrophe‹ – diese zwei Wörter waren in jedem Satz gefallen. Es war tatsächlich eine Katastrophe, dachte Daniel.

Jetzt standen sie vor dem Hoteleingang in einer Menge sorgloser Touristen, die auf ihren Transfer zum Flughafen warteten. Als der erste Bus anrollte, gab Daniel Elena ein Zeichen, ihm zu folgen, blieb dann aber abrupt stehen. Nur zwei Personen stiegen in den Bus ein. Sie setzten sich also auf die Bank und beobachteten eine größere Gruppe, wahrscheinlich Holländer, die fröhlich gackerten. Auch hier sickerte das Wort ›Kreta‹ mehrmals zu ihnen durch. Plötzlich setzte sich die Gruppe wie auf Kommando in Bewegung, holte ihre Koffer und lief zum Bus, der etwas weiter entfernt anhielt. Daniel nahm Elena an die Hand und zog sie in dieselbe Richtung. Während die Holländer warteten, bis der Fahrer ihr Gepäck verstaute, stiegen sie ein, begrüßten die anderen Passagiere und setzten sich ganz nach hinten.

Der Fahrer schob sich vors Lenkrad, stand dann aber

wieder auf und lief mit einem Zettel durch den Bus. Er zählte durch, schaute auf den Zettel und zählte noch einmal. Dann murmelte er irgendetwas auf Griechisch, winkte mit der Hand, was wohl so viel wie »zu viel sind nicht zu wenig« bedeuten sollte, und fuhr los.

Daniel hoffte, am Flughafen unbemerkt in den Linienbus in die Stadt einsteigen zu können. Sie mussten so schnell wie möglich zum Konsulat kommen. In der Botschaft in Athen hätten sie bis Montag warten müssen. Vielleicht ging es in Thessaloniki schneller.

Elena saß am Fenster und schaute aus den Augenwinkeln zu ihrem Mann hinüber. Der schien in diesen dreißig Stunden, seitdem sie von Kreta geflohen waren, um einige Kilos abgemagert zu sein. Sein Gesicht war fast grau. Sie erahnte, wie sein Gehirn die nächsten Schritte durchspielte. Sie wusste auch, wie sehr ihn Arsenijs Verhalten getroffen hatte. Er war in den letzten Jahren oft von seinen besten Freunden hintergangen worden, vor allem wegen Geld, und glaubte trotzdem noch an das Gute in den Menschen. Nun war Arsenij kein Freund, aber immerhin der Schwiegersohn eines Freundes.

Sie holte ihr Smartphone hervor und aktivierte die Option »Mobile Daten«. Sie war nicht versiert im Umgang mit Handys. Deshalb machte sie sich stets Sorgen, dass wegen falscher Einstellungen Kosten entstehen, vor allem im Ausland. Um das zu vermeiden, hatte sie sich von Daniel einige Male zeigen lassen, wo sie die richtigen Haken setzen musste. Jetzt waren die Kosten unwichtig geworden.

Sie suchte unter »Kontakte« nach Taisija, einer Moskauer Bekannten, die in Thessaloniki studierte. Vor zwei Jahren, als Elena mit Daniel hier in der Stadt war, hatten sie sich verabredet, um zusammen eine Kirche zu besuchen. Im letzten Moment hatte es aber doch nicht geklappt.

Sie tippte schnell ins WhatsApp-Feld: »Hilfe! Bist du in Thessaloniki?«

Angestrengt starrte sie auf die losgeschickte Nachricht. Der erste Haken erschien – Nachricht rausgegangen. Der zweite ließ auf sich warten. Bald war auch er da – Nachricht zugestellt. Jetzt betete sie, dass er die Farbe änderte. Denn Blau würde bedeuten, der Empfänger hatte den Hilfeschrei gelesen. Als sich der Haken verfärbte und die Statuszeile oben »schreibt« signalisierte, brach sie fast in Jubelschreie aus, als ob sie schon zu Hause wären. Taisijas Antwort brachte sie dann aber in die Realität zurück: »Nein, warum?«

Elena fing an zu tippen, stoppte aber plötzlich und löschte das Geschriebene – keine Zeit für ausführliche Berichte. Sie schrieb nur: »Waren beim Unglück auf Kreta. Sind in Thessaloniki. Keine Ausweise, kein Geld. Hilfe!«

Es dauerte eine Ewigkeit, bis WhatsApp den Nachrichteneingang vermeldete: »Wo seid ihr genau?«

»Im Bus zum Flughafen.«

Zurück kam nichts mehr. Elena fing an zu zittern. Ihr war kalt geworden. Sie schloss und öffnete wieder die App. Nichts. Dann bemerkte sie, dass sie keinen Empfang mehr hatte.

Sie waren als Letzte aus dem Bus ausgestiegen. Daniel schaute sich nach dem Linienbus um, als er von einer Frau am Arm gezogen wurde. »Schnell ins Auto, wir müssen weg von hier«, zischte sie.

Dikaio. Der erste Schritt

Die Eingangstür war verschlossen. Oft stand sie um diese Uhrzeit morgens um sechs sekundenlang offen, weil die Putzfrauen mit ihren Wagen hin und her huschten. Er hätte seinen Chip an die Säule halten und die Tür öffnen können, tat es aber nicht. Stattdessen stellte er sich in den Raucherpavillon und wartete. Es dauerte nicht lange, bis er das Klacken der Stöckelschuhe hörte. Kurz darauf bog eine Gestalt um die Ecke, ganz in Schwarz, sodass er sie nur als komplett dunkle Silhouette sah. Und selbst wenn das spärliche Licht auf das Gesicht der Dame gefallen wäre, hätte er sie wohl nicht erkannt. Er arbeitete zwar schon fast zwei Jahre hier, aber die Entwicklungsabteilung war wie üblich ins Untergeschoss verbannt worden, und so bekam er kaum Kollegen aus anderen Abteilungen zu Gesicht.

Als ein leichtes Summen signalisierte, dass die Frau die Tür geöffnet hatte, ging er langsam zum Eingang. Die paar Sekunden, bis die Tür zufiel, reichten aus, um den Griff zu erfassen und sich ins Innere zu schieben. Er zog die Mütze tiefer und den Kopf ein und stellte den Kragen seiner giftgrünen Jacke hoch. Morgen würde er wie immer die andere Jacke anziehen. Auch die anderen Schuhe. Heute Morgen im Auto hatte er in den linken Schuh noch zwei Einlegesohlen gesteckt. Wenn jemand auf die Idee kommen würde, die Kamerabilder auszuwerten, würde er einen leicht hinkenden Mann undefinierten Alters sehen.

Die Frau vor ihm ging, ohne sich umzudrehen, zur Stempeluhr. Ein schriller Ton registrierte ihr Einchecken. Er wartete, bis sie in den Aufzug einstieg. Selber würde er jetzt nicht einstempeln. Das würde er später nachholen, sobald er alles erledigt hatte.

Am Drehkreuz zu Trakt F hielt er seinen Chip hin – die Passierzeiten wurden hier nicht im System festgehalten. Der Sicherheitsmann im Kasten war wie immer mit seinem Smartphone beschäftigt.

Dikaio, so nannte er sich selbst. Dikaio waren die ersten sechs Buchstaben des griechischen Wortes »Dikaiosyne« – Gerechtigkeit. Wenn keiner sich darum kümmerte, wenn Anstand zu einem Fehlbegriff in der Gesellschaft wurde, musste jemand das wieder geradebiegen. Heute war der Tag, an dem er seinen Testlauf durchziehen würde. Sollte er gelingen, würde die Welt bald aufhorchen.

Über ein Jahr hatte er diesen Tag vorbereitet. Leider musste er immer noch mit einigen Einschränkungen leben. Nur wenn sein Kollege Rüdiger im Urlaub, krank oder auf Dienstreise war, hatte er die Möglichkeit, an seinem Programm zu schrauben. Eigentlich hatte er keine Berechtigung, sensible Programme auszuführen, weder im Entwicklungssystem noch im Produktivbetrieb. Da blinkte gleich das rote Ausrufezeichen: »Sie haben keine Berechtigung für das Programm XYZ.« Durch einen Zufall hatte er dann eine Lücke im Sicherheitskonzept entdeckt. Und das in einem Unternehmen, das Software für Geo-Satelliten anbot.

Seine Kollegen starteten die ihnen zugeordneten Anwendungen über die Favoriten oder über eine Transaktion im Benutzermenü. Er war es gewohnt, noch von seiner vorherigen Firma, mit der Befehlszeile zu arbeiten. Als er mal ein Tool starten wollte und sich vertippt hatte, dazu war auch noch die Großschreibung auf der Tastatur aktiviert, landete er direkt im Debugger, dem mächtigsten Tool, in dem man Zeile für Zeile den Programmcode durchlaufen und die übergebenen Daten ändern, das hieß: manipulieren konnte. Dikaio hatte es gleich versucht, und zwar mit einem Programm, für das er keine Berechtigung hatte. Der Trick war einfach: Bevor er das Programm ausführte, startete er den Debugger und scrollte zu der Stelle, an der die Berechtigung geprüft wurde. Im Feld »User« setzte er anstatt des eigenen testweise die Namen seiner Kollegen ein. »Sie haben keine Berechtigung …«, lautete die Meldung bei den ersten drei. Bei Rüdiger lief das Programm weiter.

Er hatte es sofort auch im Produktivsystem ausprobiert. Dort war der Debugger grundsätzlich gesperrt, was ihn nicht störte. Für das, was er vorhatte, würde auch das Entwicklungssystem ausreichen. Er musste nur noch die Parameter für den Aufruf der Schnittstellen anpassen. Die Parameter selber würde er sich aus dem Echtsystem holen. Er hatte dort zwar keine Berechtigung, Programme zu starten, dafür aber die Befugnis, den Code im Anzeigemodus einzublenden. Der Rest war Sache der Technik.

Diese Woche war Rüdiger im Urlaub. Für Dikaio bedeutete das fünf Arbeitstage, um in Ruhe den Ablauf zu checken und bei Auffälligkeiten das Programm zu stoppen. Das war noch ein Vorteil des Debuggers: Zu jedem Zeitpunkt konnte er in den Ablauf eingreifen oder ihn sogar komplett anhalten.

Nach drei Tagen war er so weit. Jetzt galt es, keine Spuren zu hinterlassen, deswegen auch die ganze Maskerade.

Er schaltete den Bildschirm an. Der Rechner lief die ganze Nacht hindurch, so ließen sich die Systemdaten einfacher manipulieren. Er startete den Debugger und entschlüsselte die gestern Abend auf dem lokalen Verzeichnis abgelegte Textdatei. Er hatte auch dafür keine Rechte, aber mit etwas Gehirnschmalz war die Lösung ein Kinderspiel. Es wäre mit Blick auf Datenverluste sicherer, die Datei auf dem Server zu speichern, aber dann würde sie nachts aufs Band gesichert. Das wäre zu riskant.

Er sprang im Debugger-Modus sofort zur Zeile USER und überschrieb den eigenen Anmeldename mit dem von Rüdiger: RUEDIGER. Keine Umlaute. Er stellte dann die Systemuhrzeit um vier Stunden vor, scrollte weiter und änderte den Pfad zur Skriptdatei – drückte die F8-Taste auf der Tastatur, was so viel wie »das Programm endgültig ausführen« bedeutete. Jetzt gab es kein Zurück mehr.

Ohne Ausweis durch Europa

Sie gab Vollgas, lenkte auf die Nebenspur, fuhr dicht auf einen Bus auf. Daniel hatte das Gefühl, die Schranke, die sich hinter dem Bus senkte, würde auf seinem Kopf landen.

Erst als sie das Gelände verlassen hatten, nahm die Frau den Fuß vom Gas. »Entschuldigt die Eile und den Stress. Dort dürfen nur Busse rein. Aber ich wollte euch nicht verpassen, deshalb habe ich es gewagt. Ich bin Sophie«, stellte sie sich vor.

Sie sagte ihren Namen mit einer Selbstverständlichkeit, als würde er als Erklärung ausreichen. Als sie bemerkte, dass ihre Mitfahrer sie immer noch fassungslos anschauten, fügte sie hinzu: »Taisija hat mir geschrieben.«

Daniel guckte sie nach wie vor verständnislos an. Elena griff in ihre Tasche und holte das Smartphone heraus. Es zeigte drei Balken an: guter Empfang. Der Startbildschirm meldete eine Nachricht von Taisija: *Meine Freundin Sophie kommt zum Flughafen. Wartet dort.*

»Taisija hat mir nur geschrieben, dass ihr auf Kreta wart und Hilfe braucht. Wart ihr dort, als es passierte?«, fragte Sophie.

Noch vor paar Stunden hätte Daniel das Geschehene

mit allen Details erzählen können. Jetzt schien sein Hirn nicht mehr Herr über seine Zunge zu sein. »Ja«, sagte er nur müde, »bringen Sie uns bitte zum deutschen Konsulat.«

Daniel wusste, dass die Behörde am Samstag geschlossen war, hatte aber das Bedürfnis, auf dem Gelände zu stehen, was Sicherheit bedeutete. Er hatte schon gestern im Zug die Telefonnummer für Notfälle in seinem Telefon abgespeichert. Seitdem hatte er es nicht benutzt, um den Akku zu schonen.

Wenig später hielten sie vor der Deutschen Botschaft. »Ich warte hier.« Sophie setzte sich im Schatten auf den Bordstein. Daniel und Elena liefen zum Eingang und klingelten. Wie erwartet meldete sich keiner. Auf dem Schild fanden sie die Notfallnummer, die Daniel schon kannte.

Daniel musste sich einiges von dem Beamten anhören, der ihn am Telefon wie einen Schuljungen behandelte, er speicherte aber nur den letzten Satz: »Mein Kollege kommt in einer Stunde. Bleiben Sie dort.«

Sophie wollte etwas zu essen holen, sie waren aber noch satt. Sie ging trotzdem und kam mit drei Portionen Eis zurück.

Gemeinsam saßen sie nun am Straßenrand auf einer kleinen Bank im Schatten eines großen Baumes. »Gibt es etwas Neues über den Täter?«, wollte Daniel wissen.

»Nein, es war bestimmt ein Alptraum. Oder?«, antwortete Sophie.

Daniel sagte nichts. Er wollte nicht darüber reden. Er ließ die Frauen alleine und lief die Straße entlang. Er bekam noch mit, wie Elena, die sonst immer sehr zurückhaltend bei Fremden war, in Tränen aufgelöst ihren Schmerz auf Sophie entlud.

Die Damen saßen immer noch auf der Bank, als Daniel eine halbe Stunde später zurückkam. Elena schaute zu ihrem Mann hoch. Die Sorgen schienen in diesen vierundzwanzig Stunden den sonnengefärbten Teint weggeblasen zu haben, in seinen suchenden Blick mischte sich jetzt noch etwas Verbergendes ein. Irgendwas schien passiert in diesen Minuten. Was?

Der Konsulatsmitarbeiter kam früher. Er stellte sich als Herr Seppel vor. Dass er unzufrieden war, war offensichtlich. Sie folgten ihm in ein Büro im Konsulat. Er setzte sich hinter den Tisch, Daniel und Elena davor. Sophie wartete vor der Botschaft auf sie.

Daniel versuchte sich so kurz wie möglich zu fassen, was ihm allerdings nicht besonders gut gelang. Endlich brachte er es auf den Punkt: »Wir brauchen Papiere und Geld.«

Herr Seppel dachte aber in eine ganz andere Richtung. »Wieso sind Sie hierhergekommen und haben nicht in Athen die Botschaft aufgesucht?«, fragte er.

Soll ich ihm jetzt noch die ganze Geschichte von Döma und Arsenij erzählen, fragte sich Daniel, sagte aber nur: »Wir wollten einfach nur weg, je weiter, umso besser.«

Der Diplomat runzelte die Stirn. Er hatte die ganze Zeit über im Computer rumgeklickt. »Ich kann Ihnen Ersatzpapiere erstellen, damit Sie ins Bundesgebiet zurückkehren können. Aber nur für Sie.« Er zeigte mit dem Finger auf Daniel. »Ihre Frau hat schon seit zwei Jahren keinen Ausweis mehr.«

Daniel drehte sich zu Elena um. »Wie bitte?«

Sie hob die Schultern.

»Sie haben vor zwei Jahren Ihren Ausweis als gestohlen gemeldet«, sagte Seppel.

»Das stimmt, ich habe vor zwei Jahren meinen Geldbeutel mit allen Dokumenten verloren«, gab Elena zu.

Da erinnerte sich Daniel wieder. Damals, vor zwei Jahren, kurz vorm Urlaub, hatte Elena festgestellt, dass ihr Portmonee weg war. Zum Glück hatte das Ordnungsamt auch samstags offen gehabt. Seine Frau bekam einen vorläufigen Ausweis. Gleichzeitig hatte sie auch einen regulären Pass beantragt, der aber anscheinend in der Datenbank nicht vermerkt worden war.

»Mir wurde ganz normal ein neuer Ausweis ausgestellt«, sagte Elena irritiert. »Wenn das in Ihrer Datenbank nicht drinsteht, kann ich nichts dafür. Ich wäre doch ohne Ausweis gar nicht nach Griechenland reingekommen.«

»Soviel ich weiß, müssen die EU-Bürger nicht durch die Passkontrolle.«

»Aber ich musste doch in München bei der Abreise den Ausweis vorlegen. Im Hotel auch. Genauso wie gestern auf dem Flughafen beim Check-in.«

»Moment mal«, mischte sich Daniel ins Gespräch ein. »Darf ich ihren PC benutzen? Ich muss kurz ins Internet.«

Als er den irritierten Blick vom Konsulatsmitarbeiter einfing, fügte er schnell hinzu: »Ich habe in meiner Mailbox im Ordner ›Entwürfe‹ Kopien von unseren Ausweisen abgelegt.«

»Das bedeutet noch nichts, heute kann man alles manipulieren«, Herr Seppel drehte den Bildschirm zu Daniel. »Aber bitte.«

Daniel rief schnell die Startseite von freenet.de auf. Eine Minute später schlug er enttäuscht mit der Maus auf den Tisch und sackte in den Stuhl zurück. Er hatte zwar tatsächlich die Kopien aller Ausweise hinterlegt.

»Ich habe noch den Abzug vom alten Ausweis meiner Frau in der Mailbox. Wenn ich an Verschwörungstheorien glauben würde ...«

Herr Seppel hörte schon nicht mehr zu. »Ich kann Ihnen Geld auszahlen, aber nur für eine Person. Das Geld müssen Sie selbstverständlich zurückzahlen. Was Sie betrifft«, er wandte sich an Elena, »Ihre Situation kann erst am Montag geklärt werden. Wir müssen eine Anfrage an Ihr Einwohnermeldeamt stellen, vielleicht auch an Berlin.«

Daniel konnte sich kreuzigen. Wären sie nicht heute Morgen nach Nikiti zum Haus am Meer gefahren, sondern sofort ins Konsulat, hätten sie das Problem längst klären können. Denn das Rathaus an ihrem Heimatort hatte samstags bis Mittag offen.

Es entstand eine kurze Pause, die plötzlich von einem Gewitter aus russischen Schimpfwörtern gesprengt wurde. Die schlimmsten Redewendungen, die Daniel während seines Aufenthalts in Russland aufgeschnappt hatte, prasselten aus seinem Mund. Elena schaute ihn verwundert an. Wann hatte ihr Mann das alles gelernt?

Auch der Beamte riss die Augen auf. Sie waren schon am Gehen, als er ihnen hinterherrief: »Ich kann Ihnen noch etwas mehr Geld auszahlen. Aber mit dem Ausweis Ihrer Frau lässt sich bis Montag nichts machen.«

Okay, das war wenigstes was. Daniel hatte keine Ahnung, wie sie ohne Papiere heimkommen sollten. Das Fliegen konnten sie vergessen. Genauso den Zug. Die Strecke führte durch Nicht-EU-Länder. Ohne Pass hatte Elena kaum eine Chance. Er fragte Sophie, ob sie einen Straßenatlas hätte, schlug ihn auf der Motorhaube auf und studierte ihn ewig.

Elena rieb sich heftig an den Schläfen. »Ich glaube, mein Hirn wird mit Nadeln durchstochen. Ich habe selten Migräne, aber das hier …« Sie nahm ihre Schläfen mit dem Daumen und mittleren Finger der rechten Hand in die Zange. »Ich habe Tabletten in der Tasche.« Sie machte die Autotür auf und setzte sich auf den Hintersitz.

»Sonst habe ich welche im Rucksack«, Daniel schaute von der Karte hoch. Elena schüttelte nur den Kopf. Durch die Frontscheibe sah sie, wie er der jungen Griechin was erklärte und immer wieder abwechselnd auf den Atlas und auf ein Gebäude in der Ferne zeigte. Sie hörte aufmerksam zu. Es dauerte etwas, bis sie nickte.

Elena versuchte gar nicht mehr zu erraten, was für eine Strategie ihr Mann nun wieder entwickelte. Das Stechen in den Schläfen ließ nicht nach. Sie saß in Sophies Wagen, da fiel ihr Blick auf das Schild »Hertz« und ihr wurde klar: Es handelte sich um einen Mietwagen. Daraus folgerte sie, was vermutlich Daniels Plan war. Sie war nicht stark in Geographie, konnte sich aber ausrechnen, dass es mindestens zweitausend Kilometer bis nach Hause waren. Wollte er diese weite Strecke tatsächlich ohne Führerschein fahren? Er nahm ihn nie in den Urlaub mit, schon allein, um nicht in Versuchung zu kommen, ein Auto zu mieten. So machte er es seit einem fast tödlichen Unglück vor fünf Jahren auf Kreta. Aber selbst wenn er den Führerschein mitgenommen hätte, jetzt wäre der sowieso mitsamt den anderen Papieren weg gewesen.

Sie fuhren wieder los, nun zur Autovermietung. Elena blieb mit Daniel im Auto sitzen, während Sophie ins Büro lief. Es dauerte keine zwanzig Minuten, bis sie mit einer Mappe und einem Schlüssel wieder herauskam. Sie tat so, als ob sie die beiden nicht kannte, wartete, bis ein Mitarbeiter von der Mietfirma mit dem Wagen vorfuhr, inspizierte diesen oberflächlich und stieg ein. Daniel fuhr ihr hinterher. Sophie bog um die Ecke und hielt an. Sie stiegen alle aus. »Hier, da ist alles drin, auch eine Straßenkarte«, sagte Sophie und reichte Daniel die Mappe.

Elena merkte ihr an, dass ihr nicht ganz wohl bei der Sache war. Sophie gab Daniel dann ein Zeichen, ihr zu folgen. Elena sah, wie sie vor einem Bankomaten stehen blieben und Sophie ihre Karte herausholte. Ein Passant verdeckte ihr die Sicht, aber sie ahnte, dass Daniel sich noch Geld von ihr lieh.

Elena setzte sich ins Auto, kurbelte das Fenster herunter und bekam noch die letzten Fetzen des Gesprächs mit: »… werde sofort alles überweisen. Und das mit dem Wagen – wie besprochen«, sagte Daniel.

Sie stieg wieder aus, trat zu den beiden, umarmte Sophie und brachte nur ein Wort heraus: »Danke.«

*

Sie fuhren sofort los, zur nächsten Tankstelle und dann auf die Schnellstraße. Erst jetzt weihte Daniel sie in seine Pläne ein. »Den kürzesten Weg können wir nicht nehmen, leider, der führt über Serbien. Dort wird an der Grenze kontrolliert. Wir müssen innerhalb der EU bleiben. Wir setzen mit der Fähre nach Korfu über. Von dort geht heute Nacht eine Fähre nach Bari. Zehn Stunden und wir sind in Italien. Ich hoffe, wir schaffen das. Ich habe schon gecheckt: Es gibt noch Fahrscheine. Sobald klar wird, dass wir die Fähre erreichen können, kaufen wir online Tickets. Die Buchungsseite akzeptiert auch PayPal; das Passwort zu meinem Konto kenne ich. Von Bari nach Deutschland sind es dann nur noch elf bis zwölf Stunden«, erklärte er.

»Du weißt schon, dass an der Grenze zwischen Österreich und Deutschland wegen dem Flüchtlingsstrom mittlerweile strenge Grenzkontrollen durchgeführt werden.« Elena, die bis dahin ihrem Mann blind gefolgt war, versuchte ihn zu bremsen. »Sollen wir nicht bis Montag bei Sophie unterkommen?«

»Ich will weg von hier. So schnell wie möglich. Und am Montag muss ich bei der Arbeit sein.« Er merkte selber, wie kläglich sein zweiter Grund war, aber die innere Unruhe trieb ihn an. Noch zwei Nächte in Griechenland? Er wird durchdrehen. Nur wenn er in Bewegung war, ließ das Flattern in seinem Inneren nach. Ihm war klar, dass auch auf der Fähre Pässe verlangt werden könnten. Das war sogar wahrscheinlich. Aber ihm fiel kein anderer Weg ein. Und er wollte Elena nicht erzählen, was er gerade am Kiosk, als sie auf den Botschaftsmitarbeiter gewartet hatten, gesehen hatte. Dann würde auch sie einen Stich ins Herz bekommen. Auf dem Bildschirm hinter dem Verkäufer hatte er nämlich ein Foto von Elena und sein eigenes aus dem Flughafen auf Kreta erspäht. War es nur eins von Hunderten Bildern und Videos, die die Fernsehersender schon seit gestern vom Katastrophenort ausstrahlten? Oder eher ein Fahndungsfoto? Nein, weg von hier.

Er fuhr los, darauf bedacht, sich an die Geschwindigkeitsbegrenzungen zu halten. Es durfte natürlich kein Foto von ihnen gemacht werden. An die Wahrscheinlichkeit, von der Polizei angehalten zu werden, versuchte er gar nicht zu denken.

*

Elena schlief fast die ganze Zeit. Die Kopfschmerzen ließen allmählich nach. Daniel konzentrierte sich auf den Verkehr. Zum Glück waren an diesem Samstagnachmittag nicht viele Autos unterwegs. Sie erreichten Igoumenitsa in nicht einmal drei Stunden und fuhren sofort auf die Fähre nach Korfu. Zwei Stunden später standen sie schon in der Schlange auf das Schiff nach Bari. Die Tickets waren auf seinem Smartphone abgespeichert. Die Zeit im Konsulat hatte er auch dafür genutzt, das Handy auf vierzig Prozent aufzuladen. Er hatte die billigsten Fahrscheine gekauft, wenn er auch die zehn Stunden Überfahrt lieber im Bett verbracht hätte. Seine Befürchtungen wegen Kontrollen bewahrheiteten sich zum Glück nicht. Anscheinend waren die Griechen froh über jeden, der aus dem Land ausreiste, ob Flüchtling oder nicht, legal oder illegal.

Eigentlich durften sie während der Fahrt nicht im Auto bleiben. Daniel ließ Elena aber trotzdem auf dem Hintersitz hinter den getönten Scheiben schlafen und stieg die Treppe zum Passagierraum hoch. Er zog die Mütze tiefer. Er hoffte zwar, dass die Fotos von ihnen, die er in Thessaloniki am Kiosk gesehen hatte, keine Fahndungsbilder waren. Trotzdem war Vorsicht geboten. Das Fernsehdurcheinander erreichte seine Ohren. Er drehte sich um. Eins von mehreren Geräten im riesigen Raum sendete gerade Nachrichten auf Englisch. Das Topthema war immer noch das Ereignis auf Kreta. Nach wie vor durfte niemand die Insel verlassen, ohne dass er zuvor überprüft worden war. Auch auf anderen Inseln brodelte es. Die Panik erreichte langsam, aber sicher auch das Festland. In Piräus waren alle Mietautos weg, die Züge waren überfüllt, die Fähren und Schiffe ausverkauft. Im Warteraum am kretischen Hafen war es zu Tumulten gekommen, als Dutzende Reisende versucht hatten, auf ein Kreuzfahrtschiff zu gelangen. Das ganze Land versank in Angst. Wo würde als Nächstes Chaos ausbrechen? Anderseits war es ein Wunder, dass sie sich noch kein einziges Mal ausweisen mussten.

Elena wachte auf, sobald er die Tür aufmachte. »Alles in Ordnung?«, fragte sie verschlafen.

Er nicke nur.

»Ich muss mal aufs Klo. Leg dich hin. Ich bleibe oben sitzen«, sagte sie, kletterte steif aus dem Wagen und reckte und streckte sich, als sie draußen stand.

Daniel nahm ihren Platz ein und schlief sofort ein. Aber schon nach einer Stunde lag er wieder mit offenen Augen da und konnte das Herzrasen nicht stoppen. Könnte es sein, dass sie in Bari bei der Ausfahrt kontrolliert werden? Wenn nicht, müssten sie noch zwei gefährliche Stellen passieren: die Grenze nach Österreich und die Grenze nach Deutschland. Nachdem die Österreicher sich gegen die deutsche Kanzlerin gestellt und in der Flüchtlingspolitik einen eigenen Weg eingeschlagen hatten, überwachten sie verstärkt ihre Grenzen. Wie einfach es doch gewesen wäre, wenn auch Elena ihre Papiere im Konsulat bekommen hätte. Zwei Stunden Flug zu einem deutschen Flughafen, zwei bis drei Stunden Zugfahrt und sie wären wieder in den eigenen vier Wänden.

Er versuchte seinen Atem unter Kontrolle zu bekommen, wie die Biathleten vor dem Schießstand. Einmal tief einatmen und dann mehrmals ausatmen. Viel brachte das allerdings nicht, doch wenigstens war er beschäftigt. Als Elena wieder zum Auto kam, überließ er ihr den Hintersitz und ging wieder hoch. Vielleicht würde der Fernseher ihn ablenken.

Wie sich bald herausstellte, waren seine Sorgen nicht umsonst. Wieder an Land fuhren sie bis zur österreichischen Grenze fast ohne Stopps. Nur zweimal hielt Daniel an, um die sich anschleichende Müdigkeit mit kaltem Wasser wegzuwischen, zu tanken und einen Kaffee zu trinken. Essen wollte er nicht. Auch Elena bekam kaum einen Biss herunter.

Der Grenzbeamte schaute auf ihr Autokennzeichen und dirigierte sie dann sofort auf die Nebenspur.

Der Mann mit dem seidenen Rücken

Herr Pielmeier tobte. Der Vorstandschef war außer sich. Nicht, weil er nicht rechtzeitig in die Geschichte eingeweiht worden war. Nein. Weil er sie aus der Zeitung erfahren hatte. Weil die *Blue Bank* zum Sündenbock gemacht wurde. Weil sein Name gefühlte einhunderttausend Mal im Internet genannt wurde, klar doch, in welchem Kontext. Ihm ging es nicht um die lahmgelegten Geschäfte, nicht um die Ursachen für das Desaster, nicht um die Schadensbegrenzung. Ihm ging es um Pielmeier, um seinen Namen, seinen Ruf, der endlich mal nach der Wirtschaftskrise 2008 etwas Glanz bekommen hatte.

Er spuckte seine Vorwürfe nicht einfach aus. Er heftete mit seinen giftigen Pfeilen seine Gegenüber an die Glaswand, die den Konferenzraum vom angrenzenden Großraumbüro trennte. Dicke Gardinen dahinter verwehrten den Blick ins Innere. Bräuner, der zwischen Sicherheitschef Bayer und Personalvorstand Zwerger saß, wünschte sich, der Strom würde wieder ausfallen und damit auch die Krisensitzung beenden. Die hätte ursprünglich im Rathaus stattfinden sollen, aber nachdem plötzlich wieder grelles Licht die Räume durchflutete, hatte man sich für den Besprechungsraum im Erdgeschoss entschieden, wo keine fremden Ohren zuhören konnten. Wobei sich seine Kollegen da nicht mehr so sicher waren. Wenn es schon einem Verrückten gelingen konnte, für zwei Tage die Stromversorgung zu unterbrechen, ohne dass ein Fachmann den geringsten Ansatz hatte, wie das bewerkstelligt worden war, wäre es doch ein Kinderspiel, den Raum abzuhören.

»Ich werde das nie verstehen«, brüllte Pielmeier. »Wenn nur zwei Personen von der Mail wussten, wie haben die Journalisten davon Wind bekommen? Wer hat ihnen die Infos zugespielt?«

Bräuner schaute Bayer an. Er glaubte nicht, dass der Sicherheitschef ein Doppelspiel durchzog. Er war schon über zwanzig Jahre bei der Bank, hatte in einigen peinlichen Situationen ihre weiße Weste bewahrt, lebte in geordneten Verhältnissen, seine finanzielle Lage gab keinen Anlass zur Sorge.

Bayer zuckte mit den Schultern. »Es ist nicht auszuschließen, dass der Täter selber der Zeitung die Information zugespielt hat. Seine Tat sollte Wirkung haben. Er will ja nicht nur unsere Bank zur Umkehr bewegen. Ist ja auch nicht besonders schlimm, im Allgemeinen, meine ich, wenn eine Bankfiliale ein paar Tage geschlossen bleibt. So etwas müssen dann möglichst viele mitbekommen.«

»Das hilft uns nicht weiter«, brummte Pielmeier. Er verschwieg, dass er selber heute Morgen ein schwieriges Gespräch mit Chefredakteur Ulrich vom *Blickwinkel* geführt hatte. Er hatte sich rein instinktiv, aus der Wut heraus, dazu hinreißen lassen. Erst später war ihm eingefallen, dass Ulrich vor ein paar Jahren dem Druck des Bundespräsidenten standgehalten hatte, als der versuchte, auf die Berichterstattung über sein privates Leben Einfluss zu nehmen.

Auch dieses Mal warf Ulrich dem Banker die Phrase hin, die er vermutlich sogar nachts, aus dem Schlaf gerissen, runterballern würde: »Wir geben keine Auskunft über unsere Informationsquellen.«

»Es geht aber nicht alleine um die Bank. Sie wissen doch, wie abhängig wir alle von Strom sind. Was wäre gewesen, wenn die Unterbrechung tagsüber passiert wäre, in der Mittagszeit zum Beispiel, wo wir unsere Stoßzeiten erleben, oder Donnerstagabend, wo wir länger geöffnet haben? Panik wäre ausgebrochen mit gewaltigen Folgen. Es ist nicht ausgeschlossen, dass der Verrückte sich damit nicht zufrieden gibt und nochmals zuschlägt«, argumentierte Pielmeier.

»Darum muss sich die Polizei kümmern«, Ulrich blieb standhaft.

Das Gespräch war nicht in die gewünschte Richtung verlaufen. Wie auch sonst alles. Während der Bankenkrise, als hunderte Finanzinstitute mit Steuergeldern aus dem Schlamassel gezogen wurden, wetterte der *Blickwinkel* gegen diese beispiellose Rettungsaktion und plädierte dafür, die Banken pleitegehen zu lassen. Egal, wie systemrelevant sie waren. Auch im Redaktionskommentar zum Bericht über die aktuellen Geschehnisse in der *Blue Bank* ließ sich diese Linie deutlich erkennen: Zu Recht passiert euch so etwas!

Die Leserkommentare auf der Webseite waren noch deutlicher. Nur zwei Leute, vermutlich aus der Bankenbranche, prangerten die Tat an. Der Rest, mehrere Hunderte, war nicht besonders zimperlich in der Wortwahl. Gier, Betrüger, kriegt den Hals nicht voll, an den Galgen – das waren noch die harmlosen Beschimpfungen.

Pielmeier kehrte mit seiner Konzentration wieder in

den Konferenzraum zurück. »Wir müssen dem Aufsichtsrat und den Aktionären eine Liste mit prophylaktischen Maßnahmen vorstellen. Vor allem im technischen Bereich«, sagte er.

»Ich habe den IT-Leiter angewiesen, den kompletten eingehenden Verkehr zu überwachen und alle Nachrichten, die von unbekannten Adressen kommen, sofort zu blockieren. Die Blockierung wird nur nach Rücksprache mit dem Empfänger aufgehoben. In verdächtigen Fällen werden die Nachrichten auf Inhalt überprüft. Wir müssen noch überlegen, wie wir den Datenschutz umgehen«, erklärte Bayer.

Pielmeier runzelte nur die Stirn. »Können wir technisch vorsorgen, um im Ernstfall den Betrieb aufrechterhalten zu können?«

Beim Wort »Ernstfall« schauten alle von ihren Unterlagen auf. Außer dem Strom gab es noch weitere angreifbare Ziele, zum Beispiel das Online-Banking.

Bayer seufzte. »Nur bedingt. Wir wissen ja immer noch nicht, wie genau der Schadensfall herbeigeführt wurde. Und selbst wenn wir es wüssten, wäre es unmöglich, alle unsere Niederlassungen abzusichern. Ich schlage vor, sich auf die Datensicherheit zu konzentrieren. Wir sollten vielleicht unsere Server vom Netz nehmen, in jedem Fall alle, die für die Kommunikation nach außen verantwortlich sind.«

»Damit begeben wir uns aber in die Defensive.« Pielmeier war sichtlich enttäuscht. Selber hatte er allerdings auch keine besseren Ideen.

»Wir könnten als Ablenkung eine Marketingaktion starten«, schlug Personalvorstand Zwerger vor. »Jetzt, kurz vor dem Heimatfest, wird es zwar schwierig, eine Agentur dafür zu finden, aber wir können auch intern einiges auf die Beine stellen. Eine Spendenaktion vielleicht, es gibt so viele Vereine, die vor dem Fest Geld sammeln.«

»Nur keine Vereine.« Pielmeier konnte sich eine saure Grimasse nicht verkneifen. »Da weiß man nicht, wo das Geld hinfließt und wie viel abgezockt wird.«

Oje, dachte Bräuner, jetzt präsentiert er sich wie ein Wutbürger auf dem Sofa.

»Gut«, sprach der Personalchef weiter, »wir könnten etwas Größeres verkünden. Etwas, was der ganzen Bevölkerung zugutekommt. Eine Buslinie finanzieren oder das Heimatfest oder etwas Ähnliches.«

»Heute ist in der *Seezeitung* ein Bericht über die katastrophale Lage im städtischen Krankenhaus.« Herr Fiedler, der Finanzvorstand, der bis jetzt keinen Laut von sich gegeben hatte, schien aufgewacht zu sein. »Wir könnten die Kosten für die Notaufnahme übernehmen. Laut dem Bericht verursacht sie Verluste in siebenstelliger Höhe.«

»Gute Idee«, Pielmeiers Stimmung besserte sich langsam, »das mit dem Krankenhaus. Nur die Notaufnahme klingt mir zu spärlich. Wir brauchen etwas Werbewirksameres. Eine Bombe.«

»Im Bericht ging es auch um alte Geräte wie Röntgenapparate, Computertomografen und Überwachungssysteme auf Intensivstationen, die längst hätten ersetzt werden müssen und deren Reparaturen enorme Kosten verursachen. Für den Austausch der ganz teuren Geräte ist zwar das Land zuständig, aber das hat zurzeit andere Sorgen«, erzählte Fiedler weiter.

Pielmeier hob die Hand. »Das ist es! Herr Fiedler, bringen Sie in Erfahrung, was der teuerste Computertomograf kostet. Ich setze mich mit dem Geschäftsführer der Klinik in Verbindung. Herr Zwerger, bereiten Sie eine Pressekonferenz vor. Vergessen Sie das Fernsehen und die überregionalen Medien nicht.« Pielmeier war jetzt in seinem Element. Er könnte doppelt punkten: bei der Stadtbevölkerung, die der Meinung war, das meiste Geld würde für die Flüchtlinge ausgegeben, und bei der Politik in der Landeshauptstadt, die plötzlich ein paar Millionen Euro mehr in der Kasse hätte. »An die Arbeit!«

Die Banker sammelten ihre Unterlagen wieder ein und waren schon beim Gehen. »Noch etwas«, sagte da Personalvorstand Zwerger und erhob sich. »Es wäre werbewirksamer, wenn wir einen Teil aus unseren Boni bezahlen würden. Ich meine die Vorstandsmitglieder. Auch bei Mitarbeitern kommt so etwas gut an.«

Doch diese letzten Worte perlten von den seidenen Rücken der Banker ab, die schnellen Schrittes den Raum verließen.

An der Grenze wird es brenzlig

Daniel kurbelte das Fenster herunter, blieb aber im Auto sitzen.

»Wo geht denn die Reise hin?« Der österreichische Grenzschutzbeamte stellte sich nicht vor; anscheinend waren er und seine Kollegen mit der lawinenartigen Flüchtlingswelle längst überfordert.

Daniel war plötzlich so aufgeregt, dass er die mehrmals geübte Geschichte nicht mehr zusammenbrachte. Er stotterte etwas von einem Unfall mit dem eigenen Auto in Chalkidiki, vom kaputten Wagen, von überfüllten Straßen.

Der Gesichtsausdruck des Beamten änderte sich kaum. Gleich würde er nach den Papieren fragen. Daniel hatte aber keinen Führerschein dabei. Und der Mietvertrag war auf Sophie ausgestellt. Dazu noch Elena ohne Ausweis.

»Du meine Güte. So ein Unfug. Wie lange sind Sie denn schon unterwegs?«, fragte der Beamte.

Auf diese Frage war Daniel nicht vorbereitet. »Seit Freitagmorgen«, sagte er schließlich.

Der Beamte schaute ihn ungläubig an. Erst jetzt wurde Daniel klar, was er eben gesagt hatte. »O Gott, ich meine, seit gestern. Ja, seit Samstagmittag«, korrigierte er sich und packte bewusst ein paar Stunden drauf.

Der Beamte schüttelte den Kopf. »Sie sind ja richtig fertig. Ist ja verständlich. Fahren Sie vorsichtig. Sie fahren ja gerade in die Nacht rein. Und machen Sie Pausen. Die Autobahnen sind voll.« Dann rief ihm der Grenzschützer noch »Gute Fahrt« hinterher, was Daniel nicht mehr wahrnahm.

Nur noch eine Grenze, dann hätten sie es geschafft. Gut, er könnte auch auf der Straße in eine Kontrolle geraten, aber das war eher unwahrscheinlich.

Daniel überlegte, ob er vor der deutschen Grenze eine Pause einlegen sollte, entschied sich aber dagegen. Er würde sowieso nicht schlafen können.

Das Tempo wurde immer langsamer, vor allem als sie sich Innsbruck näherten. Elena wurde kurz wach, schlief aber bald wieder ein.

Je näher sie der deutschen Grenze kamen, umso schleppender wurde der Verkehr. Dann ging es nur noch auf einer Spur weiter, ganz langsam. Dann Schneckentempo. Daniel sah schon die Umrisse der Grenzschützer in Uniform. Die Beamten leuchteten zuerst auf das Kennzeichen und dann ins Wageninnere. Er hatte keine Illusionen mehr. Das griechische Kennzeichen würde ihnen zum Verhängnis. Der Beamte im Rentenalter richtete seine Lampe gar nicht in den Wagen, sondern winkte ihn gleich in die Haltebucht. »Ihre Papiere, bitte. Sprechen Sie Deutsch?«

»Ja, selbstverständlich.« Daniel holte langsam seinen Ersatzausweis heraus.

»Selbstverständlich ist heute nichts mehr. Vor allem wenn man mit einem ausländischen Wagen unterwegs ist«, brummte der Beamte.

Daniel war selber überrascht, mit welcher Ruhe er die Gelegenheit nutzte, um seine Geschichte aufzutischen. Über den Unfall, das schrottreife Auto, den langen Weg. Als er dem Beamten das Dokument in die Hand drückte, legte er noch eine Schippe drauf und berichtete von gestohlenen Ausweisen und von bequemen Konsulatsmitarbeitern, die am Wochenende freihatten.

»Da haben Sie recht, die stehen nicht am Sonntagmorgen auf der Straße«, sagte der Grenzbeamte. Der alte Mann – man hatte ihn in dieser außerordentlichen Situation vermutlich aus dem Ruhestand zurückgeholt – war eindeutig von seinen Arbeitszeiten nicht begeistert. Er richtete das Licht seiner Lampe nun auf den Beifahrersitz. »Ist das Ihre Frau?«

Daniel nickte eifrig. »Ja, ich wecke sie. Sie hat den Ausweis in der Tasche.«

Der Beamte leuchtete Elena ins Gesicht.

»Lassen Sie sie schlafen. Wie weit haben Sie es noch?«

»Bis Rosenheim«, log Daniel.

»Ist ja gleich um die Ecke. Kommen Sie gut nach Hause«, sagte der Beamte. Er winkte ihm zu und lief davon.

Daniel wollte tatsächlich das Auto in Rosenheim stehen lassen. Sie würden aber den letzten Zug nicht mehr kriegen. Obwohl das Risiko immer noch groß war, auf der Autobahn aufzufallen – nachts wurde strenger kontrolliert –, fuhr er weiter zum Münchener Flughafen. Dort würde die erste S-Bahn schon fahren.

Er steuerte den Wagen auf den Hertz-Parkplatz, warf den Schlüssel in den Briefkasten und schaute auf die Uhr. Halb vier. Sie hatten mit Sophie ausgemacht, dass er sich nur dann bei ihr meldet, wenn der Wagen nach sieben abgestellt würde.

Also, Sophie konnte jetzt den Autovermieter kontaktieren. Irgendwann würden die Hertz-Mitarbeiter das ungewöhnliche Kennzeichen entdecken und der Zentrale Bescheid geben. Hoffentlich würde sich alles klären, bevor der Wagen in einer Fahndung ausgeschrieben wird. Sonst werden sich vielleicht einige Polizisten an den Wagen mit griechischem Kennzeichen erinnern. Sophie wird einen satten Aufschlag zahlen müssen, weil der Abgabeort von dem im Mietvertrag angegebenen Ziel abweiche. Aber das Geld war im Moment das Wenigste, worum Elena und Daniel sich Sorgen machen mussten.

Der Abgeordnete

Boris Iwanowitsch wachte mitten in der Nacht auf. Ohne auf die Uhr zu schauen, wusste er, dass es zwischen drei und vier war. Sein Körper reagierte immer gleich auf übermäßigen Alkoholkonsum. Seltsam, aber gleich. Er wachte meistens um halb vier in seinem Büro auf, mit gewaltigen Kopfschmerzen und trockener Kehle, leicht fröstelnd, schaltete die Taschenlampe auf dem Arbeitstisch ein, schnappte sich zwei Aspirin-Tabletten und spülte sie mit einem Liter Wasser herunter. Dann schlief er wieder ein, um dann um sechs aufzustehen und zum richtigen Medikament zu greifen: zum Whisky. Wichtig war, das erste Glas runterzukriegen, ohne auf Gegenverkehr zu stoßen. Das zweite lief dann schon alleine runter. Mit ihm breitete sich ein entspannendes Gefühl in jedem einzelnen Glied aus.

Anscheinend war es gestern richtig zur Sache gegangen. Er hatte seinen Fünfzigsten gefeiert, wie es in Russland üblich war, zunächst mit den Kollegen direkt im Büro. Er konnte sich nicht genau erinnern, wann und wie der Abend endete, denn jeder hatte mit ihm anstoßen wollen und trotz der teuren hochwertigen Getränke hatte die Menge das Übliche vollbracht.

Er drehte sich halb auf die linke Seite und hob die rechte Hand. Schon alleine diese simplen Bewegungen ließen die Zange an seinen Schläfen fester werden und erzeugten kühle Schweißperlen auf der Stirn. Er tastete über den Tisch, fand aber die Tabletten nicht. Auch die Wasserflasche nicht. War er gestern so voll gewesen, dass er diese überlebenswichtige Maßnahme vergessen hatte? Auch sein Berater hatte nicht mehr daran gedacht. Vielleicht war Semön noch betrunkener gewesen als er. Das letzte Mal hatte er ihn in Erinnerung, als Semön neben der Sekretärin saß, sie im Sessel, er auf der Lehne. Lagen die beiden jetzt zusammen in irgendeinem Ruheraum im Parlamentsgebäude?

Er selber übernachtete oft in seinem Büro, im mit allem Notwendigen ausgestatteten Hinterzimmer. Er war in die Staatsduma, das russische Parlament, vom Kreis Krasnojarsk gewählt worden und hatte in der Hauptstadt eine Dienstwohnung zugewiesen bekommen. Fünf Zimmer. Aber er fühlte sich dort nicht wohl, obwohl die Unterkunft modern und exklusiv eingerichtet war.

Boris Iwanowitsch stützte sich auf seine Ellenbogen. Laternenlicht und Neonschilder beleuchteten den Tisch. Er sah aber keine Tabletten. Er schlug auf den Schalter der Stehlampe. K chörtu – Zum Teufel, die Birne war wieder kaputt. Er rappelte sich auf, was ihm den nächsten Schweißausbruch bescherte. Erst jetzt bemerkte er, dass er sich abends nicht ausgezogen hatte, nur das Sakko und den Schlips hatte er abgelegt. Vielleicht auch nicht selber, egal.

Im Bad drückte er auf den Lichtschalter, aber es gab kein Licht. Auch die Lampe über dem Waschbecken blieb dunkel. Er holte ein Päckchen mit Tabletten aus dem Schrank in der Hoffnung, dass es die richtigen waren, füllte den Zahnputzbecher mit Wasser aus dem Hahn und schluckte die Pillen herunter. Er tastete sich an der Wand entlang zur Eingangstür und spähte in den Flur hinaus. Auch dort war alles dunkel. Er taumelte ins Zimmer zurück, ließ sich aufs Bett fallen und schlief sofort wieder ein.

Als er wieder aufwachte, spürte er, dass es noch nicht, wie in diesem Zustand sonst üblich, sechs Uhr war. Irgendetwas hatte seinen Schlaf torpediert. Aber was?

Boris Iwanowitsch lag mit offenen Augen da. Er hatte so sehr gehofft, heute bis Mittag durchzuschlafen. Er musste nicht arbeiten. Wie das ganze Land. Laut dem Gesetz, das bei vielen Nachbarn die Neiddrüsen aktivierte, hatten alle Russen am nächsten Arbeitstag frei, falls ein Feiertag auf das Wochenende fiel. Eigentlich konnte sich das krisengebeutelte Land solche Geschenke an die Bürger nicht erlauben, ebenso wenig die langen Silvester- und Maiferien. Das Land war quasi vom ersten Januar an fast zwei Wochen »ausgeschaltet«. Die Vermögenden genossen die Tage am Meer unter einer südlichen Sonne, die breite Masse wurde von der Enge der eigenen vier Wände und grauem winterlichen Wetter in die Depression getrieben. Oder zur nächsten Flasche Wodka. In der ersten Maiwoche konnte sie wenigstens auf den Datschas ihren Beitrag zur »Lebensmittelsicherung« leisten. Dieser neue Begriff war von der Kremlpropaganda als Antwort auf die westlichen Sanktionen erfunden worden.

Er überlegte, den diensthabenden Elektriker anzurufen. Aber der wird sicher Lärm machen. Dabei reagierte sein Schädel schon auf das kleinste Knurren der sanften Matratze. Ihm fiel wieder ein, dass auch im Flur alles dunkel war. Dunkel, dunkel, dunkel. Bei dem Wort stockte er. Da war doch etwas! Wenn da nur nicht dieser verfluchte Kater wäre, der die kleinste Hirnbewegung zur Herausforderung machte. Er zwang sich wieder aufzustehen und schaltete den Laptop ein.

In der Mailbox gab er als Suchbegriff »dunkel« ein. Zwei Nachrichten wurden angezeigt. Eine war im Papierkorb, Absender *Recht&Rache*. Betreff: »Sie haben zehn Tage Zeit, dann wird es dunkel.« Er holte die Mail aus dem Papierkorb ins Postfach und öffnete sie.

Die Nachricht war auf Russisch geschrieben, aber höchstwahrscheinlich von einem Ausländer. Zu richtig war die Wortwahl. Boris Iwanowitsch schaute auf das Eingangsdatum. Das war vor zehn Tagen. Damals hatte er nur den ersten Absatz überflogen und danach die Nachricht gelöscht. Wieso er sie nicht endgültig getilgt hatte, wusste er jetzt nicht mehr.

Der Absender regte sich über die Geschehnisse in Syrien auf. Wie könnte es sein, dass einige Länder, sei es Großbritannien, Frankreich, Russland oder USA, sich das Recht nahmen, nach Lust und Laune Luftangriffe zu fliegen? Die Russen wurden noch dazu beschuldigt, die Zivilbevölkerung als Bauernopfer für ihre geopolitischen Ziele zu nutzen.

Er, Boris Iwanowitsch, als Vorsitzender des Auswärtigen Ausschusses im russischen Parlament, wurde dazu aufgefordert, einen Gesetzesentwurf vorzubereiten und den Abgeordneten zur Abstimmung vorzulegen. Die Luftangriffe sollten gestoppt und in der UNO sollte nach einer einvernehmlichen Lösung gesucht werden.

Er grinste breit. Wie weltfremd war denn dieser Verfasser? Jeder im größten Flächenland der Welt wusste, dass nur eine Person solche Entscheidungen traf. Und das war sicherlich nicht er, nicht Boris Iwanowitsch. Das Parlament stempelte einfach die aus dem Kreml durchgereichten Gesetze ab. Die Spielregeln waren klar definiert. Bei diesen heiklen Sachen wie den Kriegen in Syrien und der Ukraine oder auch den westlichen Sanktionen wurde jeder, der auch nur ein wenig von der Linie abwich, sofort als Verräter abgestempelt. Was den Tod nach sich ziehen konnte, nicht nur den politischen.

Schon die Gespräche mit Kollegen könnten einem zum Verhängnis werden. Die Abgeordneten besaßen nur so lange Immunität, wie sie im Strom mitschwammen. Bereits einige hatten ihren Posten abgeben müssen, nur, weil sie sich zu weit aus dem Fenster gelehnt hatten – weitgehende Konsequenzen, Gerichtsprozesse und Gefängnisstrafen inklusive.

Sein Schädel meldete sich zurück. Er schaute auf die Uhr: kurz nach vier. Für den erlösenden Schluck Whisky war es definitiv zu früh. Aber was soll's? Er schaltete die Taschenlampe auf seinem Smartphone ein, holte aus der Bar die Flasche und füllte ein Drittel vom Glas. Er hasste Whiskygläser, ein einfaches zweihundert Milliliter großes Gefäß war ihm lieber. Gegen die Würgreaktion des überforderten Körpers kämpfend, schickte er die braune Flüssigkeit auf einen Befreiungszug gen Magen. Der reagierte mit einem heftigen Krampf, zog sich zusammen, um sich vor den feindlichen Angriffen zu schützen. Aber immerhin behielt er die rettende Medizin in sich.

Gegen seine Gewohnheit gleich nachzuschenken, entschied sich Boris Iwanowitsch, runter zum Empfang zu laufen. Der Smartphone-Akku müsste so lange halten, sechs Stockwerke trennten sein Büro vom Erdgeschoss, wo die Wache in ihrem Kasten hockte.

Schon beim ersten Schritt die Treppe herunter reagierte sein Körper mit einem schmerzhaften Ziehen in den Oberschenkeln. Seitdem er in Moskau lebte, vergaß er regelmäßig den Weg ins Sportstudio, sogar für kleine Spaziergänge fand er keine Zeit mehr.

Mit jedem Schritt wurde das Ziehen erträglicher, als ob seine Glieder sich bedankten für die erlösende Bewegung. Noch eine Etage blieb zu überwinden, als ihn Stimmengewirr von unten erreichte. Es waren eindeutig mehr als die zwei Stimmen der Wachleute, die nachts das Gebäude hüteten.

Er nahm die letzte Stufe und stand zwei Männern in Uniform gegenüber. Einer richtete die Pistole auf ihn. »Fallen lassen!«

Bevor Boris Iwanowitsch begriff, was er fallen lassen sollte, schlug der zweite Mann ihm das Smartphone aus der Hand. »Hände hoch!«

Plötzlich kreisten ihn mehrere uniformierte Gestalten ein. Es dauerte etwas, bis seine Augen sich an das grelle, kalte Licht gewöhnt hatten. Die Eingangshalle versank in dieser gelben Flut, die von mächtigen mobilen Strahlern ausging.

Einer der Uniformierten drehte ihm die Arme auf den Rücken.

»Boris Iwanowitsch, wo kommen Sie denn her?« Der Sicherheitchef Golowin kam auf ihn zu. Er gab seinem Mitarbeiter ein Zeichen, worauf dieser zur Seite trat. Es entstand eine kurze Pause. Dann drehte sich Golowin zum mobilen Tisch um, hinter dem ein hochrangiger Offizier saß.

Boris Iwanowitsch konnte die Militärränge nicht besonders gut auseinanderhalten, aber wie der Offizier sich präsentierte, thronte mindestens ein General auf dem ledernen Stuhl.

Golowin rief ihm zu: »Genosse General, das ist Boris Iwanowitsch Berezin, Vorsitzender des Auswärtsausschusses.«

Die Unterwürfigkeit, mit der Golowin sprach, bestätigte Berezins Vermutung, dass nicht der Sicherheitschef hier das Sagen hatte. Alles klar, der FSB – die Staatssicherheit – hatte die Regie übernommen. Das hieß, es war viel ernster, als ein paar kaputte Lampen vermuten ließen.

Er verspürte einen plötzlichen Druck auf seiner Brust. Wenn sich die Leute vom FSB der Sache annahmen, würden sie früher oder später auch die eingehende und ausgehende Korrespondenz überprüfen, auch die elektronische. Dann würde die Nachricht des Verrückten durchleuchtet. Bevor er vom FSB befragt wird, muss er sich etwas einfallen lassen. »Darf ich Sie kurz sprechen«, sagte er leise und nahm Golowin zur Seite.

Der schaute rüber zum mobilen Tisch und nickte.

»Ich habe vor zehn Tagen eine merkwürdige Mail bekommen. Damals habe ich sie nicht ernst genommen. Aber unter den heutigen Umständen …«, begann er. Dann gab er Golowin kurz den Inhalt der Nachricht wieder.

»Ich weiß nicht, warum ich die Mail nur in den Papierkorb verschoben und sie nicht endgültig gelöscht habe.«

Golowin musterte ihn scharf. »Und wieso haben Sie ausgerechnet heute die Mail wieder herausgeholt? Ich muss das dem General berichten.«

Ein Zittern breitete sich im Körper von Boris Iwanowitsch aus. Es war nicht die Wirkung des Restalkohols.
Das war Angst.

Der zweite Fall

Daniel war sehr müde. Fast zwei Tage hatte er kaum geschlafen. Er versank sofort in Träume. Normalerweise stellte er sich keinen Wecker, seine innere Uhr holte ihn morgens rechtzeitig aus dem Bett. Doch dieses Mal hatte er sogar zwei Weckzeiten programmiert – morgen musste er rechtzeitig im Büro sein. Das hätte er sich allerdings sparen können. Schon zwei Stunden später starrte er gegen die Decke. Die Ereignisse der letzten achtundvierzig Stunden rasten durch seinen Kopf, wieder und wieder. Der Flughafen, die Panik, die Fähre, Michail, Athen, Geldbeutel, Nikiti, das Haus am Meer, das Konsulat, die Autofahrt.

Das Ereignis am Flughafen machte ihm Angst und faszinierte ihn gleichzeitig. Einen riesigen Betrieb lahmzulegen, ohne Spuren zu hinterlassen? Wie war das technisch möglich? Er muss heute unbedingt mit den Kollegen aus der Elektroforschung sprechen. Vielleicht finden sie eine Erklärung.

Er stand auf und schaltete den Laptop ein. Auch die deutschen Medien berichteten ausführlich vom kretischen Flugplatz. Die Zahl der Toten war mittlerweile weiter angestiegen. Einige Verletzte meldeten sich erst jetzt in den Kliniken, nachdem sie zuvor in Panik weggerannt waren und erst später ihre Wunden bemerkt hatten. Die Insel war überfüllt, jeder Tourist wurde überprüft. Die Hotels beherbergten tausende Menschen, die eigentlich längst zurück in ihrer Heimat sein sollten. Nicht immer lief alles friedlich ab. Viele Urlauber harrten in Sammelunterkünften aus, die sowieso schon überfordert waren. Tausende Flüchtlinge aus Syrien und Afrika saßen ja seit Wochen auf der Insel fest, seitdem die Balkanroute geschlossen worden war und die Europäische Union ihre Grenzen teilweise abschottete.

Der Flughafen war technisch wieder in Betrieb, aber immer noch nicht für Landungen und Starts freigegeben. Der zweite Flughafen in Chania war vorsorglich geschlossen worden. So blieb nur eine Möglichkeit, die Insel zu verlassen: mit dem Schiff. Im Hafen standen die Menschen Schlange. Jeder, der sich der Personenüberprüfung unterzogen hatte, durfte zum Ticketschalter weiterlaufen, wo ihn die nächste Schlange erwartete. Die Schiffe liefen sichtlich überfüllt aus, was die Situation nicht gerade entschärfte. Der Versuch des Roten Kreuzes, die Familien mit Kindern durchzuschleusen, endete mit kleinen Krawallen.

Eine große Zeitung berichtete von einem Aufstand auf einem Kreuzfahrtschiff, das gestern den Hafen anlief. Zweihundert Leute hätte es aufnehmen und nach Italien bringen sollen. Dafür hätte es aber geringfügig die Route ändern müssen, was den Passagieren nicht passte. Sie versperrten den Eingang und es kam zu Handgreiflichkeiten.

Daniel schaute auf das Uhrsymbol unten rechts auf der Taskleiste. Kurz nach vier. Sich noch einmal hinzulegen, machte keinen Sinn. Um zur Arbeit zu fahren, war es noch zu früh. Er rief eine Suchmaschine auf und tippte den Suchbegriff »Stromunterbrechung« ein. Tausende Einträge füllten den Bildschirm, es ging aber vorwiegend um die Stromabschaltung wegen unbezahlter Rechnungen. Er änderte die Suchparameter und bekam jetzt deutlich weniger Treffer. Eher aus Zeitvertreib scrollte er die Liste runter und wechselte von Seite zu Seite, als er auf einen Eintrag stieß, der ihn aus dem Halbschlaf riss: *Desaster erster Güte: Champions-League-Spiel wegen Stromausfall abgesagt.* Eine bekannte Boulevardzeitung machte sich lustig über einen aufstrebenden deutschen Fußballverein, der zur Lachnummer in ganz Europa wurde. Daniel war kein Fußballfan, konnte sich aber entfernt daran erinnern, welche Wellen der Vorfall im September ausgelöst hatte. Da es aber keine Opfer gegeben hatte, geriet er schnell in Vergessenheit, wenn es auch Gerüchte gegeben hatte, dass weitere Ausfälle angedroht worden waren.

Daniel fielen plötzlich Michails Schilderungen auf der Fähre nach Piräus wieder ein. Michail hatte ihm die Fernsehnachrichten aus dem Griechischen ins Russische übersetzt. Vor einem Jahr hatten die kretischen Behörden einen Drohbrief erhalten, also im letzten August oder September. Ungefähr ein Jahr später – das Desaster in der Fußballarena. Zwei Wochen später – auf Kreta. Ein Zufall? Hatte das eine etwas mit dem anderen zu tun? Steckte womöglich dieselbe Person – oder Gruppe – dahinter?

Der Bericht erwähnte mit keinem Wort die möglichen Ursachen. Daniel rief eine Seite auf, die er oft nutzte, wenn er in seinem Institut vor einem Problem stand oder nach Ideen für eine Umsetzung suchte. Im Forum tauschten sich tausende Wissenschaftler, Techniker und Ingenieure über alle möglichen Themen aus. Daniel tippte ins Suchfeld auf der Forumsseite »Strom, Fußball, Pharmagold-Arena« ein und wurde gleich zu einem Blog weitergeleitet. Die meisten Einträge waren in den ersten zwei Tagen nach dem Vorfall eingestellt worden, danach flachte die Diskussion ab. Es gab viele Vermutungen, von Laserstrahlen bis Magnetschirmen, aber keine war wissenschaftlich fundiert. Anderseits, wie viele Erfindungen fanden ihren Weg ins tägliche Leben nicht, weil das Genie nicht in der Lage war, den Patentantrag richtig zu stellen? Oder keine Zeit dafür fand. Oder weil die Großkonzerne sich bedroht fühlten und mit aller Macht diese eine Entwicklung verhindern wollten. Und einige Entdeckungen, die es zum Nobelpreis geschafft hatten, existierten nur auf dem Papier, weil die entsprechenden Voraussetzungen in angrenzenden Bereichen noch nicht geschaffen waren.

Daniel kehrte zur Suchmaschine zurück und tippte den Namen einer griechischen Zeitung ein. Er hatte ihn in Thessaloniki am Kiosk notiert. Wenn er auch die seltsame Kombination aus lateinischen und kyrillischen Buchstaben nicht verstand, könnte er den Text von einem Online-Translator einigermaßen übersetzen lassen.

Das Laden der Webseite um diese Uhrzeit ging blitzschnell. Es dauerte keine Sekunde, bis die Titelseite aufklappte – und Daniel sich selbst sah. Καταζητείται – *Is wanted* stand schräg über dem Foto, auf dem Daniel mit Elena aus dem Flughafengebäude rannte. Er musste der griechischen Sprache nicht weiter mächtig sein, um zu verstehen, was das bedeutete. Das hieß, er hatte in Thessaloniki auf dem Bildschirm am Kiosk tatsächlich das eigene Fahndungsfoto gesehen.

Der Ex-Kollege und der Großkotz

Mark machte es sich auf dem Liegestuhl auf der Dachterrasse bequem. Beno, der immer breiter werdende Mops, nahm auf dem Teppich im Schatten Platz. Eigentlich würde Mark jetzt lieber bei diesem gigantischen Wetter mit dem Rad zum See herunterfahren, das ging aber nicht. Er musste warten, bis Kerstin von der Arbeit kam. Seine Freundin legte großen Wert drauf, den Hund nicht über längere Zeit alleine in der Wohnung zu lassen. Unter »längere Zeit« verstand sie alles, was über zwanzig Minuten hinausging. Wenn er seinem Vater, der auf dem Land aufgewachsen war, das erzählen würde, würde er ihm einen Vogel zeigen.

Er träumte manchmal davon, wieder alleine in der Stadtwohnung zu leben, das zu machen, was er wollte, ohne den Hundeaufpasser spielen zu müssen. Aber er war mit seinen vierzig Jahren erfahren genug und wusste, dass »der kleine Freund da unten« irgendwann doch wieder nach einem Unterschlupf verlangen wird. Und dann würde alles von vorne losgehen: Blumen, Kino, Romantik. Und irgendwann läuft auch sie in der Jogginghose in der Wohnung herum, dachte er, und du selber wirst wieder dreimal die Woche zur Post fahren, um die unzähligen Pakete und Päckchen, die sie bestellt hat, an die Online-Versandhäuser zurückzuschicken.

Das meinte er aber eher ironisch. Selbstironisch sogar. Denn nach mehreren kurzen Beziehungen fand er in Kerstin endlich einen Menschen, der eine Leichtigkeit versprühte, mit dem er viel lachte und gerne zusammen war. Sie stellte nicht die von ihm morgens auf dem Tisch vergessene Kaffeetasse auf seine Nachtkommode, wie es seine vorherige Flamme gemacht hatte. Sogar über die Heirat dachte Mark nach, nicht um Steuern zu sparen, nein. Er kümmerte sich gerne um Kerstin, das Gefühl, für jemanden was zu bedeuten, erwärmte ihn. Er war jetzt mit Kerstin schon über fünf Jahre zusammen. Er fieberte immer noch oft auf dem Weg aus dem Büro nach Hause dem gemeinsamen Abend entgegen, der wohligen Wärme, der sinnlichen Gesprächen. Er konnte nicht alles haben, das war ihm klar, und ein Hund war nicht das größte Übel. Wenn er auch über die Erzählungen einer seiner Kollegen anerkennend lachte, wenn der seine Frau als den Zeitkiller Nummer eins präsentierte.

Unten an der Tür klingelte es. Er sprang auf und betätigte die Sprechanlage. »Ja, Mark.«

»Kommst du mit zum Radeln?« Es war Valentin. »Bin zufällig an deinem Haus vorbeigefahren und habe gedacht, ich klingle mal bei dir. Vielleicht hast du Lust, ein paar Runden zu drehen.«

Nichts würde Mark jetzt lieber machen, als sich in den Sattel zu schwingen und durch die warme Luft den Berg rauf- und runterzusausen. Aber: »Geht leider nicht«, sagte er. Er wusste, dass es einen riesigen Krach geben wird, wenn er den Hund alleine lässt und Kerstin das mitbekommt.

Früher, als sie noch gemeinsam in einem Unternehmen gearbeitet hatten, hatte Valentin öfter beim Vorbeifahren an seiner Tür geklingelt. Meistens war Mark nicht mitgegangen, dann war sein Kollege alleine weitergezogen. Heute aber, so schien es, wartete er auf irgendetwas. Um die Pause auszufüllen, fragte Mark ihn: »Möchtest du vielleicht ein Bier?«

»Gerne«, stimmte Valentin zu.

Komisch, dachte Mark, früher hatte Valentin nie seine Einladung angenommen. Erstens, wie er mal sagte, trank er tagsüber nichts, und zweitens wollte er doch Rad fahren. »Dann komm hoch.«

Mark holte zwei Flaschen Weißbier aus dem Kühlschrank.

»Hast du auch ein alkoholfreies?«, fragte Valentin.

»Dann kannst du gleich Wasser trinken«, stichelte Mark. »Wenn, dann im Keller. Aber es ist warm.«

»Passt schon.«

Merkwürdig, sechs Monate nach Valentins Ausscheiden aus der Firma hatten sie sich nicht gesehen. Und jetzt schon das zweite Mal innerhalb einer Woche. Selbstverständlich gab's da nicht viel zu erzählen.

Sie hatten schnell ihre Gläser geleert, aber Valentin schien es nicht eilig zu haben. »Gibst du mir bitte ein Glas Wasser? Kann auch Leitungswasser sein«, bat er.

Valentin hatte schon früher immer beteuert, die Wasserqualität in Deutschland wäre so gut, dass es Unfug wäre, Wasserflaschen aus dem Supermarkt zu holen.

Mark füllte einen großen Becher und kam zurück auf die Terrasse. »Und was macht der Held der Arbeit? Spielt er immer noch den Unersetzlichen?«, fragte Valentin.

»Wen meinst du? Lukas, den Großkotz? Na ja, das Übliche halt. Wobei, zurzeit ist er ausschließlich mit seinen Stromproblemen beschäftigt.«

»Hat er wieder mal den Versorger gewechselt und läuft jetzt den Rabattzusagen hinterher?«

Seit mehreren Jahren wechselte Lukas jedes Jahr den Lieferanten, um den Neukundenrabatt einzustreichen. Falls es zu Unstimmigkeiten kam, ließ er sofort seinen Rechtsanwalt auf die Firma los.

»Nee, dieses Mal hat er echte Probleme. Ich habe es dir doch letzte Woche erzählt, oder nicht? Doch, wir haben uns ja gerade gesehen, als die Geschichte anfing.«

»So genau weiß ich es nicht mehr. War es irgendetwas mit Stromunterbrechung?«

»Genau, nichts ging mehr bei ihm. Der Strom kam bei seiner Wohnung an und wurde dann aber verschluckt. Zwei Tage lang. Danach lief wieder alles wie gewohnt. Der Großkotz hat wieder kräftig eingekauft. Du weißt doch, er holt ja nur das Beste vom Besten. Aber kaum war der Kühlschrank voll, war der Strom wieder passé. Nach zwei Tagen war er dann wieder da und wieder weg. Immer im gleichen Rhythmus. Als ob sich jemand lustig über ihn machen will. Die Technischen Werke haben das ganze Haus und die Wohnung durchgecheckt, sogar einige Leitungen neu verlegt. Nicht nur sein Anwalt ist mit dem Fall beschäftigt, ich glaube, die halbe Mannschaft der Kanzlei hat er auf den Energieversorger losgelassen. Übrigens, liest du den regionalen Teil vom *Kurier*? Dort war die ganze Geschichte gestern oder vorgestern drin. Vielleicht findest du sie noch online«, erzählte Mark.

»Na ja, ist auch nicht so wichtig«, winkte Valentin ab.

Irgendwie schien er prompt das Interesse am Großkotz verloren zu haben.

»Machst du immer noch so viele Rufdienste?«, wechselte Valentin das Thema.

»Ich sag mir ständig, dass ab dem nächsten Monat ich keine Wochenenddienste mehr machen werde, und dann überwiegt das Geld doch. Es kotzt mich schon an, vor allem, wenn ich beim schönen Wetter weder zum Radeln noch zum Baden gehen kann – es könnte ja in jedem Moment das Geschäftshandy bimmeln.«

»Und? Gibt's was Neues im Rufdienst? Irgendwelche besonderen Vorkommnisse?«.

»Nee, der gleiche Trott.«

»Auch in der Notaufnahme nicht?«, hakte Valentin nach.

»Wieso?« Neugierig riss Mark seinen Blick vom Flaschenetikett los, das er die ganze Zeit betrachtete, als ob er es zum ersten Mal sah.

»Ach, vergiss es.« Valentin schaute über das Terrassengeländer weg. Sie plapperten noch ein bisschen über die bevorstehende Skisaison. Bald ging Valentin.

Dikaio. Der große Tag kann kommen

Dikaio war angespannt. Schon mehrmals hatte er zum Hörer gegriffen, zwei, drei Zahlen eingetippt und wieder aufgelegt. Geduld, nur Geduld, sie wird sich schon noch melden. Nur Geduld.

Als das Telefon klingelte, hatte er das Headset schon auf. Er musste nur noch das Gespräch annehmen. Seine Hände zitterten. Er drückte versehentlich zweimal auf die Taste und aktivierte damit den Lautsprecher und wurde noch nervöser, wenn auch außer ihm niemand im Büro war. Er steckte das Headset zurück und hob den Hörer ab.

Seine Frau war dran. »Ganz kurz, muss gleich zur Arbeit. Deine Tante hat angerufen. Der Strom ist ausgefallen. In keinem Zimmer hat sie Licht. Auch der Kühlschrank ist aus«, erzählte sie aufgeregt.

Er versuchte neutral zu klingen. »Wie hat sie denn angerufen, wenn sie keinen Strom hat?«

Dikaio stellte sich seine Tante vor und musste lächeln. Die Sparsamkeit hatte sich in ihrem Blut verankert, sie passte genau auf, dass nicht zu viel Wasser und Energie verbraucht wurden. Selber hatte sie keine Kinder und wenn sie ihre Neffen oder Nichten besuchte, registrierte sie sofort, falls jemand von den Kleinkindern im Klo oder im Bad das

Licht anließ. »Macht mal das Licht tot«, rügte sie die Kleinen, die etwas verwirrt die alte Dame angeschaut hatten: Wie kann man das Licht totmachen?

Auch seine neunzigjährige Tante hatte ihren guten alten analogen Apparat gegen einen digitalen getauscht. Sie ärgerte sich zwar mit ihm herum, aber er gab ihr doch etwas Sicherheit, wenn sie sich in ihrem beachtlichen Alter abends ins Bett legte.

»Von der Nachbarin aus. Bei der funktioniert alles. Es scheint nur ihre Wohnung in Dunkelheit versunken zu sein.«

»Okay, sag ihr bitte, ich rufe beim Energieversorger an. Falls in zehn Minuten immer noch alles dunkel ist, soll sie mich auf dem Handy anrufen. Die Nummer ist bei ihr in der Adressliste gespeichert. Das mobile Teil des Telefons hat ja Strom, ich meine den Akku. Sie soll ihn einfach zur Nachbarin mitnehmen, die kennt sich damit aus. Sollte wieder alles in Ordnung sein, braucht sie sich nicht zu melden«, sagte er nun.

Dikaio legte auf und ballte die Hand in der Luft. Yes! Es hatte funktioniert! Wenn jetzt noch die Rückschaltprozedur genauso reibungslos und punktgenau lief, war alles in Butter.

Er startete den Debugger, ersetzte den eigenen Benutzernamen durch »Ruediger«, scrollte im Programmcode zur Zeile mit dem Scriptnamen, änderte den Pfad zur Datei und drückte auf »Ausführen«. Diese Schritte, die genaue Reihenfolge, hatten sich in sein Hirn eingebrannt, und zwar so, dass er, wenn er an Rüdiger eine ganz normale Mail schrieb, automatisch das »ü« durch »ue« ersetzte.

Die Tante meldete sich weder in zehn Minuten noch in einer Stunde. Alles war offenbar prima gelaufen.

Der große Tag konnte kommen!

Dikaio. Vor vierzig Jahren

Er kämpfte gegen den Schlaf an. Er hatte noch so viel zu erledigen. Alles, was am Tag schiefgelaufen war, musste jetzt geradegerückt werden. Er stellte sich vor, wie er unbemerkt von der Tribüne aus den Schiedsrichter angriff, der das Spielfeld verlassen hatte. Das geschah ihm recht, wenn er nur gegen seine Mannschaft pfiff. War ja klar, dass sie nur wegen ihm verloren hatte. Er konnte sich noch nicht entscheiden, wie er den Schiri genau angreifen soll, mal dachte er an einen Laserstrahl, mal an ein verstärktes Radiosignal, mal an irgendwelche übermächtigen Kräfte.

Die Augen fielen ihm fast zu, aber er wehrte sich dagegen und schaltete die Nachttischlampe ein. Er musste auch noch etwas mit den Jungs aus der Schule machen, die ihn wieder einmal in die Zange genommen hatten. Er wünschte sich so sehr, er hätte einen größeren Bruder oder einen erwachsenen Freund. Da würde es reichen, wenn er mit dem Bruder an den Jungs nur vorbeilief. Die würden sich dann schon alleine deswegen in die Hose machen. Er hatte aber keinen großen Bruder, also musste er selber für Gerechtigkeit sorgen. Was könnte er mit diesen Bengeln anstellen? Er kuschelte sich auf die rechte Seite. Unterschiedliche Bilder wechselten sich ab: Mal haute er, plötzlich mit unheimlicher

Kraft ausgestattet, seine Peiniger aus der 6b mit ein paar Fausthieben um, mal ließ er sie über ein unsichtbares Seil stolpern und mit blutenden Fressen hochschauen, mal wurden sie von einem ferngesteuerten Strahl niedergestreckt.

Und dann der blöde Sportlehrer, der ihn immer zur Lachnummer machte, weil er den Hochsprung nicht schaffte. Für den müsste er sich etwas ganz Besonderes ausdenken. Er könnte ihn ins Eishockeytor stellen, ohne Ausrüstung, und ihn dann von unsichtbaren Spielern beschießen lassen, bis ihm das Blut aus der Nase tropfte und seine blauen Flecken dunkelrot anliefen.

»Jetzt mach mal das Licht tot«, hörte er noch Mutters Stimme, bevor er sich in einen tiefen Schlaf verabschiedete.

*

Dikaio erinnerte sich genau, wie es damals für ihn als zwölfjähriger Jungen war. Und er freute sich, denn die Waffe, die er sich damals gewünscht hatte, war nun in seinem Besitz. Jetzt würde er wirklich das Licht totmachen.

Die Dame mit Brille

Sauter konnte es nicht glauben. In einem modernen, mit allem Schnickschnack gespickten Unternehmen, in dem alle Vorgänge, von der Klopapierbestellung bis zu den Röntgenbildern, elektronisch abliefen, war es nicht möglich, auf Knopfdruck eine Liste aller Mitarbeiter zu generieren, die am 30. August Dienst hatten. Der Kriminalinspektor schaute der jungen Dame zu, die mühsam den Dienstplan jeder Station, jeder Fachabteilung, aller Funktionsbereiche und der Notaufnahme einzeln aufmachte und ausdruckte. Nach jedem Klick zog sie ihren viel zu kurzen Rock Richtung Knie.

Als sie endlich fertig war und Sauter um die dreißig Blätter in der Hand hielt, konnte er sich ein bisschen Ironie nicht verkneifen. »Ist das alles?«

»Ich glaube, schon«, sagte sie unsicher.

Das klang nicht besonders zuversichtlich. »Was ist mit den Ärzten, die zu Hause auf Abruf warteten?«, hakte er nach.

Zuvor hatte ihm der IT-Chef erzählt, dass dank moderner Technologie ein Oberarzt, der Hintergrunddienst hatte, nicht unbedingt in die Klinik fahren musste, falls der Assistenzarzt bei der Beurteilung des Röntgenbilds nicht zurechtkam und sich bei einem erfahrenen Kollegen Rat holen musste. Nur im Extremfall fuhr der Oberarzt zur Klinik. Meistens schaute er sich die Bilder übers Internet am heimischen PC an.

»Hm, ich glaube, ich meine ..., ich weiß es nicht«, stammelte sie.

»Und wer weiß es?«, fragte Sauter.

Die Sachbearbeiterin mit der quadratischen Brille griff zum Telefon und fragte nach. »Okay, habe verstanden.« Sie legte auf. »Einen Moment bitte, Herr Sauter, es gibt noch eine separate Excel-Tabelle mit allen Hintergrunddiensten.«

Sauter schaute zu, wie sie willkürlich einen Ordner nach dem anderen öffnete, auf eine Datei klickte und den Druckauftrag losschickte. Sie nahm das Blatt in die Hand. »Oh, verdammt, das ist das falsche Jahr, 2016. Sie brauchen ja 2017.« Sie klickte auf das andere Tabellenblatt.

Sauter sah der hektischen Dame noch eine Weile zu, konzentrierte sich dann aber auf die Blätter. Eigentlich setzte er wenig Hoffnung in diese Listen, aber irgendetwas musste er ja tun. Außer dieser einzigen Mail und der SMS hatte er keine Anhaltpunkte.

»So, hier ist das Jahr 2017, August«, sagte sie schließlich.

Sauter schaute sich das karierte, in allen Farben leuchtende Blatt an. Da hatte sich jemand wirklich Mühe gegeben bei der Gestaltung der Tabelle. Der musste aber Zeit gehabt haben! »Und was ist mit den technischen Bereichen? Die haben doch auch Hintergrunddienste«, fragte Sauter nun mit gerunzelter Stirn.

Minutenlang hatte ihm der IT-Leiter, als er ihn in die Personalabteilung begleitet hatte, von seiner Arbeit erzählt. Mehrmals hatte er unterstrichen, dass nach dem regulären Dienst von abends bis morgens um sieben Uhr und am kompletten Wochenende ein Mitarbeiter der IT immer erreichbar war. »Wer Dienst hat, schläft in diesen Nächten nicht mit seiner Ehefrau, sondern mit dem Geschäftshandy«, so hatte er gesagt.

»Nein, die Techniker haben keinen Hintergrunddienst. Sie haben Rufbereitschaft, sehen Sie hier, die Kästchen sind mit RD gekennzeichnet. Diese Dienstart wird auch anders entlohnt«, die Dame war plötzlich froh, ihre Kenntnisse zu präsentieren, und warf mit Fachbegriffen um sich.

Sauter hob abwehrend die Hand. »Danke, schreiben Sie bitte Ihre Nummer auf, falls ich die Daten von einzelnen Mitarbeitern brauchen sollte«, verlangte er dann schlicht.

Die Brille setzte an, einen Vortrag über die Datenschutzbestimmungen zu halten. Sogar die Paragrafennummern kannte sie auswendig.

Der Inspektor erhob sich. »Über die Formalitäten machen Sie sich mal keine Sorgen.«

Im Flur warteten Martin und Herr Knipp auf ihn. »Ich habe beim Eingang ein Chiplesergerät gesehen«, begann Sauter.

Er hatte seine Frage noch nicht gestellt, da sprudelte der IT-Leiter los: »Nachts werden alle Türen abgeriegelt. Dann kommt man nur mit dem Mitarbeiterchip rein. Es gibt auch einen separaten Eingang nur für Mitarbeiter, der ist immer abgesperrt, auch tagsüber.«

»Wird auch festgehalten, wann wer das Gebäude betreten hat?«, fragte Sauter weiter.

»Das nicht, aber …«

»Zeigen Sie mir den Mitarbeitereingang«, unterbrach ihn Sauter.

Sie gingen aus einem Gebäude über den Haupteingang zum anderen Eingang, die Treppe herunter und durch eine Glastür. »Hier ist der Mitarbeitereingang. Von drinnen kommt man ohne Chip raus«, erklärte Knipp.

Sauter wollte die Tür aufstoßen, hielt aber ruckartig in der Bewegung inne. »Und was bedeutet das?« Er zeigte auf die Tür, die nicht geschlossen war, sondern nur angelehnt.

»Die Raucher«, seufzte Herr Knipp. »Eigentlich darf hier keiner rauchen, nur beim Haupteingang und im Wirtschaftshof.«

»Gibt es keine klaren Regeln, so etwas wie Dienstanweisungen? Sollte es hier mal brennen …«, warf Martin nun ein.

»Doch, es gibt für alles eine Dienstanweisung. Theoretisch müssen die Raucher auch ausstempeln, wenn sie eine ziehen gehen. Nur …« Prompt unterbrach sich Herr Knipp. Zu viele Interna preiszugeben, gehörte eindeutig nicht zu seinen Vorsätzen.

»Wie kommen die Mitarbeiter auf den Parkplatz? Benutzen Sie für die Einfahrt auch ihren Chip?«, fragte Sauter.

»Ja, jeder Mitarbeiter muss im Monat pauschal …«, begann Knipp.

Sauter ließ ihn den Satz nicht beenden. »Ich brauche eine Liste, wer alles am 30. August das Parkhaus benutzt hat. Noch besser, wer an dem Tag auf dem Platz stand. Es könnte doch sein, dass jemand schon am Vortag reingefahren ist. Geht das, mit der Liste, meine ich? Oder muss man dafür jeden Mitarbeiter einzeln raussuchen und die Parkzeiten ablesen?« Sauter dachte an die Brille.

»Nein, wieso? Das geht auf Knopfdruck«, antwortete Knipp irritiert.

Sauter bezahlte das Parkticket. Herr Knipp erklärte ihm, dass es vor kurzem noch möglich war, das Besucherticket an der Pforte entwerten zu lassen, aber mit dem neuen System ginge das nicht. Volker Sauter hatte den Eindruck, als wären sie in einem modernen Technopark. Gab es noch einen Bereich, wo nicht die Technik die Macht übernahm?

Sie verließen das Krankenhaus und stiegen wieder ins Auto. Martin setzte sich ans Lenkrad. Sauter studierte die Liste. Alles umsonst. Er könnte die Namen durch den Computer jagen, aber die Wahrscheinlichkeit, was herauszufischen, war gering. Auch wenn jemand polizeilich erfasst war, bedeutete das für diesen Fall gar nichts.

Kaum hatte er die Augen geschlossen, spürte er ein Vibrieren auf dem Schenkel. Er hatte sein Telefon in der Klinik auf lautlos gestellt und vergessen, es zurückzusetzen. Der Praktikant war dran. »Was gibt es, Kramer? Kommen Sie mit dem Protokoll nicht zurecht?«

»Doch, ist erledigt und von Herrn Gruber unterschrieben. Ihm ist noch ein interessantes Detail aufgefallen. Nicht aus dem Stadion. Er konnte nachts nicht schlafen und zerbrach sich den Kopf über die möglichen Ursachen für die Stromunterbrechung. Er suchte dann im Internet nach technischen Erklärungen und stieß auf einen Zeitungsbericht aus August. Er hatte nur die ersten zwei Absätze lesen können, der Rest war Abonnenten vorbehalten. Sie werden staunen. Ich habe den kompletten Artikel besorgt und bereits ausgedruckt. Liegt bei Ihnen auf dem Tisch«, erzählte Kramer aufgeregt.

»Schicken Sie ihn mir zu, sofort«, verlangte Sauter.

Ein Mann zieht sich vor der Presse aus

Sie war am Ende. So etwas war sie nicht gewohnt, dieses schäbige Doppelzimmer am Rande der Stadt, mit kleinem Bad, ohne Badewanne und einem Blick auf leere Felder. Der Fernseher an der Wand war zu klein und farbdüster. Sie hatte ohne das beruhigende Brummen nie einschlafen können. Aber Ruhe war sowieso in den letzten Wochen zum Fremdwort in ihrer Familie geworden.

Ja, so etwas war Anja wirklich nicht gewohnt. Wenn sie verreisten, buchte Lukas immer die schönsten Unterkünfte. Ihr Ehemann hatte einen Tick, er brauchte Exklusivität. Er kaufte stets den teuersten Wein, im Restaurant bestellte er das aufwendigste Gericht, sein Auto durfte nicht aus einer Serienproduktion stammen. Er reservierte sich die neuesten Geräte, noch bevor sie im Handel angekündigt waren. Er glich einem wandernden Elektronikmann. Eine Watch-Uhr, Smartphone, Tablet, Laptop – alles immer dabei, alles betriebsbereit. Oft piepsten mehrere Geräte gleichzeitig, um den Eingang einer Nachricht zu verkündigen.

Auch zu Hause fand sie kein Gerät mehr mit manuellem Betrieb, egal ob im Wohnzimmer oder in der Küche. Entsafter (höchstens zweimal im Jahr benutzt), Brotschneider (noch nie benutzt), Kartoffelschäler, Fleischwolf (schon mal eingeschaltet?), Rollladenheber, Türöffner, Schuhputzmaschine – alles war elektrisch und elektronisch. Lukas konnte sich für jede Neuerfindung begeistern. So kaute er ihr alle Einzelheiten über den neuen Elektrofleischwolf mit digitalem Chip vor, der den Fettgehalt anzeigte und den Bediener dazu aufforderte, magere Stücke reinzuschieben, falls der voreingestellte Wert überschritten würde.

Sie nahm alles mit Ironie hin, solange er nicht dazwischenredete, wenn sie sich ein neues Paar Schuhe kaufte, manchmal auch zwei in einer Woche. Oder wenn sie der Meinung war, dass eine ihrer unzähligen Handtaschen nicht mehr der Mode entsprach, auch wenn sie nur drei Monate alt war. Er legte ohne Meckern seine Bankkarte an der Kasse vor, wenn sie mal so richtig in Fahrt gekommen war und im Bekleidungshaus für Jugendliche kräftig zugeschlagen hatte. Sie hatte mal gehört, wie auf dem Firmenparkplatz ein Pärchen hinter ihrem Rücken losprustete: »Wie ein Papagei!« Sie war selbstbewusst genug, um solche Ausfälle zu ignorieren.

Auch ihr schenkte Lukas ständig neue Gerätschaften. Sie nutzte sie kaum. Wenn sie mal mit dem Tablet etwas nachschauen wollte, war der Akku leer. Bis er aufgeladen war, brauchte sie das Ding nicht mehr. Sie fragte sich oft, was alleine das ständige Aufladen der ganzen Maschinerie kostete. Sie wusste schon lange, dass ihr Mann alle seine Spielzeuge in die Firma mitnahm und dort auflud.

Alleine den vielen Geräten im Haushalt gab sie die Schuld für ihre jetzige desaströse Lage. Seit drei Wochen war ihre Wohnung ein Kriegsschauplatz. Die Techniker kämpften gegen die mysteriösen Kräfte, die das Haus ins Mittelalter zurückschleuderten. Die Anwälte legten sich mit den

Technischen Werken an, die für Netz und Leitungen zuständig waren. Die Technischen Werke schoben alles auf den Energieversorger.

Das Einzige, was heraussprang, war dieses graue Zimmer am Rande der Stadt. Einhundertfünfzig Euro pro Nacht hatten die Anwälte ausgehandelt. Nicht wenig Geld. Aber um diese Jahreszeit etwas Vernünftiges in der Innenstadt zu finden, vor allem kurzfristig, war unrealistisch. Die mittelkleine oberschwäbische Stadt, oder das Städle, wie es die Einheimischen nannten, feierte das jährliche Heimatfest. Der Ort war wie immer im Ausnahmezustand. Aus ganz Deutschland, ja sogar aus der ganzen Welt, reisten ehemalige Schüler an, um fünf Tage so richtig auf die Pfanne zu hauen.

Sonst genoss Anja immer diese Zeit. Nicht weil sie sich zum Fest bekannte. Sie selber ging nur zum historischen Umzug und zum Feuerwerk am letzten Abend, vielleicht noch zu einer Aufführung, mehr nicht. Sie hatte das Gefühl, dass in diesen fünf Tagen alle Anstandsregeln außer Kraft gesetzt waren. Es war fast Brauch, fremde Frauen zu begrapschen. Wer einen Kuss auf den Mund verweigerte, wurde als Spielverderber eingestuft. Ein Klaps auf den Po galt als höchste Anerkennung. Und dann dieser immer dicker werdende Biergestank …

Sie genoss die Zeit, weil sie zu Hause alleine war. Lukas verbrachte die fünf Tage auf dem Festgelände und in den Kneipen mit Kumpels, kam erst gegen Morgen nach Hause und verschwand am Nachmittag wieder. Sie nahm sich an diesen Tagen nicht frei wie ihr Mann. Dieses Mal war sie doppelt froh darum. Fünf Tage in diesem Hotel! Eigentlich war es gar nicht so schlecht, aber wenn man anderes gewohnt war und dazu noch die Stimmung miserabel war, standen die Chancen hoch, dass ein Therapeut einen neuen Patienten bekam.

Sie redeten kaum miteinander. Nicht, weil Lukas in diesen Tagen fast nie zu Hause ..., na ja, im Hotelzimmer war. Wie hatte er nur so blöd sein können, die ganze Geschichte der lokalen Zeitung zu präsentieren! Sie hatte den Eindruck, er hatte das gemacht, um vor der ganzen Welt mit seinem Reichtum zu prahlen. Vierunddreißig Elektrogeräte hatte ein Leser in seinem Kommentar im Online-Portal der Zeitung aufgezählt. Bestimmt war die Liste nicht komplett. Lukas hatte dem Reporter seinen ultramodernen Kühlschrank gezeigt, der eigenständig Bestellungen übers Internet abschickte – so hatten sie zwar kein einziges Mal etwas geordert, aber man hatte es halt –, den Wasserfilter, der die Mineralstoffe anzeigte, und selbstverständlich den sündhaft teuren Kaffeeautomaten. Wenn sie eine Leserin wäre und Lukas nicht kennen würde, würde sie denken, er hätte das meiste davon selber entwickelt – in diesem Stil präsentierte er alles dem Redakteur.

Was sie aber komplett auf die Palme gebracht hatte, war der elektrische begehbare Schuhrank. Nicht der Schrank selber, sondern dass Lukas so dumm gewesen war, dem Reporter diesen vorzuführen. Gerade als der Zeitungsvertreter in der Wohnung aufkreuzte, lief der Strom wieder. In den meisten Leserkommentaren wurde der Schrank erwähnt. Wen juckt das? Jeder hat seine Schwächen. Aber die muss man nicht unbedingt der Welt auf dem Teller präsentieren.

Lukas war auch blöd genug gewesen, sofort den Kühlschrank aufzufüllen, nachdem der Reporter weg war, in der vollen Überzeugung, dass alles vorbei war. Wieso war er dann überhaupt zur Presse gegangen? Nicht um den Täter zu überführen? Wie auch immer, er hatte abends die ganzen Vorräte wieder zu Anjas Mutter gebracht.

Anja war überzeugt, dass ihr Mann gar nicht merkte, dass der Strom in regelmäßigen Abständen floss und wieder verschwand. Lukas war nie besonders intelligent gewesen. Viele in ihrem Bekanntenkreis wunderten sich, wie er es bis in die Führungsetagen geschafft hatte. Durch seine Kollegen, das wusste sie. Er konnte ohne den Rat seiner Mitarbeiter kein einziges Problem selbständig lösen. Wenn nachts sein Telefon bimmelte und der Bereitschaftsdienst aus der Firma um Hilfe bat, konnte er selten einen Tipp geben. Er rief dann bei einem anderen Kollegen an, der den Fehler schließlich behob.

Anja fragte sich oft: Wieso rief der Bereitschaftsdienst nicht direkt beim jeweiligen Kollegen an? Wozu diese Zwischenstation? Letztendlich schrieben drei Leute ihre Einsatzstunden auf, was dem Unternehmen Zusatzkosten verursachte. Das Problem war wohl, dass ihr Mann nicht angerufen werden musste. Er wollte angerufen werden. Um seine Wichtigkeit für das Unternehmen zu unterstreichen. Und um am Monatsende ein paar Tausend mehr auf dem Abrechnungszettel zu haben. Was ihr eigentlich auch nicht unrecht war.

Sie wurde immer mürrischer. Noch ein Tag in diesem Loch und sie würde sich mit Scheidungsgedanken beschäftigen müssen. Draußen nieselte es, also war auch kein Frischluftschnappen zu empfehlen. Und zu allem Unglück reichte das WLAN-Signal nicht bis ins Zimmer und über die Telefonie konnte sie nicht ins Internet, weil Lukas wieder mal ihren Vertrag auf einen neuen Tarif umgestellt hatte, um ein paar Euros rauszuholen. Die Umstellung verzögerte sich, der alte Vertrag war gekündigt, der neue noch nicht aktiviert. Sonst hätte sie wenigstens mit ihrer Freundin whatsappen können.

Als das Telefon auf dem Nachttisch klingelte und die Dame von der Rezeption sich meldete, freute sie sich fast. »Die Polizei will Sie sprechen. Herr Sauter und sein Kollege«, wurde sie informiert.

Das intelligente Klo

Wenn es nicht so traurig wäre, hätte sich Sauter vor Lachen wegschmeißen können. Vor allem das automatische Klo brachte ihn aus der Fassung. Er hatte vor kurzem ein Video auf YouTube gesehen, in dem ein Komiker sich über so ein Ding lustig machte. Aber dass es das tatsächlich gab – mit Geruchabsaugfunktion, Föhn und Extras für die Ladys, das hatte er nicht geglaubt. Er hatte das für die Erfindung des Satirikers gehalten. Als einfacher Leser hätte er sich auch über den anderen Schnickschnack amüsiert, der im Zeitungsbericht beschrieben wurde. Ihn interessierte aber etwas ganz anderes: Hatte der Vorfall in der Wohnung dieses Elektroniksklaven etwas mit der Pharmagold-Arena zu tun? Beide Tatorte waren über einhundert Kilometer voneinander entfernt. Gemeinsam hatten sie nur eine Sache: die Stromunterbrechung. Oder sogar zwei: In beiden Fällen war die Ursache unklar.

Martin steuerte die Auffahrt zur Autobahn an. »Fahr geradeaus. Bis zur ersten Wendemöglichkeit. Wir fahren zurück«, entschied Sauter.

War es ein Zufall, dass der Elektroniksklave, wie Sauter ihn nannte, in Welsingen wohnte, gar nicht so weit vom Krankenhaus entfernt, aus dem die Mail an den Stadionmanager abgeschickt worden war? Am 30. August. Dem Zeitungsbericht hatte er nicht entnehmen können, wann der erste Ausfall in Schuberts Wohnung stattgefunden hatte. Aber wenn die Familie schon einige Wochen im Hotel lebte, müsste es Mitte oder Ende August gewesen sein.

Ein leichtes Kribbeln fuhr durch seinen Körper bis zu den Fußsohlen hinunter.

Um nach Welsingen zu gelangen, mussten sie wieder nach Rittenburg fahren, am Krankenhaus vorbei. »Die zwei Städte grenzen aneinander, schau mal.« Martin zeigte auf das Navigationsgerät.

Tatsächlich. Dort, wo Rittenburg aufhörte, begann Welsingen. Das Navi führte sie auf dem schnellsten Weg zum Hotel, in dem Familie Schubert untergebracht war. Der Hotelname hatte auch im Zeitungsbericht gestanden.

Sauter hatte mit einer aufgebrachten Dame gerechnet. Frau Schubert empfing ihn aber mit einem breiten Lächeln.

Er stellte sich vor. »Polizei Beuren. Mein Name ist Sauter. Mein Kollege Birne …«

»Martin Birne«, fügte Martin hinzu. Anscheinend hörte er selber seinen Namen nicht so gerne. Wobei das mit der Birne etwas hatte. Er war ein kluger Bursche, der die Kollegen immer wieder über seine analytische Denkweise staunen ließ.

»Die Polizei war schon einmal bei uns. Ganz am Anfang. Aber sie fand anscheinend nichts Kriminelles.« Frau Schubert war über den Besuch aus der Großstadt sichtlich froh. Plötzlich fiel ihr etwas ein. »Beuren … Dort war doch auch etwas mit dem Strom?«

Sauter ignorierte ihre Frage. »Frau Schubert, wir haben die Zeitung gelesen. Würden Sie uns bitte Ihre Wohnung zeigen? Und Ihren Mann würden wir auch gerne sprechen.«

Eigentlich wusste Sauter alles, was er wissen musste. Aber er wollte die Wohnung trotzdem sehen. Sehr oft kam er am Tatort auf den Lösungspfad.

»Wir können gern hinfahren. Ist ja nicht weit. Ich kann versuchen, meinen Mann auf dem Handy zu erreichen. Er ist auf dem Heimatfest …«, sagte Frau Schubert.

Der letzte Satz klang irgendwie abwertend. Wollte sie zum Ausdruck bringen, dass ihr Mann zu keinem seriösen Gespräch fähig war?

Sie holte ihr Telefon heraus, wählte und wartete geduldig. »Er nimmt nicht ab. Vielleicht hört er nichts. Im Festzelt herrscht ein gewaltiger Lärm. Ich schreibe ihm, vielleicht liest er die Nachricht und kommt vorbei«, sagte sie schließlich.

Gemeinsam machten sie sich auf den Weg zur Wohnung. Dort angekommen spazierten Volker Sauter und Martin Birne durch die Räume und staunten nicht schlecht. Alles vom Feinsten, Designermöbel, riesiger Fernseher, Heimkino. Alleine der Tisch in der Essecke war mehr wert als Sauters komplette Einrichtung. In der offenen Küche fiel seine Kinnlade endgültig herunter. Jeder Fleck auf der Arbeitsplatte, auf den Schränken, an den Wänden beherbergte ein leuchtendes Gehäuse.

Schon beim Betreten der Wohnung hatte Frau Schubert erklärt, dass wieder die »Stromherrschaft«, wie sie es nannte, zurückgekehrt wäre. Deswegen sah die Küche jetzt wie ein Raumschiff aus einem Fantasyfilm aus. Es gab alleine sechs Uhranzeigen. Auf allen prangten die gleichen Zahlen: 17:22. Alles Funkuhren, dachte Sauter.

»Sie können auch das Schlafzimmer sehen.« Frau Schubert schien richtig stolz auf ihre Wohnung zu sein.

»Gerne«, brummte der Inspektor, wobei er lieber gleich das Wunder der Klotechnik gesehen hätte. Er zwinkerte kurz Martin zu, der lächelte schief zurück.

Frau Schubert machte die Tür zum Schlafzimmer auf. Schon aus dem Flur sahen Sauter und Martin den überdimensionierten Bildschirm. »85 Zoll?«, in Martin erwachte der Techniker.

»Oh, ich kenne mich mit diesen Zolls nicht so gut aus. So um die zwei Meter müssen es sein«, sagte Frau Schubert.

Sauter stellte sich vor, wie er in einem Bett liegt, eine Frau neben sich und den gigantischen Bildschirm, der als Gutenachtgeschichte-Erzähler diente, über sich. Kein Wunder, dass in den westlichen Betten immer öfter Flaute herrschte.

»Und das hier ist das Kinderzimmer?« Sauter zeigte auf die Tür zum Nachbarraum. Er vermutete dahinter den berühmten Schuhschrank.

Sie legte den Kopf schief und wirkte nicht gerade glücklich. »Na ja, das war mal ein Kinderzimmer. Jetzt nutzen wir es als Lagerraum, je nach Saison«, antwortete sie ausweichend und schritt an der Tür vorbei, ohne sie zu öffnen, die beiden Polizisten im Schlepptau. Ruckartig drehte sie sich dann aber um, murmelte irgendetwas, was Sauter als »wenn wir schon mal Strom haben« interpretierte, und verschwand im Je-nach-Saison-Zimmer. Der Inspektor konnte nur eine Ecke im Raum sehen, denn die Frau lehnte die Tür an. Er erspähte kein Massenprodukt aus dem Möbelladen, sondern ein nach Maß angefertigtes Stück.

Frau Schubert kam wieder heraus mit zwei Paar Schuhen. Die waren eindeutig nicht bei einer üblichen Handelskette erworben.

Sauter konnte sich die Frage nicht verkneifen: »Was machen Sie beruflich, Frau Schubert?«

»Ich arbeite bei dem zweitgrößten Arbeitgeber im Kreis Rittenburg«, sagte sie knapp.

»Als was?«

»In der Buchhaltung. Die Kreditorengeschäfte hängen an mir. Wenn ich mal zwei Wochen im Urlaub bin …«

»Und ihr Mann?«, unterbrach sie der Polizist.

»Er schafft im gleichen Unternehmen.«

»Auch in der Buchhaltung?«

»Um Gottes willen, nein, er macht IT.« Sie winkte ab.

»Was heißt das, er macht IT?«, fragte Sauter weiter.

»Er arbeitet in der IT-Abteilung. Wissen Sie, alles mit Computern und Ähnlichem.«

»Als Leiter?«

»Nein, aber eigentlich läuft alles über ihn. Wenn wir mal kurz im Urlaub sind, dann …«

Sauter hoffte, die Frau würde sein Grinsen nicht bemerkten. Es gibt halt Leute, die fest davon überzeugt sind, dass der Laden zusammenbricht, wenn sie mal weg sind.

»Hört sich an, als wären die IT-Leute in Ihrem Unternehmen gefragt. Bei uns sieht das anders aus, oder Martin?«

Martin, in seinen mehrere Jahre alten Schuhen und der ausgeblichenen Jeanshose, die irgendwann mal blau war, nickte nur stumm.

Frau Schubert lief schlagartig rot an. Auch ihre Bekannten hatten sich schon mehrmals dazu geäußert. Es hieß doch, im öffentlichen Dienst könnte man sich nie mit den

Gehältern in der Privatwirtschaft messen. »Er hat noch einen Nebenjob«, versuchte sie die Lage zu erklären.

»Dann ist er ja kaum zu Hause«, bemerkte Sauter.

»Doch, er übt nur einen Minijob aus und …« Sie brach ihre Schilderungen ab, als ihr bewusst wurde, dass sie sich selber widersprach.

»Na gut, geht uns ja auch nichts an«, brummte Sauter schließlich und ging weiter in Richtung Bad. Er wollte unbedingt dieses Klo-Hightech-Ding sehen. Er marschierte am Wohnzimmer vorbei, als sein Blick auf die Spielkonsole neben dem Fernseher fiel. Neuestes Model. Zum zwölften Geburtstag hatte er Tobi so eine geschenkt – stundenlang hatte er sich im Elektronikmarkt beraten lassen und kannte sich jetzt bestens aus. »Ist Ihr Sohn auch eingefleischter Spieler?«, fragte er.

Anja hob die Schultern. Sie wusste, dass ihr Mann, wenn sie nicht zu Hause war, sich übers Internet mit Jungs, die nicht älter als ihr Sohn Sami waren, auf die Baller-Jagd nach Panzern und sonstigen feindlichen Geräten machte. Wurde er darauf angesprochen, gab er an, sein Gehirn mit komplizierten strategischen Spielen fit zu halten.

Plötzlich donnerte es aus Richtung Eingangstür: »Das wurde jetzt aber endlich Zeit, dass die Polizei sich richtig der Sache annimmt.«

Ein schwer übergewichtiger Mann betrat das Wohnzimmer. Trotz seiner etwas zu jugendlichen Bekleidung und langer Haare schätzte Sauter ihn auf Anfang fünfzig. »Schubert«, stellte sich der Langhaariger vor. »Habe erst gestern auf dem Fest mit dem Landessozialminister gesprochen. Jetzt kommt etwas ins Rollen. Und gerade habe ich aus dem Innenministerium einen Anruf bekommen.«

Sauter schaute Martin an, dann Frau Schubert. Ihr versstecktes Grinsen sagte ihm alles. Abgesehen davon, dass Rittenburg und Beuren zu unterschiedlichen Bundesländern gehörten, war die Wahrscheinlichkeit so eines Anrufes gleich null. Ein Schwätzer, der alle kennt und den alle kennen, sagte er sich. Sauter öffnete gedanklich die Schublade mit der Aufschrift »Arroganter Wichtigtuer« und warf den Langhaarigen hinein. Doch er nahm das Spiel auf: »Von wem kam der Anruf?«

»Irgendein komischer Name, habe nicht richtig zugehört, weil ich gerade mit meinem Rechtsanwalt geredet habe. Der ist der Vorsitzende der Landesvereinigung. Er hat mir gerade empfohlen, die Versicherung in Regress zu nehmen. Die ganzen kaputten Sachen, die muss jemand bezahlen. Wenn …«

Volker Sauter hatte schnell genug von diesem Geschwätz. »Herr Schubert, haben Sie in Ihrem Betrieb etwas mit Technik zu tun?«, unterbrach er.

»Ha, ich habe den ganzen technischen Dienst aufgebaut. Damals vor dreißig Jahren«, antwortete Schubert.

»Was haben Sie denn studiert?«

»Na ja, nach dem Abitur habe ich ein Praktikum gemacht in einem Maschinenbaubetrieb, die wollten mich unbedingt haben. Habe mich dann für sie entschieden.«

»Also haben Sie eine Lehre gemacht?«, hakte Sauter genüsslich nach.

Schubert antwortete nicht direkt. »Noch heute nehme ich die ganzen Fachzeitschriften mit nach Hause und lese jeden Tag etwas. Hier …« Er ging zum Beistelltisch, schob die Zeitschriften hin und her, fand aber nicht, was er suchte. »Hab alles im Schlafzimmer«, sagte er dann.

Sauter musste sich beherrschen, um nicht loszubrüllen. Gerade war er im Schlafzimmer. Auf der Nachtkommode hatte nur ein Heft gelegen – ein Comic. »Sie haben meine Frage nicht beantwortet«, stellte er fest.

»Nichts, was mit IT zu tun hat, ob Hardware oder Software, Netzwerke oder Internet, geht im Krankenhaus an mir vorbei«, sagte Schubert nun entschieden.

Sauter verarbeitete noch den Satz, da stieß ihn Martin schon an und fragte: »Im Krankenhaus?«

»Ja, da bin ich …«

»Wie heißt das Krankenhaus?«, fragte Sauter dazwischen.

Schubert guckte irritiert. »Wir haben doch nur eins hier, die *Lauratal-Klinik*. Ich habe dort …«

Sauter hörte nicht weiter zu. Sein Kopf bekam endlich Stoff, um zu kombinieren.

Dikaio. Das Monster im Orbit

Vor zwei Monaten hätte es ihn geärgert. Er wäre den ganzen Tag schlecht gelaunt und gereizt gewesen. Jetzt schlug sein Herz höher, wenn er auf die Uhr schaute und sie nicht später als halb drei, drei anzeigte. Schon am Vorabend war er euphorisch gewesen bei dem Gedanken an den frühen Kaffee und die bevorstehende Aufgabe. Seine Frau Karina, die sich im Laufe der Jahre mit seiner Zurückhaltung arrangiert hatte, kostete mehrmals die Woche seine neue Erregung aus. Er konnte sehr lange durchhalten, seine Gedanken waren aber weit weg vom Ehebett, was Karina nicht daran hinderte, die Bilder aus dem Kamasutra in der Praxis auszuprobieren. Sie quittierte ihre Zufriedenheit am nächsten Tag mit köstlichen Gerichten.

Dikaio selber passte sich aufgeregt der nächsten von Karina ausgewählten Stellung an und kostete in seinem Kopf den kommenden Tag aus. Wie er kurz vor fünf das Auto in einer Nebenstraße abstellen und sich im Schutz der Morgendämmerung an das Firmengebäude heranschleichen würde. Ausharren wird, bis die ersten Putzfrauen hineingehen, dann einen Moment warten, bis alle fort sind, und, ohne seinen Chip einzusetzen, durch die Tür schlüpfen. Er wird sich wie gehabt und ohne einzustempeln zu seinem

Büro durchschmuggeln, das ja glücklicherweise im Untergeschoss lag, wo nicht so viel Betrieb war. Dann wird er den Bildschirm einschalten. Der Rechner war, ebenfalls wie gehabt, die ganze Nacht durchgelaufen. Er wird ihn kurz vor sieben runterfahren, einstempeln und sich dann neu anmelden. Sollte jemand auf die Idee kommen, eine Liste mit Anmeldezeiten zu generieren, würde nichts auffallen.

Er wird den Debugger starten und weitere Varianten ausprobieren. Er hätte in seinem besten Traum nicht gedacht, dass in einem Unternehmen, in dem die Datensicherheit wichtiger war als ein Menschenleben, solche Sicherheitslücken klaffen können. Keiner hatte daran gedacht, dass jemand das Testsystem manipulieren könnte, die Schnittstellen und Dateipfade so anpasste, dass es mächtiger als das Echtsystem wurde. Und so wurde es für ihn überraschenderweise zur schwersten Aufgabe, die möglichst genauen GPS-Positionen für seine Objekte zu bestimmen. Er konnte nicht persönlich überall hinfahren. Die ersten zwei Objekte befanden sich in seiner Stadt. Er hatte durch die von Satelliten gelieferten und nachgerechneten Daten nachjustiert und diese an Ort und Stelle überprüft. Er hoffte, dass das europäische Satellitenprogramm *Galileo* so schnell wie möglich voll einsatzbereit sein wird, denn es soll viel genauere Daten liefern als das amerikanische NAVSTAR GPS oder das russische GLONAS. Für das, was er vorhatte, müsste er sonst gleichzeitig an Dutzenden Orten sein. Das wäre unmöglich. Er wollte auch niemanden in das große Projekt einweihen.

Er hätte eher gedacht, der zweite Teil würde der schwierigste. Die neuen Techniken, die es erlaubten, Energieströme aus der Ferne zu steuern, für eigene Zwecke einzusetzen, war aber viel einfacher als gedacht. Und die Geo-Satelliten der neuen Generation, an denen auch seine Firma tüftelte, waren echte Monster in dieser Hinsicht. Dass mehrere Länder und Firmen, trotz staatlicher Koordinationsversuche und internationaler Verbände, parallel aneinander vorbei das All mit Systemen vollstopften, war ihm nur recht.

Selten hatte er die lokale Zeitung mit einem solchen Genuss gelesen wie an dem Tag, als der Bericht über Schuberts lahmgelegte Hightech-Wohnung erschien. Er hatte sich die Miene des immer alles besser wissenden Zeitgenossen gut vorstellen können. Er erahnte fast wörtlich die Dialoge – sonst waren es nur Monologe – mit den Anwälten, die Schubert üblicherweise bei jeder Kleinigkeit auf seine Gegner losließ. Er stellte sich die Grimassen seiner Frau vor, der keiner zu sagen wagte, dass die Zeiten, in denen sie sich in den gleichen Läden wie ihre Nichte einkleiden konnte, endgültig vorbei waren. Er war sich noch unsicher, wie lange er das Pärchen vorführen würde. Die Wahrscheinlichkeit, dass Schubert auf den Boden der Tatsachen zurückkommen würde, war laut dem Zeitungsbericht gering.

Menschen in Ungewissheit zu lassen, machte ihm keinen Spaß, verlieh ihm aber das Gefühl, etwas bestimmen zu können: Wann, wo und wie ES passieren wird. So hatte er den *FC Beuren* hängen lassen. Nachdem das Champions-League Spiel abgeblasen worden war, stand das nächste Bundesligatreffen lange auf der Kippe. Er hatte sich einfach nicht mehr gemeldet. Das Spiel wurde abgesagt. Das nächste wurde unter allen möglichen Vorkehrungen durchgeführt mit dem Hintergedanken, dass auch die teuren Ersatzmaschinen möglicherweise nicht helfen würden. Aber er hatte jetzt kein Interesse mehr an diesem Club. Er plante anderes. Dann wird ganz Europa, die ganze Welt aufschreien. Er brauchte nur noch etwas Zeit für die Vorbereitung. Schade, dass die Putzfrauen erst um fünf kommen. So blieben ihm immer nur die zwei Stunden bis sieben Uhr. Plus die Abende, wo er daheim auch ohne Zugriff auf das System Recherchen und Berechnungen durchführte. Seine Frau, die ihn zuerst immer mürrisch angeschaut hatte, ließ ihn schließlich in Ruhe, seitdem sie unerwartet in einer Nacht öfter als sonst im ganzen Jahr ihren Durst löschen durfte, die Sommerurlaube inklusive.

Die Fußballwelt musste sich also noch etwas gedulden, bis sie wieder dran war. Auf seiner Prioritätenliste war die *Blue Bank* ganz nach oben gerutscht. Die schlauen Füchse! Von wegen! Das dachten sie nur. Zum Retter der städtischen Klinik hatten sie sich ernannt. Dikaio fiel das Foto ein, auf dem der Bankvorstandssprecher dem Geschäftsführer des Krankenhauses den Check für einen Computertomografen überreichte. Ohne den Bericht darunter zu lesen, wusste er, was da lief. Sie versuchen sich mit unserem Geld reinzuwaschen, dachte er. Dabei war seine Forderung eindeutig: achtzig Prozent von den eigenen Gehältern und Boni abzugeben und die Kollegen aus anderen Finanzinstituten ebenso dazu zu bewegen. Dann werden sie halt alles verlieren.

Erst vor kurzem hatte der *Spiegel* über die Arroganz der Manager der *Deutschen Bank* berichtet. »Die Gier« hieß der Bericht. Die Journalisten hatten wirklich gute Arbeit geleistet, monatelang recherchiert, Dutzende Zeitzeugen befragt und den Weg zum Niedergang geschildert. Nur eine Information hatte im Bericht gefehlt: Wie denn die rücksichtslosen, gierigen Manager, die jene Hunderte von

Millionen Euros in die eigenen Taschen gestopft hatten, bestraft wurden. Sie fehlte aus einem einfachen Grund: Alle kamen ungeschoren davon, wenn sie auch Trümmer und blutende Kunden hinterlassen hatten. Das musste korrigiert werden. Dringend.

So wie es auf dem Flughafen auf Kreta gelaufen war, war es nicht geplant gewesen. Die Panik meinte er. Aber im Grunde konnte er nichts dafür. Die Verantwortlichen hatten genug Zeit gehabt, ein ganzes Jahr, um seine Forderungen zu erfüllen und endlich das Ausbluten der Insel zu stoppen. Für das ausgebrochene Chaos müssen sie selbst geradestehen: Dass es für einen so wichtigen Flughafen keinen Notfallplan gab, war mehr als fahrlässig. Falls doch einer existiert hatte, war er wohl nicht zum Einsatz gekommen. Warum? Ja, die Menschen taten ihm leid, die Verunglückten und die Verletzten. Einen Teil der Schuld trugen aber auch sie selbst. Sie wussten es, konnten es sich irgendwie denken, dass die Ressourcen der Insel ausgeschöpft waren. Trotzdem flogen sie scharenweise dorthin. Dabei schlugen ihre Herzen höher, wenn sie auf der Suche nach noch billigeren Angeboten fündig geworden waren. Eines hatte er wenigstens erreicht: Diejenigen, die nach tagelangem Ausharren Kreta verlassen durften, werden sich sicherlich nicht mehr so schnell auf eine Insel wagen, nicht nur in Griechenland. Das war aber nur ein kleiner Trost. Nachdem der Flugbetrieb wieder aufgenommen worden war, wuchs der Touristenstrom allmählich wieder an, denn die Hoteliers boten nun unverschämt niedrige Preise an. Gut, wenn die Leute so gierig sind, sind sie selber schuld.

Ihm gefiel zudem die Richtung nicht, die die Ermittlungen auf Kreta einschlugen. Nachdem die Bilder von allen möglichen Kameras und Smartphones ausgewertet worden waren, konzentrierte sich die Polizei nun auf zwei Personen, deren Foto in allen Zeitungen abgedruckt war: Ein Mann mittleren Alters rannte mit einer Frau im Schlepptau aus der Halle, noch bevor die Massenpanik ausbrach. Als ob er wusste, was passieren würde. Klingt vielleicht logisch, aber damit hatte dieser Spinner ihm die Show gestohlen. Die Ermittler suchten nun nach jemandem, der während des Stromausfalls im Flughafengebäude war und dort mutmaßlich für den Vorfall gesorgt hatte. So ein Schwachsinn!

Also, er hatte noch einiges zu tun. Er schob behutsam Karinas Bein von sich herunter und stand auf. Auch wenn sie schon mehrmals angedeutet hatte, dass sie ihn morgens nach dem Aufwachen gerne neben sich hätte. Schade, dass die Putzfrauen erst um fünf beginnen.

Die Idee aus dem Raucherpavillon

Daniel war schlau genug, um zu wissen, was in den nächsten Tagen und Stunden passieren wird. Die deutschen Zeitungen – immerhin waren unter den Opfern auf dem Flughafen auch Bundesbürger – werden das Foto aus der griechischen Presse veröffentlichen. Es wird nicht lange dauern, bis Elena und ihn jemand erkennt und der Polizei ausliefert. Wenn das nicht schon gerade passierte. Der Mitarbeiter im Konsulat hatte vielleicht schon die Zeitungen gesehen und die deutschen Behörden alarmiert. Er musste sich selber melden, bevor die Polizei hier aufkreuzte. Aber zuerst musste er mit ein paar Kollegen aus dem Institut sprechen. Ihm waren noch einige Details beim Stöbern im Internet aufgefallen, auch wenn sein Kopf, nachdem er sein eigenes Gesicht erkannt hatte und sein Verdacht sich bestätigt hatte, dass es in Thessaloniki tatsächlich ein Fahndungsfoto war, nicht mehr so klar und schnell funktionierte wie üblich.

Er bekam nichts zum Frühstück herunter und trank nur einen Kaffee. Elena wird er vom Foto nicht erzählen, außer sie entdeckt es selber. Eher unwahrscheinlich, denn seine Frau nutzte das Internet nur für E-Mail-Kommunikation. Auch den Fernseher schaltete sie außer am Samstagabend selten an. Im Gegenteil zum Ehegatten las sie auch ausschließlich gedruckte Bücher.

Dann fuhr Daniel zur Arbeit, auch wenn es noch viel zu früh war. Er wollte vor Dienstbeginn mit Manuel aus der Elektrotechnik sprechen, der fast jeden Morgen schon früh im Raucherpavillon saß, als ob er die ganze Nacht dort verbracht hätte.

Auch heute Morgen bewachte Manuel den Pavillon. Daniel gesellte sich zu ihm. Der Raucher schaute ihn etwas verwundert an und schob ihm die Zigarettenschachtel hin.

Daniel schüttelte den Kopf. »Hast du Zeit für mich? Mir gehen einige Sachen durch den Kopf, für die ich zwar eine Erklärung habe, aber ich kann keine Verbindung zwischen einigen Details herstellen.«

»Hier oder im Büro?«

»Büro wäre mir lieber.«

Manuel drückte seine Zigarette aus und marschierte zum Eingang.

Er war ein glattrasierter Elektrotechniker. Alle Kollegen kamen zu ihm, wenn sie sich mal bei einem Problem festgefahren hatten und nicht mehr weiterwussten. Er holte aus seinem Gehirn die verrücktesten Ideen raus und überraschte immer wieder mit seinen unkonventionellen Methoden.

Sie setzten sich in Manuels Büro an einen kleinen Besprechungstisch. »Hast du vom Drama auf Kreta gehört?« Daniel kam gleich zur Sache.

»Am Rande. Griechen halt. Die marode Technik schlägt irgendwann zu. Du warst doch gerade dort, oder?«

»Die Technik ist in Ordnung. Der Flughafen ist ja für Olympia auf Vordermann gebracht worden. Elena und ich sind gestern Abend auf Umwegen zurückgeflohen. Wenn ein Aggregat der Auslöser gewesen wäre, hätten die Fachleute längst die Ursache gefunden. Das war es nicht. Der Strom war einfach verschwunden, als ob jemand mit dem Säbel den Fluss durchtrennt hätte. Wir waren gerade in der Abflughalle. Es war eine Katastrophe.«

Manuels Augen leuchteten.

»Heute Nacht im Internet bin ich spontan auf einen weiteren Fall gestoßen«, fuhr Daniel fort. »In Deutschland. Das gleiche Muster. Ist nicht so schlimm ausgegangen, ohne Opfer, deswegen gab es keinen großen Aufschrei. Ich verstehe nicht, wie das technisch funktionieren könnte.«

»Nichts ist unmöglich. Die meisten Nobelpreise bekommen Wissenschaftler für irgendwelche theoretischen Spinnereien, die keine Chance haben, in der Praxis umgesetzt zu werden. Bis der nächste Spinner sich der Sache annimmt …« Manuels Kopf kam auf Betriebstemperatur. »Wenn man elektrotechnische Geräte abschirmen kann, wieso dann nicht auch andere Sachen? Schau mal, man kann Strom mit einem Magneten umleiten. Auf bewegte Ladungen in einem Magnetfeld wirkt die Lorentzkraft, die die geladenen Flächen senkrecht zur Stromrichtung und gleichzeitig senkrecht zum Magnetfeld ablenkt. Aber der Strom verschwindet nicht einfach. Er muss irgendwo wieder auftauchen.«

»Aber dann muss jemand den Magneten in der Nähe positionieren. Da war aber nichts«, folgerte Daniel.

Manuel kam ins Grübeln »Ich habe eine Idee. Ich muss etwas ausprobieren.« Er ging zum Computer rüber, dann in die Werkstatt und wieder zum Rechner. Der Techniker nahm den Kollegen gar nicht mehr wahr.

Daniel schaute auf die Uhr – wäre Zeit, sich in sein ei-

genes Büro zu begeben. »Manu, ich schaue in der Mittags-
pause wieder vorbei«, rief er seinem Kollegen zu. Er war
sich aber nicht sicher, ob Manuel ihn gehört hatte.

Daniel lief ein Stockwerk höher, durchquerte die Ein-
gangslobby, stempelte ein und ging zu seinem Büro. Dort
stieß er fast mit zwei Männern zusammen, die aus seinem
Zimmer kamen. Den einen hatte er schon einmal gesehen.
Er zeigte nun auf Daniel. Dieser warf einen Blick auf sein
Namensschild: Herr Bruch, Leiter Sicherheitsdienst. »Hier
ist unser Herr Schwab«, sagte er.

Woher kennt der meinen Namen, fragte sich Daniel.
Okay, als Sicherheitschef hatte er wohl Zugriff auf die Personalakten.

»Bergmann, Landeskriminalamt Baden-Württemberg«,
stellte sich der Mann vor.

Daniel lief rot an. Sie fingen fast gleichzeitig an zu sprechen. »Ich wollte gerade zur Polizei gehen«, begann Daniel.

»Darf ich Sie bitten …«, fuhr Bergmann fort, brach aber
als Erster ab und musterte Daniel durchdringend. »Das
sagen die meisten unserer Klienten bei der Festnahme.«
Doch dann verbesserte er sich rasch: »Sie sind nicht fest-
genommen. Noch nicht. Was weiter passiert, hängt davon
ab, was Sie uns zu erzählen haben.«

In Bruchs Augen las Daniel Verachtung. Waren alle Bullen gleich? Verdächtigten sie gleich jeden? »Wir können in
die Cafeteria gehen«, schlug Daniel vor in der Hoffnung,
dass Herr Bruch ihnen nicht folgen würde. »Ich muss nur
dem Chef Bescheid geben.«

»Am besten fahren Sie gleich mit mir zum Präsidium«,
entgegnete Bergmann. »Wir müssen nach unserem Gespräch sowieso dorthin.«

Mitleid mit dem Täter

Ungeduld war kein guter Ratgeber in seinem Beruf. Dieser Grundsatz war Sauter ins Blut übergegangen. Trotzdem holte er, sobald sie die Wohnung der Schuberts verlassen hatten, das Telefon heraus und wählte Knipps Nummer. Während es klingelte, stiegen er und Martin wieder ins Auto. Dort zerrte er die Listen mit Mitarbeiternamen, die am 30. August Dienst im Krankenhaus hatten, aus seiner Aktentasche, die im Fußraum stand. Über 30 Blätter. Hektisch blätterte er diese durch, bis er das Blatt »Rufbereitschaft IT« fand. Nur ein Name stand drauf: Koller. Mark Koller.

Herr Knipp nahm nicht ab. Sauter schaute auf die Uhr. Kurz nach sechs. Okay, normale Leute saßen jetzt mit ihren Familien beim Abendessen. Wann hatte er das letzte Mal um diese Zeit eine Mahlzeit eingenommen? Als er noch verheiratet war, waren es die wenigen Urlaubstage, an denen er mit seiner Frau und Tobi zusammen gegessen hatte.

Martin musterte ihn abwartend von der Seite. Er ahnte wohl schon, was gleich kommt. Sauter überlegte kurz. Ja, er hatte keinen Bock, morgen früh wieder hierherzufahren. »Martin, musst du unbedingt heute zurück nach Beuren?«, fragte er. »Ich meine, wartet jemand auf dich?«

Martin grinste. »Rein statistisch nicht.«

Sauter guckte irritiert. »Bitte etwas genauer für die nicht überdurchschnittlich Schlauen«, verlangte er.

»Laut Statistik sind zwei Drittel aller Polizeimitarbeiter Singles – geschieden, getrennt et cetera. Also, wenn einer unserer Kollegen die Nacht im Ehebett verbringt, wartet statistisch gesehen niemand auf mich. Und nicht statistisch gesehen wartet auch niemand.«

Sauter nickte. »Alles klar, dann übernachten wir im Hotel. Ich glaube, es gibt noch etwas zu tun in diesem Städtchen. Ich suche uns eine Unterkunft. Okay?«

»Okay«, stimmte Martin zu.

Sauter schaltete wieder das Handy ein, startete den Internet Browser und tippte. Der Verlauf wurde eingeblendet. An zweiter Stelle stand »Klinik Lauratal«. Den ersten Kontakt mit der Klinik hatte er über die Zentrale aufgenommen. Er schloss den Browser, tippte auf »Telefon« und suchte in der Anrufliste nach der Nummer des Krankenhauses.

»Kommissar Sauter, Polizei Beuren. Ich habe heute mit Herrn Knipp gesprochen. Ist er noch im Hause?«, fragte er, als jemand ranging.

Derweil fuhr Martin schon mal los.

»Haben Sie es schon bei ihm direkt versucht?«, fragte eine weibliche Stimme am anderen Ende. »Wenn ja, dann ist er weg. Die IT ist bis halb fünf besetzt.«

»Und wenn etwas nach halb fünf passiert? Wenn ein Arzt mit seinem Rechner ein Problem hat zum Bespiel?«, fragte Sauter.

»Dann verbinden wir ihn mit der IT-Rufbereitschaft. Sie ist von halb fünf bis sieben Uhr morgens besetzt«, erklärte die Stimme, was Sauter schon wusste.

»Sie kennen sich ja bestens aus«, sagte er.

Die Frau am anderen Ende der Leitung fühlte sich geschmeichelt. »Danke, ich arbeite ja auch schon über fünfzehn Jahre für die Klinik.«

»Dann kennen Sie sicher auch den Herrn Schubert«, fuhr Sauter fort, während Martin Gas gab und auf die nächste Bundesstraße bog. Der Langhaarige hatte mehrmals damit geprahlt, dass er das »silberne« Dienstjubiläum längst gefeiert hatte.

»Ja, aber ich habe kaum etwas mit ihm zu tun. Nur am Telefon.« Die Stimme der Empfangsdame war hörbar härter geworden.

Nach einer Pause fragte Sauter: »Wissen Sie, wer heute Dienst hat?«

»Nein, heute wollte noch keiner die IT sprechen. Aber ich kann Sie verbinden«, schlug sie vor.

»Das wäre nett«, sagte Sauter und hörte gleich, wie piepsende Töne die Verbindung herstellten.

»IT-Abteilung, Bereitschaftsdienst, Sie sprechen mit Herrn Koller. Was kann ich für Sie tun?«, meldete sich eine männliche Stimme.

Respekt, dachte Sauter, wie im Bundeskanzleramt. Erst dann registrierte er den Namen: Koller. Er schaute auf seine Liste. »Inspektor Sauter, Herr Koller, wir müssen Sie dringend sprechen.«

Sie verabredeten sich in der Klinik. »Im Erdgeschoss gibt es einen Kiosk. Ich werde dort auf Sie warten«, sagte Koller, der nicht überrascht zu sein schien, dass sich die Polizei bei ihm meldete. Hatte der Flurfunk seine Arbeit getan? Hatte die Sachbearbeiterin seinen Besuch ausgeplaudert? Vielleicht war es gut so. Die meisten Täter verraten sich selber, wenn sie hektisch werden.

Sauter hätte sich mit Koller lieber in einem separaten Zimmer unterhalten. Anderseits bot der Kiosk eine Möglichkeit, endlich etwas Essbares zu sich zu nehmen.

Als die Polizisten in der Kantine eintrafen, war der IT-Mann noch nicht da. Sie bestellten belegte Seelen und Wasser und schauten sich nach einer ruhigen Ecke um. Der große Saal war proppenvoll. Um diese Uhrzeit besuchten viele ihre Angehörigen und Bekannten. Sie fanden drei Plätze in der Mitte.

Sie waren mit ihren Seelen noch nicht fertig, da kam ein Mann um die vierzig die Treppe herunter und steuerte direkt auf sie zu. Fallen wir Bullen wirklich so auf, fragte sich Sauter spontan.

»Koller«, der langhaarige Mann – noch einer – gab ihnen die Hand und setzte sich zu ihnen.

Die Dame an der Theke winkte ihm zu. »Mark, willst etwas trinken?«

»Eine Cola, danke, Anne«, rief er zurück.

»Hier kennt man Sie also«, begann Sauter das Gespräch.

Koller nickte. »Die haben hier ständig Probleme mit dem Kassenautomaten und rufen meistens direkt bei mir an. Wenn sie unsere Hotline anrufen, dauert es immer ewig«, erklärte er.

»Das ist bestimmt stressig, so eine Rufbereitschaft. Wie lange geht sie denn?«, fragte Martin.

»Unter der Woche vier Tage, Montag bis Donnerstag. Am Wochenende von Freitag drei Uhr bis Montag um sieben.«

»Nicht ab halb fünf?«, fragte Martin weiter.

»Nee, am Freitag ab drei, sonst halb fünf.«

»Und ist viel los?«, fragte Sauter.

Koller zuckte mit den Schultern. »An den Werktagen geht

es. Meistens haben wir es mit vergessenen Passwörtern zu tun. Am Wochenende ist mehr los. Aber es ist eigentlich leicht verdientes Geld. Wenn da nicht …« Mark Koller brannte etwas auf der Seele. »Die ganze interne Organisation … Wenn ich einen Ernstfall habe, zum Beispiel einen Ausfall in der Radiologie, und ihn selber nicht beheben kann, darf ich nicht direkt meinen Kollegen anrufen, der die radiologischen Systeme betreut. Stattdessen muss ich den IT-Teamleiter anrufen, der aber meistens noch weniger kann als ich. Und der ruft dann beim Kollegen an. Letztendlich schreiben drei Leute Stunden auf, dabei hat lediglich einer etwas effektiv gemacht. Solche Sachen halt …«

Beim Wort »Teamleiter« machte es Klick bei Sauter. War nicht Schubert der Teamleiter? Aber es kann natürlich auch sein, dass es mehrere gibt. Koller schien selbstbewusst zu sein, er war bestimmt ein guter Spezialist. Leute, die jederzeit woanders einen Job bekommen können, sind meistens viel offener als Nichtstuer, die sich an ihre Stellen klammern, stellte Sauter zum wiederholten Male für sich fest. Er war endlich auch mit der Seele fertig. Martins Teller war schon länger leer. »Können wir unser Gespräch woanders fortsetzen?«, fragte er nun.

In der Kantine war es immer voller und lauter geworden. Und der vierte Platz an ihrem Tisch war mittlerweile von einem älteren Herrn besetzt, der einen Rollhaken mit sich schleppte, an dem Infusionsflaschen hingen. Nicht gerade appetitlich. Krankenhaus halt.

»Wir können in mein Büro gehen«, schlug Koller vor.

Sie standen auf, gingen um die Ecke, durch eine Schiebetür, an der EKG-Anmeldung vorbei, die Treppe hinunter und standen vor einer Tür ohne Schild. Eine riesige

Stopp-Aufschrift versperrte den Weg. Koller holte seinen Chip heraus und legte ihn ans Schloss. Die Tür öffnete sich. »Links bitte«, er ließ seine Gäste vor.

Koller schloss die Tür hinter sich, überholte die zwei Männer und blieb vor der letzten Tür stehen. Sauter schaute auf das Schild: »IT-Infrastruktur: Herr Schubert / Herr Koller« stand darauf.

In seinem Inneren kribbelte es. »Sie haben sicherlich von dem Vorfall bei Herrn Schubert zu Hause gehört. Wir sind zwar nicht wegen ihm hier …«

Sie traten ein, Koller schloss die Tür hinter ihnen. »Ich weiß nur das, was er allen erzählt hat, und das halt, was in der Zeitung stand. Wir reden nicht über private Sachen.«

Sauter war Psychologe genug, um den Frust in seiner Stimme zu hören. »Aber das war mal anders, oder?«, hakte er nach. Koller, davon war Sauter überzeugt, war hin- und hergerissen. Er wollte irgendetwas rauslassen, traute sich aber nicht. »Herr Koller, uns kann jedes Detail helfen. Wir führen dieses Gespräch ohne Protokoll, inoffiziell sozusagen. Wenn was fürs Protokoll wichtig wird, sagen wir Ihnen Bescheid.«

Koller setzte sich auf seinen Stuhl hinter dem Schreibtisch, der so tief eingestellt war, dass man meinen konnte, er sitze auf dem Boden. Die Polizisten nahmen sich zwei Stühle, die vor anderen Tischen standen, und setzten sich ebenfalls.

Koller erzählte: »Am Anfang waren wir ziemlich gute Kumpels, feierten sogar zusammen Geburtstage. Ich als Single aß bei den Schuberts oft zu Abend. Wir gingen zum Segeln, spielten Fußball. Aber mit der Zeit wurde es immer enger, irgendwie ungemütlich. Ich habe mich umgeschaut und kapierte, dass Lukas die anderen moralisch unterdrückt, nur, weil er am längsten in der Firma arbeitet. Er sucht überall seinen Vorteil. Wehe er bekommt mit, dass jemand eine Gehaltserhöhung erhält. Seine Frau arbeitet ja in der Buchhaltung, die erzählt ihm immer alles. Das habe ich selber mal gehört. Er nutzt seine Position überall aus, wo es nur geht. Ich meine, was das Geld betrifft. Trickst mit dem Dienstplan und Einsatzzeiten bei der Bereitschaft, er ist ja selber Teamleiter, ihn kontrolliert keiner.

Er lässt sich von allen Ärzten ihre defekten Laptops und Smartphones bringen und dann von den Jungs aus dem Support reparieren und kassiert das Geld ein. Erst letzte Woche habe ich gesehen, wie er von einem Chirurgen zweihundert Euro bekommen hat, dem Kollegen im Support hat er nur zwanzig gegeben. Und seinen Nebenjob erledigt er während der Arbeitszeit. Für wie blöd hält der mich bloß? Denkt er, dass ich nichts mitbekomme? Wenn es aber bei uns brenzlig wird, verschwindet er auf Toilette oder muss dringend zum Arzt. Dafür ist er immer bereit, bei jeder Besprechung zu allem einen Kommentar abzuliefern, aber wenn es um die Umsetzung geht, ist er schnell weg.«

Sauter wusste, dass er Koller nicht unterbrechen durfte. Er hatte sich warmgelaufen. Und er war froh, so schien es, endlich den sich angesammelten Mist loszuwerden.

»Der Mann ist technisch auf dem Niveau des letzten Jahrhunderts. Er versucht alle Probleme mit noch mehr Speicher und größeren Platten zu lösen, dabei gibt es schon lange intelligentere Lösungen wie VMware zum Beispiel. Was der schon Geld in den Sand gesetzt hat mit seiner Rückständigkeit! Hauptschüler halt, der es ganz nach oben geschafft hat.«

»Er hat doch Abitur«, Sauter entschied sich nun doch, das Gespräch umzuleiten, bevor es zu technisch wurde. Dann käme erstens nur noch Martin mit, der ihn von der Seite angrinste, und zweitens würde sie das wohl nicht weiterbringen.

»Ha, ha, das erzählt er jedem, der ihn nicht kennt. Ebenso, dass alle Firmen im Umkreis von einhundert Kilometern um ihn werben. Der Mann ist …« Koller machte mit der Hand eine abwertende Geste.

»Was meinen denn die anderen Kollegen dazu?«, fragte Sauter.

»Einige haben Schiss vor ihm, weil sie selber durch Vitamin B zu uns gekommen und fachlich nicht auf der Höhe sind. Die Schlauen ziehen es vor, ihm aus dem Wege zu gehen. Das funktioniert aber nur, wenn man nicht direkt mit ihm zu tun hat. Ich nehme an, dass er für die zwei Kollegen, die uns vor kurzem verlassen haben, ein entscheidender Faktor war.«

Sauter machte sich eine Notiz: In der Personalabteilung die Namen aller ausgeschiedenen Mitarbeiter einholen. Dann schaute er wieder hoch zu Herrn Koller und bemerkte seinen verstörten Blick. »Das war nichts fürs Protokoll. Nur für mich als Erinnerungsstütze. Herr Koller, Sie hatten doch am 30. August Rufdienst.«

Kollers Mahlwerk kam in Bewegung. Die Pause wurde länger. »Ja und? Die Wohnung vom Großko…, von Schubert, meine ich, wurde doch viel früher vom Strom abgeschnitten.«

»Das stimmt, trotzdem. Hatten Sie an diesem Abend einen Einsatz? Mussten Sie zur Klinik fahren?«

»Das weiß ich nicht mehr. Aber ich kann mal nachschauen.«

Sauter sah, wie Koller das ihm schon bekannte Dienstplanprogramm startete, einen Monat zurückblätterte und auf ein Datum klickte. Er kopierte eine lange Nummer und rief ein anderes Programm auf. Sauter erfasste noch die Bezeichnung: »Support- und Ticketsystem«. Er sah, dass auch Martin den Vorgang akribisch verfolgte und fühlte sich sofort auf der sicheren Seite.

»Ich war in der Notaufnahme«, antwortete Koller nun und sah die Polizisten wieder an. »Der Labordrucker war kaputt. Ein Etikett hatte sich gelöst und mit Kleber die Fixiereinheit ruiniert. Steht im Einsatzbericht. Ich bin, glaube ich, der Einzige, der diese Berichte schreibt, so wie es in der Dienstanweisung steht. Die anderen schreiben nur die Zeiten auf. Okay, das kontrolliert wohl eh keiner. Genauso wenig wie die anderen Anweisungen. Die Raucher stehen draußen in Scharen und keinen juckt es, dass niemand von denen ausgestempelt hat.«

Sauter starrte auf den ersten Satz – Notaufnahme, Notaufnahme … Das war doch dort, wo er heute Morgen parken wollte und vom Sicherheitsdienst weitergeleitet worden war. Genau am anderen Ende des riesigen Geländes, weit weg von Station eins. »Wo haben Sie damals geparkt?«

»Normalerweise parke ich hinten auf dem Wirtschaftshof, wenn ich mit dem Einsatzwagen unterwegs bin. In der Notaufnahme war aber nicht viel los, deshalb habe ich das Auto auf einem Patientenplatz abgestellt.«

Wenn Sauter weiter nachgefragt hätte, ob Koller zum Beispiel Personen getroffen hatte, die gerade nicht im Dienst waren und eigentlich nicht im Haus unterwegs sein sollten, hätte er vielleicht einen interessanten Hinweis bekommen. Aber Sauter war viel zu viel auf die Person von Herrn Schubert konzentriert. Nachdem er den Mann kennengelernt und mit seinem Zimmerkollegen oder »Zellenkollegen«, wie sich Koller ironisch äußerte, gesprochen hatte, konnte er sich gut ein Motiv für einen Stromangriff zusammenreimen. Das brachte ihn aber keinen Schritt weiter. In zwei Tagen wäre der nächste Spieltag in der Bundesliga. Ob in Beuren angepfiffen wird?

Martin hatte bereits den Weg der SMS verfolgt, die der Stadionmanager erhalten hatte. Wie vermutet, war die Nachricht von einer russischen SIM-Karte abgeschickt worden, die noch zu Zeiten in Umlauf kam, als in russischen Supermärkten die Verträge an der Kasse ohne Ausweispflicht abgeschlossen werden konnten. Der Täter schien sich auszukennen und gut gerüstet zu sein. Anderseits, wie Martin ihm erklärt hatte, hätte der Täter genauso die SMS von einem E-Mail-Account abschicken können – die meisten Internetprovider boten diese Funktion kostenlos an.

Hätte Sauter nur noch eine Frage an Koller gerichtet, wäre der Fall nicht in der Schublade »Rostfrei« gelandet. So klassifizierte der Kommissar alle Dinge, die er auch nach mehreren Jahren noch rausholen und weiterverfolgen konnte. Die »rosteten« nie, die waren immer aktuell.

Der Tod im Bleistift

Frau Bräuner war eine schlaue Frau. Sie lernte schnell, was sie durfte und was nicht, auch wie weit sie gehen konnte, um ihren fünfzehn Jahre älteren Gatten nicht zu verärgern. Sie handelte nach dem Prinzip: Wenn irgendetwas verboten war, sie es aber sehr, sehr wollte, dann war es auch erlaubt. Ihre Kreditkartenauszüge ließ sie offen liegen in voller Zuversicht, dass sie nie überprüft wurden, auch wenn dort jeden Monat üppige Barabhebungen auftauchten. Für den Fall, dass ihre Affären doch aufflogen und sie sich eventuell neu orientieren musste. In dieser Zeit der Neuorientierung würde Bares sehr hilfreich sein. Die Überbrückungsphase würde wohl dank ihres Äußeren nicht lange dauern.

Ihre momentane Lage befriedigte sie voll, ihr Ehemann allerdings nicht. Es war in den ersten Monaten ganz lustig und auch erregend gewesen, mit ihm im Schlafzimmer über Renditen, Zinsen und Derivate zu sprechen, aber schon bald verlangte ihr junger Körper nach echten Investitionen. Die Investoren standen bald Schlange. Und sie erwarteten keine Rendite, im Gegenteil – sie legten noch etwas drauf, meistens in Form von Edelmetallen, was die Qualen der Überbrückungsphase auch lindern dürfte.

Frau Bräuner begriff ebenfalls schnell, was zu ihren

Hauptaufgaben gehörte. Zum Beispiel, sich auf den unzähligen Empfängen, Einweihungen und Ansprachen auffallend einzukleiden. Die Spucke-Produktion der Kollegen ihres Mannes musste auf Hochtouren laufen. Darauf legte er Wert. Sie packte noch eine Schippe drauf, wich den ganzen Abend nicht von der Seite des Gatten, schmiegte sich ständig an ihn, machte eindeutige Bemerkungen, was die Schluckreflexe der anwesenden Männer sichtlich beschleunigte.

Eines lernte sie besonders schnell: Ihr Mann durfte auf keinen Fall vor sieben Uhr morgens geweckt werden. Egal, was passierte. Ich könnte mir den Immobilienchef nachts ins Ehebett holen, mein Mann neben uns würde nichts mitbekommen, dachte sie oft und grinste dabei. Der Sechseinhalb-Stunden-Hausherren-Schlaf war in den Köpfen aller im Haushalt verkehrenden Personen geradezu einbetoniert. Deshalb ging die Haushaltshilfe Verena nicht ran, als morgens Bräuners Handy vibrierte, einmal, zweimal, dreimal. Auch beim vierten Mal nicht und beim fünften ebenfalls nicht. Und als dann das Festnetztelefon die morgendliche Stille zerriss, traute sie sich nicht abzunehmen. Die Anweisungen waren eindeutig: Es gibt nichts Wichtiges, was nicht warten kann. Selbst wenn es der Tod ist, dann war es eh zu spät.

Frau Bräuner, die vor neun nicht aus dem Bett kam und den morgendlichen Schlaf über alles liebte, bekam trotzdem das schrille Klingeln des Festnetztelefons mit. Anscheinend lag ein Mobilteil irgendwo in der Nähe des Schlafzimmers. Sie wälzte sich auf die andere Seite und hatte nun ihr Handy auf dem Nachttisch vor Augen, das genau in diesem Moment zu zittern begann. Sie ignorierte es zunächst, das Mobiltelefon aber ignorierte ihr Ignorieren. Sie nahm schließlich das Handy zur Hand, eigentlich mit der Absicht, es auszuschalten. Dabei warf sie beiläufig einen Blick auf das Display. »Anruf von Bayer« stand dort. Sie hatte die Nummer des Sicherheitschefs der Bank schon vor einer Weile gespeichert, nur so, für alle Fälle. Sie zählte schnell zwei und zwei zusammen: Bayer hatte es zuerst auf dem Handy von ihrem Mann, dann auf dem Festnetz versucht. Und weil keiner rangegangen war, versuchte er nun die letzte Möglichkeit.

Sie nahm ab.

»Guten Morgen, Karin. Sorry, aber es ist etwas Schreckliches passiert. Ich muss dringend Ihren Mann sprechen«, begann Bayer.

»Herr Bayer, Sie wissen doch, vor sieben geht gar nichts«, sie flüsterte beinahe.

»Sagen Sie ihm, der Pielmeier ist tot. Und er ist nicht eines natürlichen Todes gestorben.«

Sie schnappte nach Luft. Seitdem vor Wochen eine Filiale – die größte der *Blue Bank* – lahmgelegt worden war, merkte sie, wie ihr Mann sich veränderte. Er redete nicht viel, stocherte im Essen herum, lachte nicht mehr gekonnt über die Witze seiner Kollegen. Es war eigentlich nichts weiter passiert. Und gerade das raubte ihm scheinbar die Lebenslust. Er lebte in einer Erwartung. In der Erwartung von was?

Frau Bräuner schüttelte heftig an der Schulter ihres Mannes, bis er sich ruckartig aufsetzte, als ob er schon länger auf diese Weckaktion gewartet hätte. Bevor er sie anschreien konnte, hielt sie ihm das Smartphone ans Ohr. »Bayer ist dran. Pielmeier ist tot«, sagte sie knapp.

Herr Bräuner hörte zu, ohne ein Wort von sich zu geben. Zu Bayer hatte er immer vollstes Vertrauen. In den letzten Wochen hatte er so getan, als ob er nicht bemerkte, dass der Sicherheitchef oft im Büro übernachtete. Noch einer, der zu Hause ausgezogen war oder ausziehen musste. Dabei hatte Bräuner seine Frau auf gemeinsamen Festen und Empfängen als häusliche, zuvorkommende Frau erlebt, die ihren Mann wie einen Gott anbetete. Aber wer weiß schon, was in fremden Wohnzimmern und Betten passierte? Vielleicht tat sie nur so. Oder er? Vielleicht wollte er kein Gott sein, sondern nur ein Mann. Oder sie wollte keinen Gott, sondern nur einen Mann.

Übernachten in den Geschäftsräumen war eigentlich strengsten verboten. Beide wussten das. Bräuner drückte ein Auge zu, ihm passte die ständige Anwesenheit seines Profis in dieser unruhigen Zeit gut ins Konzept.

Bayer hatte den Vorstandschef Pielmeier morgens um sechs in seinem Büro entdeckt. Er war, wie stets die letzten Wochen, mit seinem Waschzeug in die Toilette gelaufen. Durch die gläsernen Wände von Pielmeiers Büro sickerte schwaches Licht in den Flur, wo es sich mit der Notbeleuchtung vermischte. Nur ein erfahrenes Auge war imstande, diese zusätzliche Quelle zu identifizieren. Und dieses erfahrene Auge hatte Bayer. Er klopfte kurz an, stieß dann aber sofort die Tür auf. Pielmeier saß am kleinen Tisch hinten im großen Raum, seitlich vom Eingang, die rechte Hand auf der Computermaus. Den Kopf hatte er nach vorne und etwas nach rechts gesenkt, als ob er schlafen würde. Das Licht ging von einer spärlichen LED-Lampe auf dem Arbeitstisch aus. Der PC-Bildschirm war längst im Sparenergiemodus, nur die kleine blaue Leuchte am unteren Rand zeigte, dass er eingeschaltet war.

Bayer wusste sofort, dass Pielmeier nicht schlief. Er berührte seine linke Hand, die zwischen den Oberschenkeln ruhte. Kalt. Kein Puls. Er handelte entsprechend der Dienstanweisung und rief zuerst Bräuner an. Der meldete sich nicht. Er setzte den Notruf ab, der automatisch die Polizei einschaltete.

Der Notarzt brauchte nur paar Minuten, um sein Statement abzugeben: »Schlaganfall ist es keiner. Eindeutig. Die Gerichtsmedizin wird ein Rätsel lösen müssen. Wenn Sie meine Meinung wissen wollen, er sieht aus wie jemand, der einen Stromschlag bekommen hat.«

Nach diesen Worten griff Bayer wieder zum Telefon und wählte so lange – mobiles Telefon, Festnetz, Frau Bräuners Handy –, bis er jemanden an der Leitung hatte.

Frau Bräuner beobachtete die ganze Zeit ihren Mann. Immer schmaler waren seine Augen geworden, die Lippen presste er nach vorne, das sowieso schon blasse Gesicht durchzogen graue Streifen, bis er ganz die Augen schloss und sich auf das Kissen zurückfallen ließ. »Ich mach mich auf den Weg«, brachte er endlich heraus. Dann lag er aber noch lange wie erstarrt auf seiner Betthälfte. Seine Frau nahm ihm das Handy aus der Hand. Er reagierte nicht.

*

Bräuner hoffte, dass bis zu seiner Ankunft alles geräumt sein würde. Er sah aber schon von Weitem den Leichenwagen am Hintereingang. Er wollte gleich in sein Büro gehen, aber wie wird das aussehen? Langsam bewegte er sich in die andere Richtung. Dort wurde er von einem Polizisten aufgehalten. »Sie sind?«

In diesem Moment ging die Tür zu Pielmeiers Büro auf. Die Leiche war genau in seiner Blicklinie. Um den toten Pielmeier herum kreisten mehrere Leute. Geordnetes Chaos, ging es ihm durch den Kopf.

Bayer saß mit einem Beamten in Zivil am großen Konferenztisch. Er winkte ihm zu. Der Mann in Zivil gab der Wache an der Tür ein Zeichen: durchlassen.

»Das ist Kommissar Riespelt. Wir müssen alles offenlegen, das ist kein blöder Scherz mehr«, sagte Bayer knapp. Ohne zu grüßen, hatte er die sich angestaute Unsicherheit und Wut in einem Zug ausgespuckt.

Bräuner nickte nur. »Wir sollten in mein Büro gehen.«

Bayer erhob sich. »Ich werde Ihnen etwas zeigen.«

*

Eine halbe Stunde später saß Bräuner in seinem plötzlich unbequem gewordenen Ledersessel und wartete auf den Kommissar. Unter vier Augen wollte Riespelt ihn sprechen. Er starrte auf den Bildschirm, bis ihm einfiel, dass der noch aus war. Genauso wie der Rechner. Wie die Tischlampe. Wie das Deckenlicht. Er streckte seine rechte Hand zum Powerknopf am Computer aus und zog sie ruckartig zurück. Dann öffnete er die Schublade und kramte lange in der Dunkelheit in den Fächern herum, bis er einen langen Gegenstand herausholte. Er drückte mit ihm auf den Einschaltknopf. Das leichte Summen hörte sich wie das Aufheulen einer Dampflokomotive in alten Filmen an. Er wartete ab, bis das Heulen leiser wurde, und tippte dann auf den ON-Knopf am Bildschirm. Zu schwach. Er versuchte es erneut, als ob er schwerste Arbeit verrichtete. Seine Hand war nur noch Millimeter vom Monitor entfernt, als der Raum in einem grellen Licht explodierte.

Das Letzte, was er vernahm, war eine weibliche Silhouette an der Tür, die ihre linke Hand auf den Schalter legte, und dann die zu ihm herüber schwebenden Worte: »Herr Bräuner, wieso sitzen Sie …« Ein heftiger Stich an seiner linken Brustseite – Dunkelheit.

Die dritte Spur: Jetzt wird es unheimlich

Unterwegs rief Bergmann die örtlichen Kollegen an. Er bräuchte einen Verhörraum und ein Aufzeichnungsgerät.

»Sie können selbstverständlich Ihren Anwalt bestellen«, wies Bergmann Daniel an, nachdem er sich auf einen Stuhl fallen gelassen hatte. »Je nachdem, was Sie mir berichten können über den Vorfall, brauchen Sie den vielleicht.«

»Ich kann Ihnen nur das erzählen, was in den Zeitungen steht«, entgegnete Daniel und setzte sich auf den Stuhl auf der Anklageseite des Tisches.

»Sie und Ihre Frau waren, so wie es aussieht, die Einzigen, die frühzeitig den Flughafen verlassen haben.«

»Ist das kriminell?«

»Woher wussten Sie von dem Unfall, wenn man das so nennen kann?«

»Ich wusste von nichts. Ich habe einfach bemerkt, dass etwas nicht stimmte«, erklärte Daniel ruhig. »Das Licht flackerte kurz, das passiert auch oft bei uns im Institut bei Stromausfall, denn in der Regel springt die Notversorgung mit minimaler Verzögerung an. Kurz danach ging die Raumtemperatur in die Höhe. Da dachte ich sofort an einen Stromausfall und die Notaggregate, die meistens nur die wichtigsten Systeme versorgen. Und dazu gehört nicht die Klimaanlage. Als ich dann auch unseren Flieger nicht auf dem Gelände sah, schaute ich im Internet nach. Das Flugzeug war in Kalamata gelandet. Spätestens da war mir klar, dass dieses Aufflackern nicht einfach eine kurze Unterbrechung war. Ich kann es nicht erklären, aber ich wollte nur weg aus dem Flughafen.«

»Sie haben aber nicht versucht, das Personal drauf aufmerksam zu machen?«

»Ich bitte Sie, ich war ein normaler Fluggast. Die wussten doch alles, nur haben sie gehofft, den Betrieb wiederherstellen zu können. Hätten sie gleich das Gebäude gesperrt und die Evakuierung professionell organisiert, hätte es deutlich weniger Opfer gegeben«, knurrte Daniel.

Bergmann runzelte die Stirn. »Jetzt noch mal von Anfang an. Sie hatten den Eindruck, dass irgendetwas aus den Fugen geraten war, und sind geflüchtet. Ohne Gepäck, mit einem Rucksack. Was war eigentlich dort drinnen?«

»Brille, E-Book, Tabletten.«

»Dafür brauchen Sie einen Riesenrucksack?«

»Wir hatten noch im Duty-free ein paar Flaschen Wein gekauft.«

»Apropos Duty-free, wir haben alle Kamerabilder ausgewertet«, Bergmann wog einen Stapel Ausdrucke in der Hand. »Auf einem sind Sie und Ihre Frau beim Check-in, dann bei der Sicherheitskontrolle, hier im Duty-free, da verlassen Sie den Shop. Und danach sieht man Sie nirgendwo mehr, über eine Stunde. Wie erklären Sie das?«

Daniel zuckte mit den Schultern. »Wir waren früh da. Nach dem Duty-free haben wir uns in eine Ecke gesetzt, wahrscheinlich reichen die Kameraobjektive nicht bis dorthin, vielleicht ein toter Winkel.«

»Was haben Sie dort gemacht?«

»Gelesen, bis zum Aufflackern.«

»Auf dem E-Book?«

»Nein, auf dem Smartphone.«

»Die Protokolle zeigen aber keine Netzaktivitäten Ihres Mobiltelefons. Erst nach einer Stunde taucht ihre Mac-Adresse wieder auf.«

Saubere Arbeit, dachte Daniel, und wie schnell sie an die Daten seines Handys gekommen waren! Gegen die Mac-Adresse war nichts einzuwenden, die ist wie die Sozialversicherungsnummer – jedes Gerät ist durch sie eindeutig zu identifizieren. »Ich hatte die Zeitungsartikel im Hotel runtergeladen und sie dann offline gelesen«, erklärte er schließlich.

»Und das wären?«

»Sie meinen die Zeitungen?«

»Nein, die Artikel. Was haben Sie gelesen?«

Daniel war überzeugt, es noch vor kurzem gewusst zu haben. Und morgen wird er es vermutlich wieder wissen. Und übermorgen. Aber jetzt fiel es ihm nicht ein. »Auf dem Smartphone ist alles abgespeichert«, sagte er nach kurzem Überlegen.

»Das heißt aber nicht, dass Sie es gelesen haben«, entgegnete Bergmann.

Es gefiel Daniel gar nicht, wie es hier lief. Er könnte schreien und toben. Stattdessen seufzte er, biss die Zähne zusammen und rieb mit der rechten Faust über seine linke Handoberfläche – immer stärker, immer schmerzhafter, bis ihm alles wieder einfiel, bis zur letzten Einzelheit. »Ich habe in mehreren Zeitungen, vor allem in russischen, etwas über die Dopingskandale im Sport gelesen. Über den Ausschluss der Russen von der Olympiade. Über den Ölpreis gab es mehrere Berichte, wie die OPEC-Länder versuchen, den Preis zu halten, und dabei jeder hofft, dass die anderen Abstriche machen. Der Irak kann die Fördermenge nicht reduzieren, weil sich das Land im Kampf gegen den Islamischen Staat befindet, der Iran, weil er nach Embargo-Jahrzehnten schneller auf die Beine kommen will, Russland, weil das Klima hart ist und die Quellen sich nicht so einfach verschließen lassen. Über …« Trotz der erhobenen Hand Bergmanns fuhr Daniel fort: »Über die chinesischen Autobauer, die dabei sind, die deutsche Industrie in den Schatten zu stellen mit ihren E-Autos. Über den amerikanischen Unternehmer Elon Musk, der es geschafft hat, eine Trägerrakete auf einer schwimmenden Plattform abzufangen. Er will übrigens bis 2018 Menschen zum Mars bringen. Und die Europäer schaffen es nicht einmal, ein GPS-System zu installieren.«

Bergmann war nicht mehr froh, diese Frage gestellt zu haben. Daniel schien über alle Geschehnisse in der Wirtschaft und Technik informiert zu sein. Es ließ sich natürlich nicht überprüfen, ob er das alles tatsächlich im Flughafenterminal gelesen hatte oder schon früher, vielleicht auch später. Zumindest nicht, ohne sein Smartphone in der Hand zu haben. »Und wie sind Sie auf das Schiff gekommen, das Sie nach Paros gebracht hat?«

Bergmann hatte so prompt das Thema gewechselt, dass Daniel ins Stottern geriet. »Wir, tja, also, wir sind schwarzgefahren«, er entschied sich spontan für die Wahrheit. »Ein Grieche hat uns angesprochen, auf Russisch; am Schalter gab es keine Tickets mehr.«

»Haben Sie Verbindungen nach Russland?«

»Ja, meine Schwiegermutter wohnt dort, auch Freunde.«

»Das meine ich nicht.«

»Was anderes kann ich Ihnen nicht erzählen.«

»Sie sprechen gut Russisch, für einen Deutschen, meine ich.«

»Meine Frau ist Russin. Wir haben lange in Moskau gelebt. Unsere Kinder sind zweisprachig aufgewachsen.« Daniel ging das Verhör langsam auf den Wecker. Er merkte, dass sich sein Gemütszustand dem im Konsulat in Thessaloniki näherte. Und er sagte energisch: »Herr Bergmann, lassen Sie den Unfug. Sie ermitteln eindeutig in die falsche Richtung.« Bergmann starrte ihn verärgert an, was Daniel völlig ignorierte. »Das gleiche Muster wie auf Kreta finden Sie auch bei dem Vorfall in Beuren vor ein paar Wochen. Beim Champions-League-Spiel, das abgeblasen wurde, weil der Strom ausfiel. Es gab zwar keine Opfer, aber das ist nur auf die rechtzeitige und professionelle Evakuierung zurückzuführen.«

»Woher wissen Sie das? Von dem Vorfall, meine ich?«

»Ich habe die ganze Nacht im Internet recherchiert. Es ist mir ein Rätsel, wie so etwas technisch möglich ist. Ich habe heute Morgen außerdem mit einem Kollegen aus dem Institut darüber gesprochen. Er wollte gerade etwas ausprobieren, als sie auftauchten.« Daniel beobachtete, wie die Kiefer des Ermittlers mahlten. »Und ich war an diesem 12. September eindeutig nicht in Beuren«, fügte er hinzu.

»Ich hoffe für Sie, Herr Schwab, dass Ihre Frau uns keine abweichende Version präsentiert. Meine Kollegen sind gerade unterwegs zu ihr.«

Daniel, der bis dahin seine Hände wie im Schloss festhielt, führte diese auseinander. Sie kann nichts anderes erzählen, sollte es wohl heißen.

Bergmann holte sein Handy heraus, gab Daniel ein Zeichen und verließ den Raum. Als er in einer Minute zurückkehrte, war seine Stimmung plötzlich gekippt. »Was hat Ihr Kollege gesagt zu den möglichen Ursachen?«

»Nichts ist unmöglich. Ich habe nicht alles verstanden, was er mir erzählt hat. Er tickt anders und hat manchmal verrückte Ideen, die uns aber sehr oft schon weitergebracht haben.«

»Wie war …« Bergmanns Handy klingelte. Er ging ran, hörte zu und haute mit der Hand auf den Tisch. »Und wieso erfahre ich das erst jetzt? Ist doch egal, wenn das ein anderes Bundesland ist. Wir sind doch nicht im Mittelalter! Verbinden Sie mich mit dem Ermittler. Sofort.«

Er verließ wieder den Raum. Jetzt dauerte es deutlich länger, bis er wieder auftauchte. Seine Miene verriet seine aufsteigenden Sorgen. »Wir fahren ins Institut zu Ihrem Verrückten. Ich habe mit dem Beuren-Ermittler telefoniert. Der Stadion-Fall ist nicht der einzige. So langsam wird mir das unheimlich.«

Daniel wurde sofort klar: Er sprach ihn nicht mehr als einen Täter an.

Die »rostfreie« Schublade wird geöffnet

Sauter hatte in seiner Schublade »Rostfrei« Dutzende Fälle. Ironisch meinten er und seine Kollegen, von denen jeder auch so ein Fach hatte, dass, wenn sie mal nichts zu tun hätten, sie aus dieser Schublade ein paar Sachen rausholen und neu ausrollen könnten. Klar, je länger eine Mappe »rostfrei« herumlag, umso geringer wurden die Chancen, den Fall zu lösen. Alleine das erneute Sortieren und Durchschauen der Unterlagen dauerte ewig.

Bei dem Stromvorfall war es anders. Es war kein Tag vergangen, an dem Sauter nicht daran gedacht hatte. Sogar an beide Fälle. Wenn auch der zweite, die Wohnung des Herrn Schubert, nicht in seiner »Rostfrei-Schublade« lag, sondern bei den Kollegen im anderen Bundesland.

Der Anruf des LKA-Ermittlers aus Baden-Württemberg hätte ihn auch nachts erreichen können. Er hätte alle Anfragen beantwortet, ohne in der »rostfreien« Schublade nachschauen zu müssen. Sauter war gerade auf dem Weg in die Kantine, als die Zentrale ihn mit dem Kollegen aus dem Nachbarbundesland verband.

»Der Fall lässt Ihnen keine Ruhe, oder, Kollege?«, stellte Bergmann fest, nachdem Sauter in chronologischer Reihenfolge mit Namen und Daten auch die kleinsten Details aus seinem Gedächtnis gekratzt hatte. Den genauen Tages-ablauf des Stadionmanagers, die Inhalte der E-Mail und der SMS, die er erhalten hatte, die Absenderdaten und die Zustände auf Station eins in der *Lauratal-Klinik*, das Ge-spräch mit dem IT-Leiter und Herrn Koller, der am Tag, als die E-Mail versendet wurde, Dienst in der IT-Abteilung hatte, und die Mitarbeiterlisten.

»Sie haben sich richtig ins Zeug gelegt.« Bergmann war nicht dafür bekannt, Lob zu spenden.

»Der Vorfall hat mich gefesselt. Da es aber keine Opfer gab und der angedrohte Ausfall bei anderen Spielen nicht stattgefunden hatte …«

Es entstand eine Pause.

»Ich verstehe, wir sind ja nicht den ersten Tag im Geschäft. Es gibt immer Wichtigeres zu tun.« Bergmann nickte, als ob Sauter es durch die Telefonleitung sehen konnte.

Sauter grinste schief. »Ich hätte gerne weitergemacht, vor allem nach dem Gespräch mit Koller und dem Besuch bei seinem Kollege Schubert. Interessanter Typ. Kein Wunder, dass jemand es auf seine Wohnung abgesehen hat.«

Eine Reaktion von Bergmann blieb aus.

»Sie haben davon nichts gehört, verstehe ich das richtig? Von Schuberts Wohnung?«, hakte Sauter nach.

»Den Namen höre ich zum ersten Mal, in diesem Zusam-menhang, selbstverständlich.«

»Ungefähr einen Monat vor dem Angriff aufs Stadion ist das Gleiche in Schuberts Wohnung, einem Mitarbeiter der *Lauratal-Klinik*, passiert. Nur in einem kleineren Ausmaß. Zwei Tage blieb der Strom aus, dann lief er wieder, dann wieder nicht. Schubert und seine Frau – sie arbeitet auch in der *Lauratal-Klinik* – sind in ein Hotel gezogen, wo wir uns mit der Dame unterhalten haben. Danach sind wir zusammen in die Wohnung gefahren. Zu diesem Zeitpunkt war Energie wieder da.

Dort haben wir auch Herrn Schubert kennengelernt. Ein merkwürdiger Typ, wenn Sie mich fragen. Weiß alles, und das auch noch besser, verkehrt mit allen wichtigen Personen, erzählt von seinem Abitur, dabei hat er nur einen Hauptschulabschluss. So ein Selbstdarsteller, der im Betrieb beim Schwatzen ganz vorne ist und nicht besonders beliebt, wenn ich es diplomatisch ausdrücken will. Kein Wunder, dass jemand seine Wohnung, die mit allen möglichen Gerätschaften vollgestopft ist, von der Außenwelt abgeschnitten hat. Alleine der elektrische begehbare Schrank der Dame ist einen Besuch wert. Oder die Küche. Dort ist die Deckenleuchte überflüssig, der Raum wird von dem ganzen Elektrozeug erleuchtet.«

Bergmann hörte zu, ohne den Kollegen zu unterbrechen. »Hat dieser Schubert auch eine Drohnachricht bekommen?«, fragte er, nachdem Sauter geendet hatte.

»Nein, hat er nicht.«

»Interessant, sehr interessant. Also noch einmal: Schubert arbeitet in der Klinik. Von dort ging auch die Mail an den Stadionmanager raus, richtig?«

»Korrekt.«

»Sie haben eine Liste aller Mitarbeiter erwähnt, die am besagten Tag Dienst hatten.«

»Wir haben keine Zusammenhänge finden können und wussten auch nicht genau, wonach wir suchen sollen. Dann wurde der Fall auf Eis gelegt.« Sauter machte eine kurze Pause, dann ergänzte er nachdenklich: »Jetzt, wo Sie fragen, fällt mir noch etwas ein. Ich hatte in der Klinik eine Liste der Mitarbeiter angefordert, die vor kurzem die Klinik verlassen hatten. Unter anderem aus der IT. Ich kann mich nicht erinnern, diese bekommen zu haben. Kann sein, dass sie später kam, als der Fall so gut wie abgeschrieben war. Wenn ich an die Größe des Unternehmens denke, dürfte die Liste relativ lang sein. Das ist aber auch der einzige Anhaltspunkt.«

»Vielleicht auch nicht«, entgegnete Bergmann. »Haben Sie von dem Unglück auf Kreta gehört?«

»Ja, selbstverständlich. Ich habe das aber nicht weiter verfolgt.«

»Das gleiche Muster. Der Flughafen wurde von der Energieversorgung abgeschnitten. Der Strom verschwand einfach. Sie haben die Zeitungen von heute noch nicht gelesen?«

»Nein, mache ich selten. Ich habe nur kurz beim Frühstück an der Tankstelle heute Morgen reingeschaut. Und Sie wissen doch, was in allen Zeitungen auf der Titelseite steht.«

Bergmann wusste es. Als ob das Land keine anderen Probleme hätte, war die Flüchtlingskrise immer Topthema in allen Medien. Erst vor kurzem hatten die gesetzlichen Krankenkassen ihre Zusatzbeiträge erhöht. Ein Schlag, der vor Jahren die Gewerkschaften, Arbeitnehmer und Journalisten auf die Barrikaden gebracht hätte. Doch jetzt blieb dieser Schritt fast unbemerkt. Es gab keine Rentenprobleme mehr, keine demografischen Fehlentwicklungen, keine Entsorgungsprobleme beim Atommüll. Wie verzaubert verfolgte die Bevölkerung die Nachrichten in den Medien.

»Viele Zeitungen haben heute ein Foto abgebildet, auf dem ein Mann mit einer Frau aus dem Flughafengebäude flüchtet, und zwar zu einem Zeitpunkt, als noch nichts offiziell bekannt gegeben war. Er ist ein Deutscher und heißt Daniel Schwab. Er sitzt gerade im Nebenraum. Ich habe ihn ausführlich befragt und glaube nicht, dass er etwas mit der Sache zu tun hat. Aber er ist ein kluges Köpfchen. Er hat die ganze Nacht recherchiert. Er wusste, mit welchen Suchbegriffen er Dr. Google füttern musste, damit die Suchmaschine treffende Ergebnisse ausspuckt. So ist er auf Beuren gekommen. Und Sie erzählen mir nun noch von einer rätselhaften Wohnung, in der auch Strom verschwindet.«

»Das heißt, wir haben schon drei Fälle. Es könnten aber auch mehr sein. Ein Haus irgendwo in der Pampa oder ein lahmgelegter Betrieb …«

»Herr Schwab hat heute Morgen seinen Kollegen in die Geschichte eingeweiht, einen besessenen Wissenschaftler. Der wollte gerade etwas ausprobieren, als ich Herrn Schwab abholte. Wir fahren jetzt zu ihm. Ich setze zwar keine großen Hoffnungen darauf, aber man kann ja nie wissen.«

»Und wir müssen etwas tun«, ergänzte Sauter. »Mir sind die Hände gebunden, weil der Fall offiziell, wenn auch nicht endgültig, abgeschrieben ist. Ich habe einen Praktikanten, der Schuberts Wohnung entdeckt hat. Er durchsucht das Internet irgendwie anders als normale Leute. Ich werde ihm mal einen kleinen Auftrag erteilen. Muss ja keiner davon Wind bekommen.«

Der Geheimdienst und die Millionen

Oberst Golowin hatte die Schnauze voll. Nicht nur, weil er jahrelang diesen sogenannten Volksvertretern in den Arsch gekrochen war und oft das Kindermädchen spielen musste. Er hatte geflissentlich an diesem großen Spektakel mit dem Namen »Russische Demokratie« mitgewirkt. Alleine die Wahl in die Staatsduma machte die Parlamentarier zu Millionären. Nicht, weil die Bezüge so üppig ausfielen. Sie betrugen oft das Hundertfache vom Durchschnittseinkommen im Land. Und dafür mussten sie gar nichts tun. Das Geld floss automatisch. Nicht auf die alte Art in die Aktenkoffer, nein, die modernen Transferschemen wurden bis in die letzten Winkel ausgeschöpft. Als vor drei Jahren der Kreml den Staatsbediensteten per Gesetz verboten hatte, Immobilien und Bankkonten im Ausland zu besitzen, gaben nur zwei Abgeordnete ihr Amt auf. Alle anderen waren schlauer. Sie überschrieben ihr Vermögen auf Verwandte oder ließen es von Offshore-Firmen verstecken. Das wusste auch der Kreml, aber die dem Volk hingeworfenen Propagandaknochen zeigten ihre Wirkung. Die Geschäfte wurden dann von einigen Oppositionellen durchleuchtet. Für das Sofa-Publikum ein gefundenes Fressen.

Der Sicherheitschef schaute aus dem viergeteilten Fens-

ter des Parlamentsgebäudes, das sich zwischen dem Bol-
schoi-Theater und dem Manegeplatz in der Nähe des
Kremls stolz postierte, auf die breite leuchtende Straße
Ochotny Rjad. Noch vor kurzem war diese Straße ein
Teil des Karl-Marx-Prospekts und bekam 1990 nach dem
Abdanken des kommunistischen Regimes wieder ihren
historischen Namen zurück. Er hatte den Eindruck, das
grelle Licht von draußen beleuchtete das Foyer stärker als
die gelben Lichtwürfe der mobilen Strahler. Hinter dem
Tisch saß der Geheimdienstgeneral Schatochin. Er bekam
immer noch keine Antwort auf sein Gebrüll: Was war die
Ursache für den Stromausfall? Und wer war der Täter?

Der Mitarbeiter, den Golowin ins Büro des Vorsitzenden des Auswärtsausschusses geschickt hatte, ließ auf sich
warten. Golowin lief im geräumigen Foyer des riesigen Gebäudes auf und ab, das noch vor dem Zweiten Weltkrieg
errichtet wurde und den Abdruck der massiven Architek-
tur aus der Stalin-Ära trug. Hier hauste mal der Gosplan,
die mächtigste Behörde der sozialistischen Planwirtschaft.
Golowin blieb am Fenster stehen und dachte über seine
Zukunft nach. Wird er noch eine Chance hier in der
Staatsduma bekommen?

Fast fünfzehn Jahre hütete er die Volksvertreter. Dabei
hätte Golowin auch auf der anderen Seite stehen können.
Als Journalist hätte er entweder den Kreml an den Pranger
stellen können, was lebensgefährlich gewesen wäre, aber
definitiv aufregender, oder er hätte die Opposition und die
westlichen Agenten schmieren können, was ein beschauli-
ches Leben bedeutet hätte. Als Student im sechsten Semes-
ter hatte er sich dann für eine Karriere beim Geheimdienst
entschieden. Nicht jeder an der Fakultät für Journalistik

bekam so ein Angebot. Hatte er überhaupt eine Wahl gehabt? Das Angebot auszuschlagen, hätte Konsequenzen nach sich gezogen. Damals, Anfang der 80er, hatte sich das kommunistische Regime die treuen Leute ausgesucht und nicht umgekehrt. Sein Freund Wadim, der genauso wie er nach zwei Jahren Militärdienst mit dem Studium begonnen hatte, hatte davon geträumt, für den KGB zu arbeiten. Es war ihm aber nicht vergönnt gewesen – mit Sehstärke minus zwei war er gar nicht erst in die Auswahl gekommen.

Jahrelang hatte Golowin seinen Freunden und Bekannten, der Verwandtschaft und ehemaligen Kommilitonen erzählt, er würde im »Institut für Information« arbeiten. Was im Grunde auch gar nicht gelogen war. In der Abteilung für den Nahen Osten war er tatsächlich für die Sammlung und Analyse von Informationen zuständig gewesen. Zumindest, wenn er es aus einem gewissen Blickwinkel betrachtete.

Er konnte von Glück sprechen, dass er nach dem Niedergang der Sowjetunion nicht auf der Straße gelandet war. Man hatte ihn in eine andere Abteilung abgeschoben, die für den Schutz von strategisch wichtigen Objekten verantwortlich war. Er hatte 1993, als das Parlament und der Präsident aneinandergerieten, einen guten Riecher gehabt und sich auf die richtige Seite geschlagen. Danach ging seine Karriere bergauf. Es war aber nicht das, was er bis zu seinem Lebensende machen wollte: die sogenannten Volksvertreter bewachen. Und er war kurz davor, die nächsten Sprossen auf der Karriereleiter zu nehmen. Bis heute Nacht hatte es gut ausgesehen. Er war erfahren genug in internen Verstrickungen, um sich zusammenzureimen, wer letztendlich für das Desaster zur Verantwortung gezogen würde.

Er schickte einen seiner Mitarbeiter in Berezins Büro. Eigentlich hätte er selber die Mail holen können. Der ganze E-Mail-Verkehr wurde auf einem Server außerhalb des Gebäudes gespeichert. Im Notfall, wie jetzt ohne Strom, kam er auch über die Telefonleitung an die Daten. Er wollte aber den Vorsitzenden des Ausschusses nicht endgültig düpieren – und brauchte vor allem Zeit zum Nachdenken. Dass ihn General Schatochin zur Sau machen würde, war wohl nicht zu ändern. Er musste aber seine Leute und damit auch sich aus der Schusslinie bringen. Wie konnte eine Mail mit brisantem Inhalt am alles sehenden Auge vorbeiflutschen? Das war zwar nicht sein Bereich, aber wenn es hart auf hart kommen sollte, würden alle Köpfe rollen.

Dann würde auch er genauer unter die Lupe genommen werden, Fragen würden gestellt. Wo kommt denn das schicke Häuschen am Meer her? Das große Anwesen nahe der Hauptstadt? Die schnellen Autos? Die Spielzeuge seiner Frau? Seine Ausflüge zu Firmeninhabern und Unternehmern würden ans Licht kommen und er würde vor einer schwierigen Entscheidung stehen: Soll er alles auf sich nehmen oder die Pfade nach oben offenlegen? Würde er von denen da oben, die das ganze Schema in Umlauf gebracht haben, in Schutz genommen? Eher nicht. Man wird ihn fallen lassen wie den Oberst im Innenministerium, bei dem letzten Monat die Innere Sicherheit Milliarden von Dollars und Euros in der Wohnung entdeckt hatte. Jedem Schüler war klar, dass ein Oberst alleine dieses gewaltige Vermögen nicht zusammenschaufeln konnte. Er stand aber als alleiniger Sündenbock da.

Golowin fiel nichts ein. Er nahm Berezins Laptop entgegen. Das Gerät war schon eingeschaltet und die Mail war geöffnet. Er überflog sie kurz. Mehr als der Inhalt interessierte ihn der Absender. *Recht&Rache* stand in der ersten Zeile. Gut, hier kann jeder einen beliebigen Namen eintragen. Oder fast jeder. Die meisten Internetprovider boten diese Option für eine geringfügige Gebühr an. Er klickte mit der rechten Maustaste und studierte den Quellcode. Der Absender hatte sich keine Mühe gemacht, diesen zu manipulieren. Er scrollte runter und sah den gesuchten Text: »keineantwort@mobile.ru«. Solche Adressen verwendeten Unternehmen, um Rechnungen oder allgemeine Infos an Kunden zu verschicken.

Golowin atmete durch und ging zum mobilen Tisch.

General Schatochin hörte sich gerade den Bericht des Zivilschutzes an. Das Ministerium war nach mehreren Anschlägen in der Hauptstadt Anfang der 2000er-Jahre gegründet worden, als hunderte Leute in Folge mehr durch Willkür als durch Bomben umgekommen waren.

»Wir sind dabei, weitere mobile Energieversorgungsgeräte zu liefern und in Betrieb zu nehmen«, schoss der untersetzte Oberst in Militäruniform einen ganzen Satz in einem Atemzug heraus.

»Das heißt, Sie können die Stromversorgung nicht wiederherstellen?«, fragte Schatochin.

»Wir …, unsere Techniker …« Der Oberst geriet ins Stottern.

»Wann wird die stationäre – ich unterstreiche – die stationäre Versorgung wiederhergestellt?« Schatochin klang nicht amüsiert.

»Die Techniker haben keine Erklärung. Es ist, als ob der Stromfluss auf Knopfdruck abgeschnitten wird.«

»Was nützen dann Ihre mobilen Geräte? Die können genauso per Knopfdruck außer Gefecht gesetzt werden oder täusche ich mich?«, fauchte der General.

»Theoretisch wäre das möglich, aber …«, gab der Oberst zu.

Schatochin lief rot an. »Ich glaube, Sie verstehen das nicht. Heute ist das Parlamentsgebäude ohne Strom. Können Sie mir garantieren, dass wir morgen DORT nicht die gleiche Katastrophe haben?« Er zeigte mit dem Kopf über den Roten Platz hinweg. Mehr sagte er nicht, doch sein Schweigen war laut. Wo DORT ist, war eh allen klar. Jenseits des Roten Platzes ragten die Mauern des Kremls auf. Keine fünfhundert Meter trennten das Parlament von der Machtzentrale.

Der General gab seinem Adjutanten ein Zeichen.

Golowin schluckte – er konnte das Zeichen lesen. Die Alarmstufe sollte von Gelb auf Orange erhöht werden. Die nächste wäre Rot. Die letzte. Er bereute es jetzt, dem General nicht sofort von der E-Mail berichtet zu haben. »Genosse General, wir haben eine interessante E-Mail entdeckt. Der Vorsitzende des Auswärtsausschusses hat sie vor zehn Tagen erhalten«, sagte er nun. Er verzichtete darauf, den wirklichen Vorgang darzulegen, sondern stellte den Laptop einfach auf den Tisch und trat einen Schritt zurück.

Der General las lange. Sehr lange. Dann legte er müde die Brille weg – Dilettanten, nur Dilettanten überall. So etwas hätte es früher nicht gegeben. Der Geheimdienst hätte die Nachricht abgefangen. Ob die Katastrophe dann hätte abgewendet werden können, stand auf einem anderen Blatt. Aber die Mail wäre mit ziemlicher Sicherheit nicht einfach so im Papierkorb gelandet. »Bringen Sie mir diesen Trottel«, befahl er.

Eigentlich waren die Hierarchien gerade umgekehrt. Berezin als Abgeordneter genoss Immunität und stand über dem Geheimdienst, dem Militär und der Exekutive. Über Schatochin sowieso. Zumindest auf dem Papier, in einem anderen Land. Aber nicht in Russland.

Als Boris Iwanowitsch Berezin zum General zitiert wurde, ahnte er, dass seine Tage in Moskau gezählt waren. Wenn er Glück hatte, durfte er nach Krasnojarsk zurück. Wenn nicht …

Das frisierte Protokoll

Bergmann glaubte nicht, dass Manuel ihm weiterhelfen würde. Aber wenigstens könnte ihm Daniel Schwabs Kollege die elektrotechnischen Zusammenhänge erklären.

Manuel dagegen war Feuer und Flamme. Die ganze Zeit, die Daniel im Polizeipräsidium verbracht hatte, hatte er an seinen Geräten experimentiert und die Simulationsrechner heiß laufen lassen. Mit Magnetfedern den Energiefluss zu beeinträchtigen, war offensichtlich möglich. Aber dafür musste man vor Ort sein und gigantische Magnetflächen einsetzen.

Das erklärte er nun dem Kommissar und seinen Kollegen. »Ich habe im *Spiegel* einen Bericht über einen amerikanischen Wissenschaftler gefunden, der sich jahrzehntelang mit dem Einfluss von Magneten auf unsere Erde beschäftigt hat, ebenso mit ihrem Einfluss auf Menschen, insbesondere auf ihre Knochen. Theoretisch wäre alles möglich. Der Amerikaner ist überzeugt, dass jeder Mensch einen Magnetsinn besitzt, wie er es nannte. In den nächsten Jahren will er in diese Richtung weiterforschen. Praktisch aber sehe ich das eher schwarz.« Nach einer Pause fügte er dann hinzu: »Vielleicht habe ich mich zu sehr an diesen Magnetfeldern festgebissen. Wie heißt es doch? Alles

Geniale ist einfach. Wir müssen nach einfachen Dingen suchen. Einfach in der Idee. Die Ausführung könnte schon aufwendiger sein und zum Beispiel auf dem Einsatz von komplizierter Technik wie Laserstrahler oder Geo-Satelliten basieren. Wenn Satelliten Radiosignale senden können, wieso dann nicht auch andere? Ist zwar etwas weit hergeholt, aber wer weiß? Möglich ist alles, vor allem, wenn man die modernen Technologien berücksichtigt. Vor fünfzehn Jahren war die 100-Megabyte-Zip-Diskette die Erfindung des Jahrzehntes, heute haben wir USB-Speicher-Sticks mit über 100 Gigabyte.«

Bergmann hörte genau zu, egal, wie unglaublich es sich anhörte. Er erinnerte sich an seine Ausbildungszeit. Ein Dozent hatte ihnen unlösbare Aufgaben gestellt. So schien es. Und er hatte sie ständig mit dem gleichen Satz angespornt: »Einfach weiterspinnen.« Sie hatten gesponnen und aus mehreren Spinnereien oft das Ergebnis gestrickt.

»Falls Sie auf irgendetwas stoßen, geben Sie mir Bescheid«, sagte er schließlich. Und an Daniel Schwab gewandt fuhr er fort: »Ihre Aussage habe ich aufgenommen. Sobald sie getippt ist, würde ich Sie bitten, vorbeizukommen und sie zu unterschreiben. Ich muss den griechischen Kollegen eine Zusammenfassung schicken.« Damit verabschiedete er sich und ging, ohne die Tür zu schließen.

Daniel hörte noch das Klingeln von Bergmans Telefon und wie er sich mit »Bergmann« meldete – und dann kurz darauf ein lautes: »Das kann nicht wahr sein!«

Daniel stand auf und sah in den Flur. Dort lehnte Bergmann an der Wand mit dem Handy am Ohr. Er rührte sich nicht und hörte nur zu. »Wir treffen uns in Bad Bergsee«, sagte er schließlich und kam zurück zu Daniel. »Sind Sie bei Ihrer Recherche heute Nacht zufällig auf die *Blue Bank* gestoßen?«, fragte er.

»Ich glaube in einer großen Zeitung etwas gelesen zu haben.« Daniel überlegte kurz. »Da hatte der Chefredakteur persönlich einen Stromausfall als Vorwand genutzt, um die Banker noch einmal an den Pranger zu stellen. Er hatte ihnen wieder die riesigen Summen aufs Brot geschmiert, die die Banken während der Krise vom Staat erhalten haben, die Verhältnismäßigkeit ihrer Gehälter und die Boni der Manager infrage gestellt. Es war nichts Großes aus meiner Sicht. Ich habe den Artikel nicht zu Ende gelesen, wobei die Bank hier in unserer Gegend ihren Stammsitz hat. Steckt da mehr hinter?«

»Sauter, der Ermittler aus Beuren, war gerade am Telefon. Sein Praktikant hatte den Zeitungsbericht über Schuberts Wohnung ausgegraben. Und er hat nicht nur den Artikel über die *Blue Bank* gelesen, sondern auch die Kommentare dazu im Internet. Einige Hundert. Die meisten waren Schimpftiraden gegen die Banken. Doch in einem Kommentar stand mehr drin als im Bericht selbst und als in sämtlichen Leserkommentaren. Nämlich: Ganze zwei Tage hatte die Bank ihre Pforten geschlossen. Zwei Tage! Also war der Ausfall gar nicht so harmlos. Sauter hat sofort Kontakt mit den Kollegen vor Ort aufgenommen. Der Polizei ist der Vorfall bekannt, aber es hatte keine Anzeige gegeben, keine Opfer, keine Verletzten – also keine Ermittlungen.« Bergmann machte eine Pause. »Herr Schwab, falls Ihnen was einfällt oder Sie auf was Wichtiges stoßen, lassen Sie es mich wissen. Hier meine Telefonnummer.«

*

Am Eingang wartete der Oberkommissar Becker vom Polizeipräsidium Rittenburg auf ihn. Bergmann hatte beim Polizeivizepräsidenten angerufen und drum gebeten, einen Kollegen an seine Seite zu stellen. Nicht dass er sich den Durchbruch davon versprach, nein. Aber er brauchte jemanden daneben, der einen technischen Hintergrund hatte, aber vor allem jemanden, mit dem er seine Eindrücke austauschen konnte. Dieser lauter Gedankengang hatte ihn in seiner Laufbahn schont öfters auf die richtige Spur gebracht. Sie gingen gemeinsam zum Auto. Bergmann hatte direkt vor dem Institutseingang geparkt. Damit die Pfortenmitarbeiter nicht auf dumme Ideen kamen, hatte er das Blaulicht aufs Dach geklebt.

»Und jetzt kommt der Hammer.« Der Kriminalexperte weihte den Kollegen kurz in die Geschichte ein und fuhr jetzt fort: »Heute Nacht ist Pielmeier, der Vorstandsvorsitzende der Bank, in seinem Büro gestorben. Der Bericht der Gerichtsmedizin liegt noch nicht vor, aber mit hoher Wahrscheinlichkeit starb der Mann nicht eines natürlichen Todes. Halten Sie sich fest, er starb vermutlich durch einen Stromschlag. An seinem Arbeitstisch.« Bergmann genoss den Effekt und machte eine Pause. Dann fuhr er fort: »Das ist aber nicht alles.« Wieder eine Pause. »Drei Stunden später hat das Vorstandsmitglied Bräuner in seinem Büro einen Herzinfarkt erlitten. Er ist jetzt im Krankenhaus, sieht schlecht aus für ihn. Und was, denken Sie, war wohl die Ursache für den Infarkt? Das Licht. Bräuner hatte versucht, mit einem Stift den Monitor einzuschalten, als ob er Angst hatte vor einem Stromschlag. Im Dunkeln. In diesem Moment hatte die Sekretärin das Licht angeschaltet, und sein Herz zersprang.«

Bergmann fuhr los und kurvte in Richtung Autobahn.

Becker auf dem Beifahrersitz ließ die Stadt vorbeiziehen und das Gehörte kurz sacken. Dann sagte er bedächtig; »Wenn ich mich richtig erinnere, hat gerade die *Blue Bank* kurz vor der Krise 2008 hochnäsig dafür plädiert, die Staatsregulierung abzuschaffen, und sich nur Monate später kräftig aus dem Steuertopf bedient. Um so schnell wie möglich der staatlichen Kontrolle zu entgleiten und satte Boni einzustreichen, haben die Manager die Bilanz frisiert. Ich könnte mir vorstellen, dass unser Gerechtigkeitswahnsinnige Kunde bei der Bank war oder ist. Vielleicht hat er oder sie beim Crash Geld verloren.«

Bergmann schaute kurz zum Kollegen rüber. »Genau, daran habe ich noch gar nicht gedacht. Es wartet ein Berg von Arbeit auf uns. Sauter, der Kollege aus Beuren, ist auch unterwegs nach Bad Bergsee.«

Danach sagte keiner mehr ein Wort. Bergmann konzentrierte sich auf den Verkehr, der immer dichter wurde. Becker, der im Präsidium Rittenburg als Technikexperte bekannt war, versuchte seine Gedanken zu ordnen, die hin und her sprangen. Wie ließe sich der Energiefluss aus der Ferne steuern? Oder war jemand nachts in der Bank, als der Unfall passierte? Und auf Kreta? Im Stadion?

Sie erreichten Bad Bergsee. Bergmann ignorierte die Verkehrszeichen und fuhr direkt in die Stadtmitte, wo er das Auto in der Fußgängerzone am Haupteingang der *Blue Bank* stehen ließ. Der Sicherheitschef Bayer wartete auf sie. Bräuners Sekretärin, die sich als Frau Ackermann vorstellte, kauerte in einer Ecke im kleinen Besprechungsraum.

Bayer, der seine Geschichte schon mehrmals erzählt

hatte, kam gleich zur Sache: »Sie haben bestimmt den Bericht Ihres Kollegen bekommen. Wenn Sie noch weitere Fragen haben …«

»Habe ich«, Bergmann fühlte sich unwohl in kleinen Räumen. Er stand auf und blieb am Fenster stehen. »Aber zunächst einmal nicht zum Tod von Herrn Pielmeier.« Er wandte sich an die Sekretärin. »Frau Ackermann, würden Sie bitte in Ihrem Büro warten? Wir kommen später zu Ihnen herüber.«

Als die ältere Dame hinter sich die Tür geschlossen hatte, wandte sich Bergmann wieder an Bayer: »Der Stromausfall vor ein paar Wochen – wie war das genau?«

Bayer war zu dieser Wende nicht bereit, das sah Bergmann ihm an. Er fing sich aber schnell. Das Image der Bank stand jetzt, nach dem Tod von Pielmeier, im Hintergrund. »Vor vier Wochen standen wir morgens vor verschlossenen Türen, weil im Gebäude der Strom ausgefallen war. Komplett. Die städtischen Technischen Werke und der Energieversorger hatten keine Erklärung. Der Strom …«

Bergmann unterbrach ihn: »Mein Kollege unterhält sich gerade mit dem Geschäftsführer der Technischen Werke. Er wird mir seine Eindrücke mitteilen.«

»Okay, zehn Tage vor dem Vorfall hatte Vorstandsmitglied Bräuner eine E-Mail erhalten. Der Absender forderte die Banker auf, achtzig Prozent ihrer Gehälter und Boni an wasserfördernde Projekte in Afrika zu überweisen, dies öffentlich zu machen und die Kollegen aus anderen Geldinstituten dazuzubewegen, das Gleiche zu tun. Er hat auch eine Frist gesetzt, den 29. August. Herr Bräuner hatte die Mail an mich weitergeleitet. Ich habe sie ausgedruckt und abgelegt«, berichtete Bayer weiter.

»Ist das der normale Ablauf? Werden solche Nachrichten nicht verfolgt?«, schaltete sich Becker ein.

»Während und nach der Bankenkrise haben wir uns an Briefe mit Beschimpfungen und verschiedenen Aufforderungen gewöhnt. Die Mail war nur dadurch aufgefallen, dass der Verfasser der Nachricht nichts für sich wollte. In jedem Fall, als am 30. August die Lichter ausgingen, hatte sich Herr Bräuner dran erinnert. Er hatte, sorry, er hat ein fantastisches Auffassungsvermögen für Zahlen, Termine und Fristen. Das Datum fiel ihm wieder ein.

In den zwei Tagen ohne Strom wurden verschiedene Strategien diskutiert. Am dritten Tag – da floss wieder der Saft – hat der Vorstand entschieden, dem Krankenhaus einen Computertomografen zu spendieren, um unser Image etwas aufzupolieren.«

»Wieso ausgerechnet jetzt?«, wollte Bergmann wissen.

»Na ja, einen Tag zuvor war im *Blickwinkel* ein Bericht über unsere Bank erschienen. Dort ging es aber weniger um den Ausfall, sondern mehr um die Praktiken unseres Institutes, die in einem nicht besonders guten Licht dargestellt wurden.«

»Woher hat die Zeitung diese Informationen bekommen?«

»Das wissen wir nicht. Außer mir und Bräuner wusste zu diesem Zeitpunkt keiner vor dem Drohbrief.«

Bergmann machte sich eine Notiz in seinem Heft. »Hat die Bank danach noch weitere ähnliche Nachrichten bekommen?«

»Nichts in diese Richtung. Wir haben nach dem 30. August alle eingegangenen E-Mails genauso wie andere Nachrichten, SMS, Anrufe und Briefe in Papierform, streng durchleuchtet, selbst wenn wir dafür die Privatpost der nicht anwesenden Mitarbeiter öffnen mussten.«

Bayer wusste, dass Letzteres gegen das Postgeheimnis und die Datenschutzbestimmungen verstieß, aber gegenüber einem Polizisten musste er das erwähnen. Die Kriminalbeamten waren zudem auch nicht kleinlich, wenn es um eine schnelle und sichere Informationsbeschaffung ging.

Bergmann dachte nach: Das war nicht gut. Wenn der Täter seine Strategie geändert hatte und keine Vorwarnungen mehr rausschickte, war die Wahrscheinlichkeit, dass sie den Geschehnissen nachliefen, statt ihnen vorzubeugen, größer geworden. »Sie haben den Vorstandschef tot in seinem Büro gefunden. Was haben Sie so früh in der Bank gemacht?«, fragte er nun.

Bayer war lange genug im Geschäft, um zu wissen, dass früher oder später seine prekäre Lage ans Tageslicht kommen würde. »Ich bin vor ein paar Wochen zu Hause ausgezogen. Meine Frau hat die Schnauze voll, wie sie sich ausgedrückt hat. Sie will beim Abendessen und beim Frühstück ihren Mann sehen, nicht nur sporadisch an den Wochenenden. Spannung war schon lange da. Nach dem Stromausfall war ich Tag und Nacht mit der Schadensbegrenzung beschäftigt. Da hat es dann richtig geknallt«, berichtete er.

»Willkommen im Club«, brummte Bergmann, der nach der Trennung von seiner Frau monatelang bei Kollegen untergetaucht war und auch oft im Büro auf dem Sessel die Nächte überbrückt hatte. Gleichzeitig strich er damit endgültig den Sicherheitschef von seiner gedanklichen Liste der Verdächtigen.

Damit machte er sich, den schweigenden, aber nachdenkenden Becker im Schlepptau, auf den Weg zu Frau

Ackermann. Diese versank in ihrem Stuhl vor dem Bild-schirm. Ihre Augen verrieten, dass sie trotzdem nicht in Arbeit vertieft war. Dass gerade sie der Auslöser für den Herzinfarkt Herrn Bräuners war – schrecklich! Bergmann wollte die Sekretärin in ihrem Büro sprechen, weil er hoffte, dass sie sich in der gewohnten Umgebung an mehr Details erinnerte.

»Ich war mir sicher, dass er nicht im Büro war. Er kommt nie so früh«, erzählte sie nun Bergmann und Becker, die sich vor ihren Schreibtisch gesetzt hatten. »Es war ja erst halb acht. Er schläft gewöhnlich bis sieben und kommt um halb neun. Das wissen alle.«

»Haben Sie zu diesem Zeitpunkt von Pielmeiers Tod ge-wusst?«, fragte Bergmann.

»Nein, unsere Büros liegen auf verschiedenen Etagen. Ich habe unten den Notarztwagen und die Polizei gesehen, aber die Häuser in der Innenstad stehen sehr dicht beieinander. Ich habe mir gedacht, im Wohnblock nebenan wäre etwas passiert.«

»War das Büro von Herrn Bräuner dunkel? War auch keine Tischlampe an?«, fragte Bergmann weiter.

»Ganz dunkel. Ich habe ihn erst gesehen, nachdem ich das Licht angemacht hatte. Er neigte sich etwas nach vorne und wollte wohl gerade den Bildschirm einschalten. In der Hand hielt er einen Bleistift. Als ich zu ihm trat, fiel sein Oberkörper schon auf den Tisch.«

»Ist Ihnen irgendetwas aufgefallen?«

Sie dachte kurz nach, schüttelte dann aber den Kopf. »Nein, außer dem Bleistift in seiner rechten Hand. Als ob er damit den Monitor einschalten wollte. Und ja, der PC lief schon. Ich habe noch immer das brummende Hochfahren in den Ohren. Wissen Sie, wenn der Rechner hochfährt, ist er immer etwas lauter am Anfang.«

Bergmann machte sich wieder eine Notiz: Systemdaten des Rechners überprüfen, vor allem die Startzeit. »War in den letzten Tagen irgendetwas anders?«

»Nach dem Stromausfall war er angespannter, was ja kein Wunder war. Aber sonst war da nichts Auffälliges.«

Becker hatte ein anderes Gefühl. Er schaute zu Bergmann herüber. Bemerkte er auch die bedrückte Stimmung der Frau?

»Frau Ackermann«, Bergmann schaute der Sekretärin nun direkt und auffordernd in die Augen.

Sie sah zurück, dann seufzte sie. »Ich weiß nicht, ob es wichtig ist, aber letzte Woche, als ich dem Chef gerade einen Kaffee serviert habe, telefonierte er und sagte in den Hörer ganz müde und resigniert: ›Wir hätten‹doch auf den Zwerger hören und uns am Tomografen beteiligen sollen. «

»Zwerger?«, hakte Bergmann nach.

»Der Personalchef, er hatte auf der Krisensitzung vorgeschlagen, dass die Vorstände den Tomografen mit einem Teil ihrer Boni finanzieren.«

»Sie wissen aber nicht, mit wem Herr Bräuner telefoniert hat?«

»Nein, das weiß ich nicht.«

Wieder notierte sich Bergmann etwas: Telefonverbindungen checken. »Wann war das genau?«, fragte er dann weiter.

Sie überlegte kurz. »Letzte Woche, Mittwoch oder Donnerstag.«

»Uhrzeit?«

»Eher am Nachmittag. Da trank …, da trinkt Herr Bräuner immer seinen Kaffee.«

Bergmann und Becker gingen nach diesem Gespräch wieder in den Konferenzraum, wo der Sicherheitschef auf sie wartete. Neben ihm saßen zwei Polizisten ohne Uniform. Aber Bergmann hatte ein geübtes Auge – die Kollegen aus Beuren waren eingetroffen. »Inspektor Sauter?« Er reichte dem einen Beamten die Hand.

Sauter zeigte auf seinen Kollegen. »Mein Kollege Martin Birne, unser IT-Guru«, stellte er ihn vor.

Becker stellte sich selber vor.

Bergmann holte sein Notizbuch hervor und wandte sich an Bayer. »Wir brauchen eine Aufstellung von allen Telefonaten Bräuners in der letzten Woche. Was ist mit seinem Rechner?«

»Den hat Frau Ackermann runtergefahren. Steht in seinem Büro«, sagte Bayer.

»Nicht hochfahren. Meine Kollegen holen ihn ab. Und noch eins: Ich brauche das Protokoll der Vorstandssitzung, auf der die Beschaffung des Tomografen beschlossen wurde. Das gibt's doch, oder?« Er registrierte ein leichtes Zucken in Bayers Gesicht. »Das heißt?«

»Das Protokoll gibt es schon, nur etwas bereinigt, würde ich sagen. Dass Pielmeiers Wutanfälle anders formuliert sind, ist aber wohl klar …«

»Was ist mit Zwergers Vorschlag?«

»Nun …, den finden Sie im Protokoll nicht.«

Der Chefredakteur und die Kostprobe

Herr Ulrich besaß die einmalige Begabung, Tagesgeschäfte auszublenden, sobald er das Redaktionsgebäude verlassen hatte. Sonst wäre er als Chefredakteur einer der größten bundesweiten Zeitungen wohl Stammkunde beim Kardiologen. Heute aber gelang ihm das nicht. Er war in einer schwierigen Situation. Sogar die Auseinandersetzung mit dem Bundespräsidenten vor Jahren hatte er mit Leichtigkeit überstanden. Damals war es um Image und Geld gegangen. Jetzt standen Menschenleben auf dem Spiel. Vielleicht Hunderte, vielleicht auch Tausende.

Die Nachricht, die in seiner Mailbox explodiert war, war vom selben Absender wie des *Blue Bank*-Bloßstellers. Aber was heißt eigentlich Bloßsteller? Ob wirklich der *Recht&Rache*-Mann die Bank lahmgelegt hatte oder der Strom aus anderen Gründen ausgeblieben war, hatte den Journalisten damals, als er seinen Kommentar zum Stromvorfall verfasst hatte, nicht interessiert. Er hatte nur sichergestellt, dass die Bank wirklich geschlossen blieb, und die Gelegenheit genutzt, um der *Blue Bank* und mit ihr auch den anderen Finanzinstituten eins auszuwischen. Nicht nur, weil das gut bei den Lesern ankam und sich so die Auflagen steigern ließen. Er handelte aus innerer Überzeugung, dass der kleine Mann nicht die übermäßigen Gehälter der Banker und Börsenzocker zahlen musste. Dass das ganze System außer Kontrolle geriet, dass das Geld seiner Leser, das hart verdiente Geld, kaum etwas wert war. Sollte morgen die Blase platzen, würden auch die meisten gut situierten Bürger in der Gosse landen.

Für besonders großes Aussehen hatte das Interview mit dem Wirtschaftsökonomen Dreher im *Blickwinkel* gesorgt. Der hatte in wenigen Sätzen die Falle beschrieben, in die die Derivate-Erfinder die Gesellschaft hineinmanövrierten: »Nehmen wir mal an, Sie haben bei Ihrer Bank ein Sparbuch mit einem Guthaben von dreißigtausend Euro. Gleichzeitig liegt auf ihrem Häuschen noch eine Hypothekenschuld in gleicher Höhe. Sie sind überzeugt: Wenn es crashen sollte, kommen Sie mit einer schwarzen Null aus dem Desaster heraus. Von wegen! Ihre Spareinlage wird anders bewertet als Ihre Schulden. Letztendlich haben Sie zum Beispiel nur dreitausend Euro Guthaben, dem fünfzehntausend als Minus gegenüberstehen.«

Das war ernüchternd. Die meisten Menschen hatten es bis heute nicht kapiert. Auch die Politiker nicht.

Ulrich war hin- und hergerissen. Ließe er den neuen Brief des *Recht&Rache*-Manns drucken, wäre eine Panik vorprogrammiert. Und wenn nichts dahintersteckte? Wer konnte schon wissen, ob der Stromausfall in der Bank wirklich auf sein Konto ging? Anderseits hatte der *Recht&Rache*-Mann andere Fälle aufgelistet, die er anscheinend ebenfalls eingefädelt hatte: den Spielausfall in der Pharmagold-Arena, den Vorfall in der Mietwohnung und vor allem die Katastrophe auf dem Flughafen auf Kreta. Okay, er könnte sich die Informationen aus den Medien beschafft haben, aber es waren Einzelheiten dabei, die seine Redakteure trotz sorgfältiger Recherche auch im Internet nicht finden konnten. Und immerhin hatte er dem *Blickwinke*l den Tipp mit der *Blue Bank* gegeben.

Um seinem Vorhaben mehr Wahrheitsgehalt zu verleihen, hatte der *Recht&Rache*-Mann nun am kommenden Samstag eine weitere »kleine Kostprobe« angekündigt – sie sollten den Sportausrüster *Bärmut* beobachten. Ulrich hatte den Eindruck, dass der Absender, falls er tatsächlich in der Lage war, seine Drohungen in Taten umzusetzen, das nicht wirklich wollte. Es war, als ob er es gerne vermeiden würde.

Die angedrohten »Maßnahmen« waren ..., wie sollte er es ausdrücken? Schockierend war vielleicht zutreffend, aber nur teilweise. Eine abgespeckte Version vom Weltuntergang.

Ulrich entschied sich für einen Zwischenschritt, im Grunde sogar für mehrere. Erstens sollten die Redakteure aus dem Recherche-Ressort herausfinden, was die Ursache für den Stromausfall bei der *Blue Bank* war. Zweitens werden sie am Samstag *Bärmut* im Auge behalten. Je nachdem, was dort passierte, würde er seine weitere Vorgehensweise planen, vielleicht auch die Polizei einschalten. Sein Instinkt sagte ihm, dass schon jetzt, bevor bei *Bärmut* etwas geschah, ein Gespräch mit der Polizei seine Nächte etwas ruhiger machen könnte. Der Journalist in ihm sträubte sich aber dagegen. Doch schließlich verließ er sich auf sein Gespür und rief den diensthabenden Ressortleiter an und sagte: »Reinhold, wie besprochen. Es kann losgehen.«

*

Die Polizei meldete sich schneller als gedacht. Ulrich verließ gerade das Restaurant, aus dem er den Ressortleiter angerufen hatte. Er überlegte noch einmal, ob er an alles gedacht hatte, da unterbrach der schrille Klingelton seine Gedanken. Das Geschäftshandy. Nicht viele waren im Besitz dieser Nummer. Seine Sekretärin meldete sich. Sie war schon zu Hause, aber ohne sie kam keiner an seine Nummer heran. Wenn sie um diese Uhrzeit anrief, war schon etwas Außerordentliches im Gange. Sie legte sofort los, ohne sich zu entschuldigen oder nach seinem Befinden zu fragen. Das schätzte er an ihr.

»Herr Ulrich, die Polizei. Kriminalinspektor Bergmann vom LKA Baden-Württemberg. Es ist wichtig«, sagte sie knapp.

»Verbinden Sie«, antwortete er knapp. Der Anruf bedeutete, dass die Polizei die Spur sorgfältig verfolgt hatte und die Zeitung, auch die Online-Ausgabe, im Auge behielt.

Der Kriminalinspektor kam ebenfalls sofort zur Sache, nannte nur kurz seinen Namen und fuhr ihn sofort an: »Herr Ulrich, Sie wissen schon, dass Sie mit dem Feuer spielen, oder? Es geht um Menschenleben.«

»Wovon reden Sie gerade?«, fragte Ulrich.

»Von dem vermeintlichen Leserkommentar. Sie wissen ganz genau, wovon ich rede.«

»Was hätte ich denn tun sollen?«

»Die Polizei informieren.«

»Das habe ich doch. Sie haben die Botschaft bekommen.«

»Weil unser Mitarbeiter zufällig darauf gestoßen ist.«

»Das mit dem ›zufällig‹ nehme ich Ihnen nicht ab. Wie würde meine Zeitung dastehen, wenn ich Ihnen die Mail weitergeleitet hätte und das publik geworden wäre? Alle unsere Informanten hätten sich unsicher gefüllt und die Mitarbeit eingestellt. Von den Lesern ganz zu schweigen. Sie haben sowieso seit kurzem kein Vertrauen mehr in die Medien.«

Da musste Bergmann dem Journalisten recht geben. Als Lügenpresse wurden die Medien angeprangert, die Leser und Zuschauer fühlten sich von Zeitungen und Fernsehsendern manipuliert, weil während der Flüchtlingskrise die Kritiker kein Gehör gefunden hatten oder als Nazis in die rechte Ecke gestellt worden waren. Viele Online-Medien hatten sogar die Kommentarfunktionen bei heiklem Thema ausgesetzt.

»Sie hätten es nicht so kompliziert anstellen müssen. Raffiniert war es schon«, gab Bergmann nun etwas versöhnlicher zu.

Ulrich lächelte. Seine sorgfältig entwickelte Strategie funktionierte. Der *Blickwinkel* hatte im Internetportal einen frei erfundenen Leserbrief unter dem Titel »Steuererleichterungen für Banken und Fußballclubs« veröffentlicht. Es war um ein vermeintliches Vorhaben des Finanzministeriums gegangen, die Banken anders zu besteuern, um die angeschlagenen deutschen Finanzinstitute wieder wettbewerbsfähig auf dem internationalen Parkett zu machen. Auch die Fußballprofis sollten geringer belastet werden, damit die Clubs endlich die Dominanz der englischen und spanischen Mannschaften brechen konnten. Dass so eine Initiative Unmut und Empörung hervorrufen würde, war nicht schwer zu prognostizieren. Morgen würde sich der Sprecher des Ministeriums, vielleicht auch der Minister selber, in der Redaktion melden und das Gerücht dementieren. Dutzende Kommentare waren in kürzester Zeit erfolgt.

Auch der Brief des *Recht&Rache*-Absenders (vielleicht war es auch eine Frau. Oder eine Gruppe) war eingeschleust worden. Aber nicht direkt. Vorher hatten seine Leute ihn auf einem anderen Internetportal untergebracht, dann in einem zweiten mit Bezug auf den ersten gepostet, dann im nächsten. Und schließlich beim *Blickwinkel*, wo ihn Sauters Praktikant entdeckt hatte.

Der Inhalt war brisant: Da die Banker nie von selber zur Vernunft kommen würden, würden demnächst fünfzig Filialen der größten deutschen und englischen Banken von der Außenwelt abgeschnitten sein. Wie genau, das stand nicht drin in dem Brief.

Bergmann und Ulrich wussten wie.

Auch ein Spieltag der Champions League würde komplett ausfallen. Welcher, das ließ der Angreifer offen, zunächst nur einer, betonte er. Mehrere Flughäfen im Mittelmeerraum würden ihren Betrieb nicht aufrechterhalten können. Zunächst nicht alle, aber welche es sein würden, das verriet er nicht.

»Herr Ulrich, ich kann Ihnen nicht alles erzählen, aber die *Blue Bank* war nicht das einzige Opfer im letzten Monat. Denken Sie an den Flughafen auf Kreta. Das gleiche Muster. Wir müssen handeln«, sagte Bergmann.

Ulrich ließ sich nicht anmerken, dass er sehr wohl von anderen Taten wusste. »Sie möchten, dass ich Ihnen den Zugriff auf die Absenderdaten von diesem Gerechtigkeits-Besessenen gewähre, richtig? Aber Sie wissen schon, dass es unmöglich ist, die wahre Adresse herauszufinden?«

»Trotzdem«, bellte Bergmann in die Leitung.

»Ich muss das zuerst mit ein paar Leuten besprechen. Ich werde Sie bald zurückrufen. Eins möchte ich Ihnen aber noch mit auf den Weg geben, was nicht im Kommentar steht, aber in der Mail, die wir bekommen haben. Sagt Ihnen *Bärmut* etwas? Um die Ernsthaftigkeit seiner Drohungen zu unterstreichen, wird der *Recht&Rache*-Mann am Samstag einen weiteren Probelauf bei *Bärmut* durchführen. Unsere Recherchen haben ergeben, dass es sich um einen weltbekannten Sportbekleidungshersteller mit Stammsitz in der Schweiz und Niederlassungen in Deutschland, Österreich und China handelt. Dazu kommen Dutzende eigene Verkaufsstätten in mehreren Ländern.«

*

Bergmann legte auf und schaute aus dem Hotelfenster. Vor einer Stunde hatte er sich im nobelsten Hotel in Bad Bergsee einquartiert. Klar wird die Buchhaltung ihm die Hotelrechnung unter die Nase reiben. Aber er hatte keine Zeit gehabt, etwas Günstigeres zu suchen oder wie Oberinspektor Becker nach Hause zu fahren. Sauter hatte sich auf den Weg nach Beuren gemacht. Er war es, der ihn aus dem Auto angerufen und vom nächsten Treffer seines Praktikanten berichtet hatte.

Samstag war morgen. Was wird passieren? Er hatte heute Mittag zwei Kollegen aus dem LKA zur Unterstützung angefordert. Die sollten die Bankkunden überprüfen, alle, die bei der *Blue Bank* in den letzten Jahren ein sattes Minusgeschäft gemacht hatten.

Es war schon spät. Er rief noch einmal in Stuttgart an und ließ sich mit der Firmenzentrale von *Bärmut* in Zürich verbinden. Es dauerte etwas, bis sich endlich eine leicht singende Stimme meldete. Bergmann verlangte jemanden aus der Geschäftsführung und wählte dabei Wörter, die seinen Gesprächspartner sofort zum Handeln bewegten. Keine Minute später hörte er eine fröhliche Stimme, die versuchte, die im Hintergrund dröhnende Musik zu übertönen. Klar, normale Leute hatten am Freitagabend Besseres zu tun, als einem Schatten nachzujagen.

Die fröhliche Stimme verlor ihre Freundlichkeit auch dann nicht, als Bergmann die Situation schilderte: »Morgen könnten in Ihren Werken und Niederlassungen schlimme Dinge passieren. Wahrscheinlich wird der Strom für längere Zeit ausfallen«, erklärte er.

»Wir arbeiten seit zwei Jahren grundsätzlich nicht mehr samstags, auch wenn es zu Lieferengpässen kommt. Sogar in China haben unsere Leute frei«, sagte der Schweizer am anderen Ende.

Mehrmals in der Nacht wachte Bergmann auf und spürte ein nervöses Zittern in allen Gliedern. *Bärmut, Bärmut, Bärmut*, donnerte es in seinen Schläfen. Bis er plötzlich aufschrie und auf die Nachtkommode haute. »Mist!« Dieser Mistkerl, dachte er, mich so reinzulegen. Und ich erzähle ihm alles. Wie blöd kann man nur sein? *Bärmut*. Jetzt wusste er, was ihm die ganze Nacht keine Ruhe gelassen hatte.

Er rannte in der Dunkelheit zu seinem Auto.

Dikaio. Noch drei Tage

Schlimmer als Kinder! Die dachten wohl, sie würden davonkommen und weitermachen können wie bisher. Dikaio stand am Fenster einer Bäckerei, genoss demonstrativ gelassen seinen Kaffee mit Butterbrezel und schaute zur *Blue Bank* hinüber. In seinem Inneren brodelte es. Ob es gelungen war? Noch nie hatte er ohne ausgiebige Tests eine Offensive gestartet. Aber die arroganten Banker hatten ihn dazu gezwungen. Wenn man aus der Ferne Strom umleiten konnte, wieso dann nicht auch andere Eingriffe damit durchführen? Ihn zum Beispiel punktuell verstärken? Dieser Schritt hatte ihn viel Zeit und Energie gekostet, aber er musste ihn durchziehen. Auch hier war der Teil, den er für den schwierigsten gehalten hatte, im Endeffekt der einfachste. Er hatte sich nur als Medienvertreter ausgeben müssen und schon erfuhr er alles, was er brauchte. Er hatte die Sekretärin Pielmeiers um eine kurze Stellungnahme ihres Bosses zur aktuellen Lage auf dem Ölmarkt gebeten.

»Heute geht gar nichts, auch morgen sieht es schlecht aus. Bis siebzehn Uhr ist er in einer Sitzung der Investitionskommission und danach darf er nicht gestört werden. Er muss sich auf das Treffen mit dem Aufsichtsratsvorsitzenden vorbereiten. Vor zweiundzwanzig Uhr kommt er nicht aus seinem Büro. Versuchen Sie es am Montag. Ich werde ihn informieren. Wenn es bis dahin nicht warten kann, würde ich Sie bitten, sich an unseren Pressesprecher zu wenden«, hatte sie ihm mitgeteilt.

Mehr wollte Dikaio nicht wissen. Er meinte noch mürrisch, er würde über den Vorschlag nachdenken, wobei ihm ein Kommentar vom Chef lieber wäre. Ihm hatte mehr Zeit zur Verfügung gestanden, als er es sich hätte erträumen können. Um siebzehn Uhr war es ihm zu riskant, ab achtzehn konnte er nach seiner Einschätzung aber loslegen. Es war auch nicht auffällig, dass er in seinem Betrieb länger blieb, bis sieben, bis acht sogar. Rüdiger war schon längst zu Hause. Donnerstags holte er immer seine Tochter aus dem Kindergarten ab, deshalb ging er an diesem Tag bereits um vier Uhr.

Sein Herz schlug schneller und die Brezel blieb ihm kurz im Mund stecken, als das grelle Flackern von Blaulicht auf die Wände der Bäckerei fiel. Dikaio hielt den Atem an, um seine Aufregung nicht preiszugeben. Die Polizei und der Notarzt rasten gleichzeitig heran. Dikaio trank ruhig seinen Kaffee aus. Draußen schaute er noch einmal zur Bank rüber und schlenderte dann in eine andere Richtung. Wie heißt es doch in Krimis? Der Täter kehrt immer zum Tatort zurück. So blöd war er nicht!

Eine Stunde später bestieg er den Linienbus und fuhr zurück. Er setzte sich ans rechte Fenster. Der große gepflasterte Platz vor der *Blue Bank* war nur für den Linienverkehr offen. Der Bus fuhr Schritttempo. Ihm war das nur recht. Ihm fielen gleich mehrere Einsatzwagen vor dem Gebäude auf. Der Bus hielt an. Es stiegen viele Fahrgäste aus und ein. Obwohl sie ihm teilweise die Sicht verdeckten, sah er, wie eine Trage in den Leichenwagen geschoben wurde. Der Bus war schon fast am Gebäude vorbeigefahren, als eine zweite Liege an den Krankenwagen herangerollt wurde. Sie war nicht wie die erste mit einem weißen Leichentuch bedeckt.

Dikaios Atem stockte. Irgendetwas war schiefgelaufen. Was? Es gab ein Opfer, so war es auch geplant. Wer lag auf der zweiten Trage? Er war versucht, in ein Taxi zu springen und ins Krankenhaus zu fahren, zwang sich aber, im Bus zu bleiben. Das wäre viel zu riskant, in der Notaufnahme könnte er auffallen. Er durfte nichts riskieren, vor allem jetzt nicht, wo er auf der Zielgeraden war.

Den ganzen Tag fand er keine Ruhe. Dabei brauchte er genau diese im Moment dringend. Nur noch wenige Berechnungen trennten ihn vom großen Tag. Er rief ständig die Webseiten der lokalen Radiosender und Zeitungen auf, aber: nichts über das morgendliche Geschehen in der *Blue Bank*!

Ab und zu plagte er sich mit der Frage, ob er das Projekt an einem Stück durchziehen oder es in zwei oder sogar drei Teilprojekte splitten sollte. Das wäre aber ein Rückschritt. Das Internet hatte bereits seine Pläne verbreitet. Er durfte nicht nachgeben. Was die zwölf Fußballstadien betraf, war er sich einhundertprozentig sicher. Auch die deutschen Banken hatte er im Griff. Die englischen machten zwar Schwierigkeiten, aber die waren nicht unüberwindbar. Nur die Flughäfen hingen noch in der Luft. Andererseits hatte er ja nicht erwähnt, wie viele betroffen sein würden. Im schlimmsten Fall wird es bei den zwei bleiben, für die er die genauen Positionen schon berechnet hatte. Ihm blieb noch das Wochenende, um in Ruhe die Lade-Skripts vorzubereiten. Hoffentlich bleibt Rüdiger am Montag wie geplant zu

Hause – der Gruppenleiter hatte sich gestern beim Kollegen erkundigt, ob der eventuell seinen Urlaubstag auf später verschieben könnte, bis das aktuelle Projekt abgeschlossen wäre. Rüdiger hatte zwar pariert, dass es immer Projekte in einer Abschlussphase gibt, könnte sich aber noch anders entscheiden.

Dikaio nutzte die Gunst der Stunde und bot dem Chef an, den Samstag durchzuarbeiten. Der willigte zufrieden ein. *Bärmut* würde wie geplant ausgeführt, dazu in der regulären Arbeitszeit. Sonst hätte er sich unbemerkt ins Firmengebäude schleichen müssen, was an einem Samstag nicht so einfach war.

Noch drei Tage! Dann wird die Welt aufhorchen!

Das verräterische Logo

Daniel war in seinen Laptop vertieft und hörte das Klingeln an der Haustür nicht. Erst als ein Schatten auf das Display fiel und damit die geöffnete Webseite über die Funktionsweise von Geo-Satelliten verdunkelte, drehte er sich um. Bergmann stand direkt hinter ihm, daneben Elena, die ihn gereizt anschaute.

»Tüfteln Sie an Ihrem nächsten Projekt, Herr Schwab?«, fuhr ihn der Beamte an. »Wann soll es heute losgehen? Bei *Bärmut*, meine ich.«

Daniel starrte ihn überrumpelt an.

»Lassen Sie die Hände vom Laptop, Sie schlaues Köpfchen!«

Daniel sagte immer noch kein Wort.

»Wir konnte ich nur so blöd sein? Sie haben mir sogar den Tipp mit dem Stadion gegeben. Woher wussten Sie das? Klar, woher weiß der Täter vom Tatort? Ich rate Ihnen dringend: Blasen Sie die Aktion bei *Bärmut* sofort ab. Es ist vorbei. Machen Sie es nicht noch schlimmer.«

Endlich presste Daniel einen Satz hervor: »Herr Bergmann, ich verstehe wirklich nicht …«

Bergmann hielt ihm das Foto vom kretischen Flughafen hin.

»Wir hatten doch alles geklärt«, entgegnete Daniel zunehmend verwirrt.

»Nicht alles. Wie hatte ich nur so blind sein können? Sie hatten mir noch erzählt, wie passend es war, dass Sie während der zwei Tage Flucht ein gescheites Hemd anhatten, sonst wären Sie am eigenen Schweißgeruch erstickt. Dass Sie eigentlich nichts von dem teuren Zeug halten, dass es nur für die Leute ist, die nicht wissen, wohin mit ihrem Geld, für Spinner, sozusagen. Aber dieses Mal hätte sich die Investition gelohnt. Vergessen?«

»Ich verstehe nicht, worauf Sie hinauswollen?«

»Sie verstehen nicht? Hier …« Der Kriminalinspektor schob ihm das Foto von Kreta hin. Daniel hatte es mehrmals gesehen.

Er blickte vom Bild hoch und hob die Schulter.

»Und hier.« Bergmann holte ein zweites Bild heraus, etwas vergrößert, auf dem nur Daniel zu sehen war. »Und?«

Daniel schüttelte verwirrt den Kopf.

»Hören Sie mit dem Theater auf, Herr Schwab. Hier!« Bergmann tippte mit dem Finger auf den linken Hemdärmel. »Erkennen Sie das Logo?«

»Ja, das ist das Logo von *Bärmut*«, sagte Daniel.

»Ein Hemd für Spinner, oder? Herr Schwab, was haben Sie mit *Bärmut* heute vor?«

Daniel sah ihn müde an. »Wieso muss ich heute etwas vorhaben?«

»Weil Sie es im Schreiben an den *Blickwinkel* angekündigt haben.« Bergmann wollte nicht so schnell die Karten offenlegen, er verlor jedoch langsam, aber sicher die Geduld. »Was haben Sie vor?«, wiederholte er. »Die Produktionsstätten haben heute geschlossen, das wissen Sie, oder?«, versuchte er Daniel in eine Falle zu locken.

Der schien aber gar nicht zuzuhören. »Darf ich?« Er zeigte auf den Laptop.

»Hände weg«, herrschte Bergmann ihn an.

»Dann geben Sie selbst den Suchbegriff ein: *Bärmut*, Lagerverkauf.«

Bergmann zögerte kurz und tippte dann die Begriffe in die Suchzeile.

»Der erste Treffer ist eine bezahlte Anzeige. Der zweite Treffer muss es sein. Klicken Sie ihn an«, verlangte Daniel.

Bergmann merkte, wie ihm das Kommando entglitt, klickte aber den Link an.

»Liebe *Bärmut*-Kunden, heute ist unser letzter Verkaufstag. Vielen Dank, dass Sie so zahlreich an unserem Lagerverkauf teilgenommen haben. Wir wünschen Ihnen viel Vergnügen mit der erworbenen Sportbekleidung und hoffen Sie auch beim nächsten Verkauf begrüßen zu dürfen. Ihr *Bärmut*-Team.«

»Sie können mir das bestimmt erklären«, Bergmann wurde immer mürrischer.

»Zweimal im Jahr veranstaltet *Bärmut* einen Lagerverkauf. Dort können Kunden dann richtige gute Schnäppchen machen. Dafür muss man sich aber vorher anmelden. Ohne Voucher kommt keiner rein. Der Verkauf dauert fünf Tage. Heute ist der letzte Tag. Eventuell ist das der einzige *Bärmut*-Betrieb, der heute geöffnet hat. Hier in der Gegend kenne ich keinen mehr.«

Bergmann klickte den Reiter »Kontakt« auf der *Bärmut*-Webseite an. Keine Telefonnummer, nur ein Kontakt-Formular. Bergmann klickte weiter. »Ich finde die Adresse nicht«, stellte er fest.

»Schauen Sie im Impressum nach«, riet Daniel.

»Golletsweiler. Wo ist das denn?«

»Bei Emmingen. Achtzig Kilometer von hier.«

Bergmann zog sein Handy hervor. »Verbinden Sie mich mit der Polizei in Golletsweiler, dringend. Wie? Dort gibt's keine Dienststelle? Dann mit Emmingen«, verlangte er.

Daniel merkte, wie angespannt Bergmann nun war. Er drückte mit der rechten Hand das Telefon fest ans Ohr, den linken Daumen rieb er am Zeigefinger.

»Kriminalinspektor Bergmann, LKA Stuttgart. Ich weiß, dass Emmingen in Bayern ist«, schnaufte er. Anscheinend hatte sein Gesprächspartner ihn auf die Zuständigkeiten hingewiesen. »Rufen Sie in Golletsweiler im *Bärmut*-Verkaufsladen an. Keine Menschen dürfen mehr rein. Alle, die schon drinnen sind, sofort evakuieren. Schicken Sie einen Einsatzwagen dorthin. Wir sind unterwegs.« Er lief zur Tür, drehte sich plötzlich zu Daniel um. »Sie waren doch dort und kennen die Räumlichkeiten oder? Würden Sie mitfahren?«

Die Markensklaven unter sich

Markus hielt es für Schwachsinn. Über einhundert Kilometer war er gefahren und stand jetzt eine Stunde vor Ladenöffnung im Regen vor einer geschlossenen Eingangstür. Er amüsierte sich oft über seine Arbeitskollegen, die in teuren Markensachen herumliefen, auch wenn das Geld für wichtigere Sachen nicht reichte. Markensklaven, so nannte er sie, Konsumsklaven. Der *Bärmut*-Lagerverkaufsladen war der einzige Laden einer teuren Marke, den er betrat. Nicht, weil er der Marke so ergeben war. Nein, Markus fror ständig. Selbst im Sommer beim Radfahren reichte ein kleiner Windhauch, um ihn zum Frösteln zu bringen. Die einzige Rettung waren die *Bärmut*-Klamotten, die nicht nur wie eine zweite Haut den Körper umschlossen, nein, sie wärmten auch. Und wie!

Er meldete sich einmal im Jahr für den Lagerverkauf an. Ohne Voucher und Personalausweis durfte keiner rein. Wobei der Ausweis noch nie verlangt worden war.

Markus hatte sich für den ersten Slot registrieren lassen, um zehn Uhr. Er war aber schon um neun da, um als Erster den Raum zu betreten, weil er sich auch die reduzierten Waren nicht leisten konnte. Er hatte aber vor Jahren einen Geheimtipp bekommen: Es gab ein einziges Regal, wo die bereits reduzierten Artikel noch einmal um die Hälfte heruntergesetzt waren. Dann kostete ein T-Shirt keine neunzig Euro mehr, sondern nur dreißig. Auch das hielt er für übertrieben, aber der Wunsch nach Wärme zwang ihn zu diesen Ausgaben. Von den doppelt reduzierten Sachen gab es nur wenig, deshalb hüpfte er jetzt in der morgendlichen Frische vor der Tür herum, um sich warmzuhalten.

Er hätte gerne sein altes *Bärmut*-Shirt angezogen. Es war aber nicht erlaubt, in den Kleidern des Herstellers den Raum zu betreten. Außerdem war er leicht bekleidet, um keine Zeit beim Anprobieren zu verlieren. Die Umkleiden waren immer proppenvoll und er hatte nicht viel Zeit. Es war zwar Samstag, aber er hatte heute Dienst und musste spätestens um zwölf zurück sein.

Seine Hände wurden langsam kalt und Markus steckte sein Handy ein. Neben ihm tauschten zwei Damen ihre Erfahrungen aus. »Meine Skijacke, du wirst es nicht glauben, war von vierhundertachtzig auf dreihundert runtergesetzt. Fast umsonst, oder? Und die Fleecejacke für den kleinen Josi habe ich für neunzig Euro bekommen.«

Ihre Begleiterin wartete die kleine Pause ab, um ihre eigenen Schnäppchen aufzuzählen. Wenn auch nur virtuell, denn mit den bereits gekauften Klamotten war der Zutritt ja untersagt. Schade für die zwei Damen, sie würden scheinbar gerne ihre teuren Schnäppchen zur Schau stellen.

»Im Internet habe ich die grüne gepolsterte Jacke für dreihundertsechzig gesehen. Und hier habe ich für das Geld noch eine leichte Wanderhose dazubekommen. Die ist bestimmt sehr bequem, ich werde sie bei meiner nächsten Wanderung anziehen. Ich habe mit Jo an dem Abend einen Champagner aufgemacht«, erzählte die eine gerade.

Markus grinste von den beiden unbemerkt. Wie war das noch einmal? Es gibt Leute, die kaufen Sachen, die sie nicht brauchen, für das Geld, das sie nicht haben, um Leute zu beeindrucken, die sie nicht mögen.

Er fror vor sich hin, wusste aber, dass bald, nämlich in zwanzig bis dreißig Minuten vor Ladenöffnung, die Wachen Mitleid mit den ersten Besuchern haben und sie in den Vorraum lassen werden. So war es bisher, so wird es wohl auch dieses Mal sein. Das Kommando »Bitte Voucher bereithalten« ertönte kurz vor zehn.

Er nahm am Eingang eine große Einkaufstasche mit und ging direkt zum ersehnten Regal. Er hatte schon beim letzten Mal die Angriffstaktik der meisten Besucher begriffen. Sie rissen die Kleider von der Stange, ohne auf die Größe zu schauen, stopften sie in riesige Taschen – davon hatten sie gleich drei, vier mitgenommen – und tauchten damit in der Umkleide unter. Neunzig Prozent der Sachen ließen sie dann dort liegen.

Er holte sich ein T-Shirt in Größe S, griff zur Jacke in M. Müsste passen. Wanderschuhe bräuchte er noch. Die *Bärmut*-Schuhe waren wirklich gut: wasserdicht, leicht, rutschfest, kosteten aber auch ein Vermögen. Auch da gab's stark reduzierte Waren. Er schnappte sich einen Karton, auf dem der alte Preis von 180,– Euro durchgestrichen und der neue, 50,– Euro, rot draufgemalt war. Sicherlich ein Auslaufmodell, dazu mit kleinen Macken. Egal. Markus schaute sich die Schlange zur Umkleide an und trat dann zwischen die zwei Regale mit Sommerhemden, wo kaum Verkehr war. Dort zog er mit einem Ruck seinen leichten Pulli aus und probierte die Jacke an. Passt. Das Fahrradshirt brauchte er nicht anprobieren, es war das gleiche Modell und die gleiche Größe wie beim letzten Einkauf. Er schlüpfte nur noch schnell in die Schuhe rein – eine Größe zu viel, genau richtig für Wanderstiefel.

An der Kasse war nicht viel los. Noch nicht. In zehn Minuten würde sich das geändert haben. Der Raum wurde immer voller. Obwohl Markus seinen Einkauf im Vorbeigehen erledigt hatte, waren fünfundzwanzig Minuten rum. Alle Kassen waren besetzt. Er wird aber als Nächster vom Sicherheitsmitarbeiter, der die Schlange steuerte, zur ersten frei gewordenen Kassiererin durchgewinkt. Aus Langeweile wühlte er links in einer Kiste und holte ein paar leichte Handschuhe heraus. Ideal zum Radeln im Frühjahr oder im Herbst, wenn es morgens noch kühl war. Ursprungspreis: zwanzig Euro. Neuer Preis: zwölf Euro. Immer noch viel zu teuer. Aber zur Feier des Tages, dachte er, immerhin habe ich endlich gute Schuhe günstig erworben, gönnen wir uns was. Er stopfte die Handschuhe in die Tasche und wurde gleichzeitig zur nächsten freien Kasse gewinkt

Zwei Damen bedienten eine Kasse. Die eine nahm die Bügel heraus und legte die Sachen zusammen, jeweils mit dem Etikett nach oben. Ihre Kollegin scannte ein. Eine durchdachte Vorgehensweise, keine Bewegung zu viel, die Wahrscheinlichkeit eines Fehlers war gleich null.

»132,– Euro. Möchten Sie den Karton mitnehmen?«, fragte die Kassiererin freundlich.

»Ja, bitte.« Markus holte seine Geldbörse heraus und griff nach seiner Bankkarte, dann entschied er sich aber anders. Er zählte das Geld ab. Fünfzig Euro, noch ein Fünfziger, zwanzig, zehn, fünf. »Vielleicht habe ich zwei Euro klein«, murmelte er. Er wollte das Kleingeldfach öffnen – und fand es nicht. Erst nach einer halben Sekunde begriff er, dass es dunkel geworden war. Stockdunkel. Der Lagerraum hatte keine Fenster und lag ganz oben im dritten Stock, sodass auch über die Treppe kein Tageslicht eindrang. Markus registrierte einzelne Rufe, laute Geräusche – war ein Regal umgefallen? Er steckte den Geldbeutel in seine Hosentasche, ließ die 135,00 Euro liegen – drei zu viel –, schnappte sich die Tasche mit den Kleidern mit einer Hand, den Schuhkarton mit der anderen und rannte zum Ausgang.

Er war schon eine Etage tiefer, als ihm einfiel, dass er keine Quittung mitgenommen hatte. Wie auch? Die Kassiererin hatte den Kassenprozess ja noch nicht abgeschlossen, weil sie auf sein Geld gewartet hatte. Markus wusste, dass unten am Ausgang ein Mitarbeiter Wache hielt. Zurück in das immer lauter werdende Chaos würde er aber nicht gehen. Sonst lasse ich die Sachen liegen, entschied er sich im Weiterlaufen.

Unten war aber niemand. Markus war draußen, für einen Moment blendete ihn das Licht. Er bog um die nächste Ecke zum Parkplatz. Auch hier war kein Mensch zu sehen. Das bedeutete, dass alle Kunden drin waren. Er ging zu seinem Auto. Als er den Kofferdeckel zuschlug, schoss ein Polizeiwagen mit Blaulicht an ihm vorbei.

Die Opfer unter dem Regal

Seine Taschenlampe war die einzige Lichtquelle. Gut, dass Polizeioberwachtmeister Greis so schlau war und sie aus dem Wagen mitgenommen hatte. So etwas hatte er noch nie gesehen, auch nicht, als er in die Landeshauptstadt zu brisanten Fußballspielen abkommandiert worden war. Trotz mehrerer Durchsagen – wo hatte der Mitarbeiter mit der Aufschrift »Sicherheitsdienst« auf dem Rücken überhaupt das Megaphone her? – mit der Aufforderung, die Ruhe zu bewahren, die Einkaufstaschen abzulegen und sich zum Eingang zu bewegen, klammerten sich die Besucher an die mit Klamotten vollgestopften Plastiktüten und versuchten zur Kasse zu drängen.

»Bitte begeben Sie sich zum Eingang, nicht zum Ausgang«, wies der Mann vom Sicherheitsdienst alle Anwesenden durch das Megaphone an.

Der Eingang wurde schnell für den Gegenstrom umfunktioniert, er war breiter als der Ausgang, zu dem die Menschen an den Kassen entlang nur über die ganz schmalen Gänge kamen.

Keiner folgte den Anweisungen. Die Leute schleppten ihre Taschen zu den Kassen und schubsten einander. Die Ersten fielen zu Boden, die hinteren stolperten über sie. Jemand riss beim Umfallen ein Regal mit. Der dumpfe Schlag blieb allerdings aus, denn das metallische Ding stürzte auf die Leute und ihre Taschen. Hilfeschreie gingen im allgemeinen Tumult unter. Greis leuchtete auf die Stelle und erschrak: blutende Gesichter schauten ihn an. Er überlegte fieberhaft, wie er die Situation retten könnte, als ein Schuss die dicke Luft zerriss. Es roch nach Pulver.

Greis drehte sich um und sah einen hochgewachsenen Mann mit einer Pistole in der Hand. Noch bevor Greis reagieren konnte, schrie ihm der Riese zu. »Kommissar Bergmann, LKA. Ich war's, der ihre Dienststelle angerufen hat.«

Bergmann nahm Greis die Taschenlampe ab, lief zum Sicherheitsmann und riss ihm das Megaphone aus der Hand. »Hier spricht die Polizei. Dies ist ein Ernstfall. Bleiben Sie, wo Sie sind. Auch alle, die auf dem Boden liegen. Die Feuerwehr ist unterwegs. Eine kleine Bewegung und ich schieße«, rief er donnernd in die Menge.

Erst jetzt schienen die Menschen den Ernst der Lage zu erfassen. Bergmann gab Greis ein Zeichen und sie gingen zum umgekippten Regal.

»Alle bleiben, wo Sie sind. Sie und Sie«, Bergmann zeigte auf zwei Männer, »Sie helfen mir, das Regal anzuheben. Und Sie«, er drehte sich zu Greis um, »gehen auf die andere Seite, nicht, dass wir das Regal auf die Leute hieven.«

Das zweistöckige Gestell war schwerer, als Bergmann gedacht hatte – ausgerechnet ein Regal mit Winterjacken. Sie runterzunehmen, hätte aber zu viel Zeit gekostet. Sie hoben das schwere, metallische Ding um einen Meter an. Weiter ging es nicht. Bergmann wollte schon den Befehl geben, es wieder runterzulassen, als vier Hände, von beiden Seiten zwei, die Last abfingen. Bergmann erkannte Daniel

Schwabs Hände – während des Verhörs hatte er ihm ständig abwechselnd in die Augen und auf die Hände geschaut. Die zwei anderen Hände waren doppelt so breit wie die von Schwab, außerdem sah er eine Polizeiuniform. Wahrscheinlich der zweite Beamte aus dem Einsatzwagen. Zu fünft richteten sie das Regal komplett auf.

Greis sicherte es auf der anderen Seite ab. Er hielt nun zwei Taschenlampen in der Hand, die zweite stammte von seinem Kollegen. Licht flutete nun den Raum. Bergmann hatte das Heulen der Feuerwehrsirenen gar nicht mitbekommen. Er winkte den Kommandanten zu sich. »Sie übernehmen hier das Kommando. Wir brauchen mehrere Krankenwagen«, sagte er.

»Sind unterwegs«, antwortete der Feuerwehrmann knapp.

Während der Feuerwehrchef seinen Leuten Anweisungen gab, stieg Bergmann die Treppe hinunter und stellte sich vor den Eingang. Als ob er auf den Täter wartete. Er kramte unbewusst in seinen Taschen. Greis hielt ihm eine Zigarette hin.

»Zwei Jahre wie aufgehört«, murmelte Bergmann und nahm mit zitternden Händen die Zigarette entgegen.

Der erste Krankenwagen näherte sich dem Gebäude. Zwei Verletzte, begleitet von einem *Bärmut*-Sicherheitsmitarbeiter, erschienen im Türrahmen. Beide drückten mit schmerzverzehrrten Gesichtern ihre Arme an sich. Gebrochen, dachte Bergmann.

»Warten Sie hier, bis weitere Krankentransporter kommen«, wies der Sicherheitsmitarbeiter die Verletzten an. Zum Sanitäter sagte er: »Drinnen haben wir Dutzende Schwerverletzte. Vielleicht auch Wirbelbrüche.«

Bergmann rauchte seit zwei Jahren seine erste Zigarette. Er sah, wie Daniel Schwab mit einem Jungen an der Hand aus dem Lager kam. Der Kommissar warf den Stummel weg und wischte sich den kalten Schweiß von der Stirn. »Herr Schwab«, begann er. Daniel blieb stehen. »Entschuldigen Sie, und danke, ohne Sie und die Kollegen«, er zeigte auf Greis, »hätten wir wohl noch mehr Verletzte.«

Greis winkte ab. »Ihr Schuss war es, der einige Leben gerettet hat.«

Bergmann berührte Daniel am Arm. »Ohne Ihren Hinweis wäre es zu meinem Schuss gar nicht gekommen.« Dann marschierte er zum Wagen. »Ich muss dringend mit dem LKA-Chef sprechen.« Im Vorbeigehen hörte er den Einsatzleiter ins Mikrofon bellen: »Wir brauchen noch mindestens zehn Notärzte. Und zwei Hubschrauber. Alle umliegenden Kliniken in Alarmbereitschaft versetzen.«

Wenigstens wurden keine Leichenwagen angefordert.

Daniel wartete, bis Bergmann zurück ins Gebäude wackelte, lief um die nächste Ecke und holte sein Smartphone heraus.

Der Fund am frühen Morgen

Sieben Tage durchforschten seine Mitarbeiter rund um die Uhr das Internet. Nicht selber natürlich, *Anylook* nahm ihnen die Arbeit ab. Sie mussten die *Anna*, so hatten sie die Software getauft, mit bestimmten Begriffen füttern, damit sie mit ihren charmanten Augen in alle Ecken des weltweiten Netzes reinschaute. Seitdem über Interpol die Anfrage der griechischen Kollegen gekommen war, hatte *Anna* ihre Suche um einen weiteren Suchbegriff erweitert. Den Suchauftrag zu formulieren, hatte eine gewisse Portion Hirnschmalz in der Cyberabteilung gekostet. Denn die mit »Stromunterbrechung« oder »Stromausfall« losgeschickte *Anna* lieferte mehrere Millionen Ergebnisse. Erschreckend, wie viele Haushalte allein in Deutschland vom Strom abgeschnitten waren, meistens wegen nicht bezahlter Rechnungen. Auch marode Leitungen erhöhten *Annas* Ausbeute. Einige Funde, wenn sie auch nicht in die Zuständigkeit der Polizei gehörten, ließen den Beamten graue Haare wachsen. Erst letzte Woche war eine Krankenhausstation für Frühgeborene in einem kleinen Städtchen minutenlang ohne Energieversorgung. Der Strom war ausgefallen und die Notstromaggregate hatten ihren Dienst verweigert. Gut, dass die Feuerwehr blitzschnell reagierte … Sparen an der falschen Stelle würde der Menschheit noch zum Verhängnis.

Nur mit einem bestimmten Suchalgorithmus ließen sich alle Unannehmlichkeiten der kleinen Leute und andere Unfälle aussortieren.

Nachdem gestern Abend Bergmann aus Bad Bergsee angerufen und zwei Mitarbeiter zur Unterstützung angefordert hatte, war auch *Annas* Algorithmus angepasst worden. Bergmann, der eigentlich wegen der Katastrophe auf dem griechischen Flughafen nach Oberschwaben delegiert worden war, berichtete von anderen merkwürdigen Fällen. Von der Spielabsage in Beuren, der Mietwohnung der Familie Schubert, von der *Blue Bank*. In der Bank gab es die ersten Opfer in Deutschland. Enge Zusammenhänge zwischen dem Tod des Bankenchefs, dem Herzinfarkt des Vorstandsmitglieds und dem Stromangriff wurden vermutet.

Jetzt lagen die ersten Ergebnisse von *Annas* nächtlichem Ausflug auf dem Tisch vor Ralf Krainer. Es kam selten vor, dass er, seitdem er zum LKA-Vizepräsidenten ernannt worden war, samstags zu Hause blieb. Der Präsident war an Wochenenden fast immer unterwegs, entweder im Innenministerium oder in Polizeipräsidien vor Ort, manchmal auch in Berlin. Dann übernahm Krainer einen Teil seiner Aufgaben, zu denen auch der zweiseitige *Anna*-Bericht gehörte.

Hätte er gestern nicht mit Bergmann telefoniert, wäre er nicht beim ersten Absatz hängen geblieben. Es gab so viele Spinner im Internet, für die das Netz die einzige Möglichkeit war, sich zu verwirklichen. Dieser Spinner war sehr konkret, er wiederholte alle Punkte, die Bergmann gestern angesprochen hatte: Fünfzig Banken und mehrere Flughäfen sollten aus dem Verkehr gezogen werden. Ein Spieltag der Champions League sollte ausfallen. Das wären zwölf Begegnungen – als Fan wusste er das genau. Zwölf mal fünfzigtausend Zuschauer im Schnitt, eine halbe Million Leute, wenn er noch die Offiziellen und die Presse dazurechnete.

Das war eine neue Dimension, überhaupt ein ganz neues Problem. Seit Monaten standen vorwiegend Berichte in Verbindung mit der Flüchtlingskrise im Vordergrund. Das war zwar die Aufgabe der Lokalpolizei, aber nach der Silvesternacht in Köln mit Hunderten sexuellen Übergriffen und sich häufenden Fällen organisierter Kriminalität wurde auch sein Amt immer wieder herangezogen.

Krainers Blick sprang zum nächsten Absatz, kehrte dann aber zum ersten zurück. Ich muss mit Hauptkommissar Bergmann telefonieren, entschied er. Er drückte auf die Kurzwahltaste. Die Mailbox meldete sich: Abonnent nicht erreichbar. Der Vizepräsident runzelte die Stirn. Bergmann muss sich in einem wichtigen Gespräch befinden, wenn er nicht abnimmt. Oder sitzt er irgendwo in den Bankkatakomben?

Der Vizepräsident versuchte sich auf den *Anna*-Bericht zu konzentrieren. Zwei brisante Details hatte die Suchmaschine geliefert, die ihn sonst, wäre da nicht der erste Absatz, zu einer Handlung bewegt hätten. Er kannte dieses dumpfe Druckgefühl auf der Brust. Es wird nicht verschwinden, bis er mehr weiß.

Er stand auf und holte sich einen Kaffee aus dem Vorraum. Er hätte die Sekretärin darum bitten können, nutzte aber jede Gelegenheit, um wenigstens auf ein paar tausend Schritte täglich zu kommen. Erstaunlich, wie schnell sein

Körper Fettschichten aufbaute, seitdem er im Chefsessel saß. Kaum Bewegung, viel Stress, nicht nur geschäftlich. Sogar seine Frau, die ihn immer angespornt hatte, Karriere zu machen, schlug plötzlich andere Töne an. Die Kinder müssten ihren Vater sehen, das Geld wäre nicht das Wichtigste. Schön zu reden, wenn man Geld hatte.

Krainer ging zu seinem Tisch, als die Sekretärin hinter ihm auftauchte. »Bergmann am Apparat. Er ruft aus Emmingen an. Das ist in Bayern. Er will Sie dringend sprechen.«

»Das will ich auch«, brummte Krainer. Schon bei der Begrüßung merkte Krainer, wie aufgeregt der sonst immer gelassene Hauptkommissar war. »Hat *Anna* heute Nacht etwas in unserer Richtung geliefert?«, wollte er als Erstes wissen.

»Das hat sie«, antwortete Krainer.

»Gut, dann wissen Sie ja Bescheid. Der Praktikant aus dem Präsidium Beuren ist schon gestern drauf gestoßen. Ich habe danach mit dem Chefredakteur des *Blickwinkels* telefoniert, der mir etwas verraten hat, er wusste von einer Ankündigung von, sagen wir, einem Warmlauf. Damit wollte der Absender vermutlich beweisen, dass er nicht blufft. *Bärmut* hatte er als Ziel genannt, heute. Das ist ein bekannter Sportbekleidungshersteller. Ich habe sofort Kontakt mit der Konzernzentrale aufgenommen. Dort meinte man, am Samstag würde bei ihnen nicht gearbeitet. Zum Glück kam Daniel Schwab, das ist der Mann auf dem Foto von Kreta, auf eine Idee: Lagerverkauf. Wird zweimal im Jahr veranstaltet. Im bayrischen Golletsweiler bei Emmingen. Wir haben die Kollegen sofort alarmiert. Als wir dort eintrafen, war die Katastrophe bereits im vollen Gange. Ich muss noch den Bericht über den Gebrauch der Schusswaffe abliefern. Anders hätten wir das Chaos nicht stoppen können.«

»Gab es To…, hm … Opfer?«, hakte Krainer beunruhigt nach.

»Einige Schwerverletzte und viele Leichtverletzte. Die Rettungskräfte sind immer noch im Einsatz. Ich sehe gerade zwei Hubschrauber landen.«

»Ursache?«

»Stromausfall, was denn sonst?«

»Die Ursache für den Stromausfall, meine ich.«

»Die Feuerwehr und der Versorger rätseln, aber ich bin mir sicher, wie das Ergebnis ausfallen wird.«

Nach einer kurzen Pause sagte Krainer: »Ich werde den Krisenstab einberufen. Was planen Sie als Nächstes?«

»Wir brauchen Verstärkung, auch in Bayern. Wäre schön, wenn Kommissar Sauter mit Kollegen den Fall neu aufnimmt. Erstens sind sie längst involviert, zweitens sind das kluge Burschen und wir liegen mit ihnen auf einer Welle.«

»Ich werde mich sofort mit dem Innenministerium in München in Verbindung setzen«, stimmte Krainer zu.

»Wir müssen alle Kunden der *Blue Bank* überprüfen, die viel Geld verloren haben. Plus *Bärmuts* Besucherkartei, zu unserem Glück kommt da niemand ohne Registrierung rein. Auch die Mitarbeiter der *Lauratal-Klinik* müssen unter die Lupe genommen werden, vor allem die ausgeschiedenen. Das könnte Sauter übernehmen, er war schon dort.«

»Wir telefonieren wieder in dreißig Minuten, Hauptkommissar«, sagte Krainer.

»Und noch etwas, wir brauchen eine Expertengruppe, die uns in Sachen Fernsteuerung und Einflussnahme auf …, ja, auf egal was, Materie, Strom, Wasser, berät. Vielleicht können wir ein paar Unternehmen lokalisieren, die in diese Richtung forschen. Ein Kollege von Herrn Schwab hat etwas über Radiosignale und Geo-Satelliten gesponnen. Halte ich für unwahrscheinlich, aber wir müssen jede Spur verfolgen.«

»Sie haben recht. Nichts zu tun, können wir uns sowieso nicht leisten. Der nächste Spieltag in der Champions League ist in drei Tagen. Den könnten wir abblasen, aber was die Banken und Häfen betrifft, tja, wir wissen ja gar nicht, welche es wann trifft.«

»Als ich gestern mit dem Chefredakteur des *Blickwinkels* telefoniert habe, hatte ich den Eindruck, dass ihm die Sache auch langsam unheimlich wird. Vielleicht rückt er ohne großes Theater, Gerichtsbeschluss et cetera, mit den Metadaten der Absender-Mail raus.«

»Das übernehme ich. Vielleicht hat der Mann …«, Krainer machte eine Pause. »Wieso gehen wir eigentlich von einem männlichen Täter aus? Na ja, egal. Vielleicht hat er digitale Spuren hinterlassen. Glaube ich zwar nicht, wenn man sieht, was er da veranstaltet, aber möglich ist es natürlich.«

Die nächste Alarmstufe

Die Akte lag ganz oben. Viel war nicht drin. Die Anzeige des Stadionmanagers Gruber, ein paar Protokolle, die Unterlagen aus der *Lauratal-Klinik* mit den Dienstzeiten, die sich theoretisch auf zwei Seiten pressen ließen. Die Liste der aus dem Krankenhaus ausgeschiedenen Mitarbeiter war nicht dabei. Sauter sah die Sachbearbeiterin mit der quadratischen Brille wieder vor sich und fluchte. So umständlich wie diese Dame sollte eigentlich niemand arbeiten. Und seine letzte Anforderung hatte sie einfach ignoriert.

Der Kommissar wählte die Nummer, die immer noch auf seinem Handy in der Anrufliste gespeichert war. »Polizei Beuren, Kommissar Sauter«, er stellte sich in einem nicht gespielten rauen Ton vor. »Ich muss dringend den Geschäftsführer sprechen.« Damit keine Fragen gestellt wurden, fügte er hinzu »Ich weiß, es ist Samstag. Es handelt sich aber um eine hochbrisante Angelegenheit.«

Zu seiner Überraschung stellte die Empfangsdame ihn ohne weitere Fragen durch.

»Beck«, meldete sich eine jungenhafte Stimme am anderen Ende der Leitung.

Volker Sauter nannte noch einmal seinen Namen und den Grund des Anrufes.

Herr Beck war in die Geschichte involviert. »Ja, der Personalchef hat mir berichtet.«

»Ich habe vor Tagen eine Liste aller ausgeschiedenen Mitarbeiter angefordert. Die vermisse ich noch. Die Dame aus der Personalabteilung hat sie anscheinend vergessen.«

»Das glaube ich nicht. Sie darf nicht einfach so Mitarbeiterdaten ohne Zustimmung eines Vorgesetzten und des Betriebsrats herausgeben.«

»Ihr Vorgesetzter hat mich doch zu ihr gebracht«, entgegnete Sauter scharf.

»Es ging aber, soviel ich weiß, nur um die Dienstzeiten.«

Sauter atmete tief ein. »Wenn dem so ist, hätte die Dame mich informieren können, damit ich die entsprechenden Schritte einleiten kann. Jetzt ist es zu spät. Herr Beck, es geht gerade nicht mehr um Wochen oder Tage, sondern um Stunden. Es kann sein, dass heute tausende Leute um ihr Leben fürchten müssen, weil eine Personaltussi nicht in der Lage war, über den Tellerrand zu schauen.«

»Warten Sie ...«

Der Kommissar hörte, wie der Geschäftsführer am anderen Ende eine Nummer wählte. Er bekam nur ein dumpfes Rauschen mit; anscheinend hatte sich Herr Beck vom Tisch entfernt.

»Der Personalleiter ist unterwegs in die Klinik. Wohin soll er Ihnen die Liste faxen oder mailen?«, fragte Beck schließlich.

»Ich komme nach Rittenburg. Heute ist auf den Straßen nicht viel los. Spätestens in anderthalb Stunden bin ich im Krankenhaus. Wie ist der Name des Personalchefs?«

Sauter notierte: Keller. Dann machte er sich auf den Weg. In der Tiefgarage wartete Martin Birne auf ihn.

Vor zwei Stunden hatte der Polizeipräsident persönlich Sauter aus dem Bett geholt. Als das Telefon geklingelt hatte, hoffte dieser, es wäre seine Ex-Frau, die gestern wieder das alte Spiel gespielt hatte. Sie wollte sich melden, sollte es Tobi besser gehen. Seit der Anhörung im Landkreis, als das Jungendamt einen Einlauf bekommen hatte, durfte er rein theoretisch den Sohn wieder regelmäßig sehen. Praktisch hatte sich nichts geändert. Blieb also nur noch der Weg vors Gericht. Das wollte Volker seinem Sohn ersparen. Seine Ex wusste das und spielte diese Karte aus.

Der Polizeipräsident hatte sich kurz gefasst. »Der Strom-Fall wird neu aufgerollt. Das Innenministerium hat bei mir angerufen. Das LKA ist auch involviert. Die Schwaben sind ja schon längst dabei. Die Birne …, ich meine, der Birne …, also der Martin ist wieder in Ihrem Team. Lassen Sie Ihre aktuellen Fälle liegen, ich werde sie am Montag verteilen, die dringenden, versteht sich.«

Volker hatte eher eine Rüge für gestern erwartet, als er, ohne Bescheid zu geben, nach Bad Bergsee gefahren war. Die neue Anweisung war eindeutig. Der Stromfall war zwar nicht zu den Akten gelegt worden, aber in der Dringlich-keitsliste ganz nach unten gerutscht. Bis heute. Irgendet-was war passiert seit gestern Abend, als sein Praktikant den heiklen Kommentar auf der Webseite des *Blickwinkels* entdeckt hatte. Er hatte aber beim Präsidenten nicht nach-gefragt. Auf der Fahrt nach Rittenburg würde er nun genug Zeit haben, um alle Neuigkeiten in Erfahrung zu bringen. Am besten ruft er gleich den Bergmann an.

Martin wusste schon Bescheid, auch über die aktuelle Entwicklung. »Der Spinner hat heute seine Vorzeigeshow durchgezogen, die er in der Mail an den *Blickwinkel* angekündigt hatte. In *Bärmuts* Lagerhaus. Wir werden übrigens bald dort vorbeifahren. Über zwanzig Schwerverletzte, fünfzig Mittel- und Leichtverletzte hat es gegeben. Deswegen wurde die Alarmstufe erhöht.«

»Das ging aber schnell. Erst gestern Nachmittag die Ankündigung und heute der Vollzug. Das heißt, auch die anderen geplanten Taten sind schon vorbereitet.«

Martin nickte nur.

Sauter hatte keine Illusionen, wie die Entlassungsliste der Klinik aussehen würde. Bei über zweitausend Mitarbeitern war eine hohe Fluktuation vorprogrammiert. Es dürften mehrere Dutzend sein. Seine Erfahrung sagte ihm, dass er sich auf den technischen Bereich konzentrieren musste.

Auf dem Display leuchtete Bergmanns Nummer auf. Sauter war klar, dass der Hauptkommissar vom LKA das Sagen hatte. Der ließ ihn und Martin aber den Unterschied in den Diensträngen nicht merken. Keine künstlichen Barrieren – das war Gold wert. »Haben Sie von *Bärmut* gehört?«, fragte er.

»Ja, habe ich, ich wollte Sie auch gerade anrufen und mich mit Ihnen abstimmen. Wir sind gerade auf dem Weg in die *Lauratal-Klinik*. Leider haben wir immer noch nicht die Liste der Ex-Mitarbeiter bekommen. Der Personalchef ist schon dort. Gibt es noch etwas Neues?«

»Meine Kollegen durchsuchen gerade die *Blue Bank*-Daten nach Opfern der Bankenkrise. Ihre Kollegen aus dem LKA sind auf dem Weg in die *Bärmut*-Zentrale. Für den Lagerverkauf war eine Registrierung notwendig. Allerdings nutzt uns das nur zum Teil. Ich habe gerade erfahren, dass jeder angemeldete Käufer eine Begleitperson mitbringen

darf, die selbstverständlich in der Datenbank nicht auftaucht.«

Sauter seufzte. »Ich melde mich, sobald ich etwas in Erfahrung bringe.«

Das Nachsitzen am Wochenende

Das Krankenhaus empfing sie mit einer Ruhe, die der auf einem Friedhof glich. Kein reges Treiben wie noch vor ein paar Tagen. Am frühen Samstagnachmittag schien alles angehalten zu haben. Keine Betten wurden durch die Flure geschoben, keine Patienten standen vor der Aufnahme, die gläsernen Ambulanzkabinen waren geschlossen.

Herr Keller legte in seinem Büro sofort eine Liste auf den Tisch. Falls er verärgert war über dieses Nachsitzen am Wochenende, ließ er sich das nicht anmerken. »Hier, alle Entlassungen der letzten zwei Jahre, 123. Die meisten im ärztlichen Bereich, dann kommen die Pflegekräfte. Die niedrigste Fluktuation haben wir in der Verwaltung. Nur acht. Davon sind drei über das Notlageprogramm ausgeschieden«, referierte er.

Sauter zog fragend die Augenbrauen hoch. Herr Keller schien sehr redegewandt zu sein.

Keller erklärte: »Sie wissen doch, wie angespannt die finanzielle Lage der Krankenhäuser ist. Wir sind keine Ausnahme. Vor drei Jahren haben wir ein Notlageprogramm abgesegnet, um Personalkosten zu reduzieren. Unter anderem konnten ältere Arbeitnehmer, die bestimmte Kriterien erfüllten, früher in Rente gehen. Unser Betrieb hat die Abschläge übernommen.«

Der Kommissar blätterte zur zweiten Seite. »Walter Sorg, technischer Dienst. Was ist mit dem?«

»Der ist regulär in Rente gegangen.«

Plötzlich blieb Sauters Finger, der über das Papier nach unten rutschte, hängen. »IT. Gleich drei Abgänge.«

Der Personalchef beugte sich vor. »Herr Maurer war gerade noch in dieses Ausscheidungsprogramm reingerutscht, er ging mit einundsechzig als Schwerbehinderter in Rente. Ein Sechser im Lotto, quasi. Wenn er noch …«

»Und die anderen zwei?«, unterbrach ihn Sauter.

»Der eine ist Valentin Schmidt, ein ausgeglichener, geduldiger Typ, ein echter Profi. Es gab kein Problem, das er nicht lösen konnte. Als der Notlagentarif eingeführt wurde, unter anderem mit Gehaltskürzungen, hat er sich woanders umgeschaut. Ich hatte mit ihm nicht viel zu tun, er war ja ein Programmierer. Anders der zweite Abgang auf der Liste, Maximilian Berger, er war im Support tätig und hat oft an meinen Gerätschaften herumgebastelt. Auch abends hat er oft bei verschiedenen Veranstaltungen das Zeug aufgebaut, den Beamer und alles, was man bei Präsentationen braucht. Ich habe so meine Probleme mit den Dingen: Mal geht der Projektor nicht, mal geht die Maus nicht. Wobei es mir manchmal lieber war, wenn mich jemand anderer aus der IT unterstützte, vor allem wenn wir lokale Politiker oder die Presse zu Gast hatten. Denn, wie soll ich es ausdrücken …? Hm …, alleine die Totenköpfe an den Fingern von Herrn Berger, vier an jeder Hand, Tattoos auf den Armen, langes ungepflegtes Haar, das war nicht immer passend. Er schlenderte außerdem immer tänzelnd durch den Raum, ein Musiker halt. Er spielte und sang nebenbei noch in einer Band. Hatte auch mal sein Arbeitspensum auf siebzig Prozent reduziert, um mehr Musik machen zu können. Er war also, sagen wir mal, nicht jedermanns Typ.«

Sauter war vom Personalchef mit dieser Darstellung überschwemmt worden. Dabei vergaß er, dass er noch zur ersten Person Fragen hatte.

Keller fuhr fort: »Als er bemerkte, dass er mit Musik doch nicht so viel verdienen kann, wollte er wieder aufstocken, aber da waren seine dreißig Prozent schon vergeben.«

Bevor Herr Keller mit seinen Ausführungen fortfahren konnte, schob Sauter nun doch schnell eine Frage rein: »Ist Herr Berger deswegen gegangen?«

»Hm …, hm …«, Keller zögerte mit einer Antwort.

»Herr Keller«, Martin, der die ganze Zeit schweigend am Tisch gesessen hatte, meldete sich nun, »es ist doch üblich, beim Ausscheiden Personalgespräche zu führen. In der Akte sollte ein Vermerk stehen.«

Der Personalchef wandte sich ihm zu. »Wissen Sie, wenn jemand geht, darf keine Unruhe entstehen«, erklärte er.

»Herr Keller«, Sauter verlor so langsam die Geduld mit dem eben noch sprudelnden Mann.

»Berger hatte einige Missstände erwähnt. Aber das machen viele beim Gehen.«

»Hat er auch Namen genannt?«

»Nicht direkt.«

»Das heißt? Sie vermuten, um wen es ging?«

Herr Keller verwandelte sich in den wortkargsten Menschen des Universums.

»Könnte es sein, dass er Herrn Schubert gemeint hat?«

Kellers Augen blitzten auf, nur ganz kurz, es reichte aber.

Sauter schüttelte den Kopf. »Wissen Sie, wohin Herr Berger gewechselt ist?«

»Zu einem Softwarehaus, das Steuerungsboxen oder Black-Boxen für Loks, Flugzeuge und Raumlufttechnik entwickelt, so etwas in der Art, genauer weiß ich es nicht.«

Martin und Sauter schauten sich an.

»In der Akte steht doch sicher die Telefonnummer des Herrn Berger. Seine Privatnummer, meine ich«, sagte Sauter.

Der Personalchef rutschte auf seinem Sessel hin und her.

»Für uns ist es nicht kompliziert, die Nummer herauszufinden, aber jede Minute zählt, Herr Keller«, ermahnte ihn Sauter.

Keller verließ schweigend den Raum und kam bald darauf mit einer Mappe zurück. Er schlug sie auf und las die Nummer vor. Sauter wählte sofort. Keine Antwort. »Die Handynummer«, verlangte er.

»Steht nicht drin«, sagte Keller.

Sauter zog die Augenbrauen hoch – wenn Blicke töten könnten!

Der Personalchef griff zum Telefon: »Frau Metzler, entschuldigen Sie bitte, dass ich Sie am Wochenende störe. Ich brauche dringend die mobile Telefonnummer von Herrn Berger.« Er hörte kurz zu. »Ja, genau, von Max Berger. Nein, die gerät nicht in die falschen Hände.« Er notierte die Nummer auf einem gelben Zettel und schob ihn dem Inspektor zu.

»Wer ist die Frau Metzler?«, fragte Martin.

»Eine Mitarbeiterin aus der Personalabteilung.«

»Und …?« Sauter zog das Wort in die Länge.

»Sie ist, … hm, … sie war mal mit Herrn Berger zusammen. Ganz kurz. Sie ist jetzt verheiratet, deswegen … Ich hoffe, Sie verstehen …«

»Waren viele im Betrieb mit Herrn Berger ›kurz zusammen‹?« Sauter klang genervt.

»Ja, einige …« Keller nickte.

»Wir bräuchten auch die Nummer von Frau Metzler«, entschied Sauter und ärgerte sich dann sofort über den unschlüssigen Ausdruck auf Kellers Gesicht. Deshalb fügte er hinzu: »Nur für den Notfall, versprochen.«

Keller nahm den Zettel zurück und kritzelte noch eine Nummer darauf.

Die Polizisten erhoben sich. Sauter nickte Keller kurz zu. »Es kann sein, dass wir Sie noch einmal belästigen werden an diesem Wochenende. Wir würden das nicht machen, wenn es nicht so wichtig wäre, das können Sie uns glauben. Wir hätten sonst auch Besseres zu tun, als in Ihrem Büro herumzusitzen.«

Im Flur wählte Sauter die Nummer auf dem Zettel. Es dauerte lange, bis die Mailbox ansprang und sich eine kratzende Stimme meldete: »Hi …, na du. Willst du mal wieder das Mäxle sprechen? Oder willst du mehr? Haha, hab gerade zu tun. Rufe zurück …, vielleicht.«

Obwohl keine Aufforderung erfolgte, auf das Band zu sprechen, schnaufte Sauter in den Hörer: »Herr Berger, hier Kommissar Sauter, Polizei Beuren. Wir müssen Sie dringend sprechen. Melden Sie sich sofort, sonst müssen wir Sie orten.«

Sie waren noch auf dem Weg zum Parkplatz, als Sauters Telefon klingelte. »Grüß Gottle, Polizei Beuren. Ich hoffe, Sie sind ein Fan vom Glorreichen, vom *FV Beuren*, meine ich. Ihr habt es ja ordentlich vermasselt, die Spielabsage, meine ich«, sagte eine männliche Stimme.

Sauter räusperte sich. Waren die Leute heute nicht mehr in der Lage, einen sinnvollen Satz zu kreieren, ohne ihn mit »meine ich« vervollständigen zu müssen? »Danke für den Rückruf, Herr Berger. Wir müssen Sie sprechen. Nicht am Telefon. Es ist dringend«, sagte er.

»Das wird aber schwierig. Eigentlich ist es sogar unmöglich, meine ich«, entgegnete Berger.

»Warum? Wo sind Sie denn?«

»In Sankt Peter-Ording, an der Nordsee, meine ich.«

Unter anderen Umständen hätte der Kommissar den Deutsch-Vergewaltiger zur Sau gemacht. Jetzt fragte er nur: »In welchem Hotel sind Sie?«

»Für den Preis eines Hotelzimmers kann ich mir ein Haus leisten um diese Jahreszeit, meine ich. Ist auch nicht schlechter eingerichtet, hat alles, was ein moderner Mensch braucht.«

»Wann kommen Sie zurück?«

»Nicht vor Dienstag.« Sauter, der mittlerweile das Mikrofon eingeschaltet hatte, damit Martin mithören konnte, sah schnell zu seinem Kollegen herüber. Beide dachten das Gleiche: Dienstag, der Spieltag der Champions League.

»Aber da hätte ich sowieso keine Zeit für Sie. Der Glorreiche, der *FV Beuren*, meine ich, der spielt ja«, ergänzte Berger nun.

»Bleiben Sie bitte kurz dran«, verlangte Sauter. »Hamburg«, flüsterte er Martin zu. Der verstand sofort, was der Boss meinte. In weniger als einer Minute hielt er ihm sein Smartphone hin. Sauter überlegte: In einer Stunde startete ein Flieger vom Bodensee-Airport nach Frankfurt, von dort ging gleich einer nach Hamburg.

»Herr Berger, wir könnten uns in Hamburg treffen, in drei Stunden.«

»Ich fahre doch nicht am Samstag nach Hamburg, wo die ganze Welt auf der Autobahn unterwegs ist, am Samstag, meine ich. Worum geht es überhaupt?«

»Sie können mit dem Zug fahren.« Sauter gab Martin wieder ein Zeichen. »Ich werde Ihnen alles persönlich erzählen, wenn wir uns treffen.« Martin reichte ihm das Smartphone. »Der Zug braucht ungefähr drei Stunden. Bis dahin bin ich oben. Sagen wir um siebzehn Uhr in Altona?«, fragte Sauter.

»Wie erkenne ich Sie?«, fragte die kratzende Stimme.

Ich erkenne Sie, wäre es Sauter fast rausgerutscht, doch er konnte sich noch rechtzeitig auf die Zunge beißen. Berger sollte nicht wissen, dass er sein Foto in der Personalakte gesehen hatte. »Das ist das kleinste Problem. Ich habe ja Ihre Nummer und Sie meine«, sagte er nur und legte dann auf. Er wandte sich an Martin: »Du bringst mich zum Flughafen, dann rufe ich Bergmann an. Findet das Haus im Norden, in dem Berger wohnt. Überprüft seine Telefonate und die Internet-Connections. Ich spüre etwas.«

Der Tod kommt zwischen sechs und acht

Bergmann hatte beim LKA noch nie etwas mit Banken zu tun gehabt, als Kriminalbeamter, versteht sich. Seine Kollegen, die näher am Thema waren, äußerten sich oft dazu, vor allem während der großen Krise 2008: »Das, was im Fernsehen gezeigt wird, ist nur der Gipfel vom Eisberg, nur ein Kinderspiel«, sagten sie.

Er hatte diese Äußerungen immer für übertrieben gehalten. Der Mensch neigt zu Übertreibungen.

Jetzt, fast zehn Jahre nach der Krise, blätterte er in den dicken Mappen der *Blue Bank* und stellte fest: Seine Kollegen hatten nicht übertrieben, eher viele Informationen zurückgehalten, zumindest in Privatgesprächen.

Die erste Aufstellung zeigte alle Bankkunden, die ab 2008 mehr als eine Million Euro verloren hatten. Meistens waren es Firmen, Gemeinden und Fonds, aber auch mehrere Privatleute tauchten auf. Bergmann unterstrich ihre Namen. Wobei es auch bei den Großkunden einen Hitzkopf geben könnte, der es auf die Finanzhaie abgesehen hat.

Er ging Liste für Liste durch. Mit jedem Blatt sank seine Zuversicht. Nach was suchte er eigentlich? Plötzlich kam ihm eine Idee: Einem, der zehn Millionen hat, tun ein paar hunderttausend Euro Verlust weniger weh als jemandem, der dreitausend Euro verloren hat, aber monatlich nicht mehr als ein paar tausend verdient.

Er legte die obersten Blätter zur Seite. Zu seiner Überraschung waren unter den Kunden, die weniger als fünftausend Euro verloren hatten, deutlich weniger Geschädigte als bei den sechsstelligen Einbußen. Was wohl damit zu erklären war, dass der kleine Mann kein freies Geld zum Spekulieren hatte. Aktien, Derivate und Zertifikate waren schließlich nichts anderes als reines Glücksspiel.

Bergmann konzentrierte sich auf die Namen, es waren die üblichen, meistens Mayer, Maier, Meier, Müller, Miller, Muller, Schmid, Schmidt, Schmied. Es gab aber auch ein paar exotische wie Zlatowski, Vukcevic, Semenov. Hoffnungslos.

Sein Kollege Schramm klopfte an und betrat das Büro: »Der Autopsiebericht ist fertig. Die Todesursache beim Pielmeier war ein Stromschlag. Alles deutet darauf hin.« Er legte den Bericht auf den Tisch. »Quelle – unbekannt. Alle Elektrogeräte im Raum haben wir überprüft – Fehlanzeige. Die Todeszeit war zwischen achtzehn und zwanzig Uhr, eher gegen neunzehn.«

Bergmann rieb sich über die Schläfen.

»Wir haben alle an diesem Abend im Gebäude anwesenden Mitarbeiter befragt«, fuhr Schramm fort. »Die Putzfrau wollte kurz nach sechs beim Pielmeier aufräumen, er hatte gemeint, es würde auch morgen reichen. Die Sekretärin Frau Mulser ging um halb sieben. Sie hatte sich aber schon kurz nach fünf von Herrn Pielmeier verabschiedet. Er wollte nicht gestört werden. Der Tagesablauf war wie gewohnt. Am Nachmittag, als der Chef noch in der Sitzung mit der Investitionskommission war, hatte seine Frau ihn sprechen wollen. Die BaFin, die Aufsichtsbehörde, hatte den Termin für die letzte Besprechung bezüglich des Stresstests durchgegeben. Und eine Zeitschrift hatte wegen eines Kommentars zur Lage auf dem Ölmarkt angefragt. Das war's.«

»Laufen solche Anfragen von Zeitschriften nicht über die Pressestelle?«, fragte Bergmann nach.

»Die Frage haben wir Frau Mulser auch gestellt. Normalerweise schon, aber Herr Pielmeier hat sich wohl gerne mit Journalisten unterhalten und sah auch seinen Namen gerne in der Presse. Außer es ging um die Geschäftspolitik der Bank, beziehungsweise um Kritik an der Bank. Also war dieser direkte Kontakt nichts Ungewöhnliches.«

»Weiß Frau Mulser noch, welche Zeitschrift das war?«

»Genau weiß sie es nicht, irgendetwas mit ›Experte‹ oder ›Börsenexperte‹. Kann auch ›Finanzexperte‹ gewesen sein. Es gibt so viele mit ähnlichem Namen. Sie war gerade in der Teeküche und hat übers Headset telefoniert.«

»Bitte überprüfen. Das wird am Wochenende nicht einfach sein, aber trotzdem.«

Das nahe Ecuador

Sauter erkannte ihn nicht sofort. Das Foto aus der Personalakte war keine große Hilfe. Erst als sich ein Mann in
einer kurzen Lederjacke eine Zigarette drehte und dabei
die Finger mit den Lippen befeuchtete, sprangen ihm die
vier Totenkopf-Ringe ins Auge. Herr Berger stand leicht
nach vorne gebeugt unter dem Schild »Hamburg – Altona«
auf dem Bahnsteig. Er trug eine Wollmütze, obwohl die
Temperatur deutlich über zehn Grad plus lag, außerdem
Schuhe, die nicht zur Hose passten, die wiederum nicht
mit der Jacke harmonierte.

Ein Chaot, stempelte ihn Sauter ab. Dann trat er zu ihm.
»Herr Berger, danke, dass Sie gekommen sind. Kriminalinspektor Sauter, wir sollten uns in einer ruhigen Ecke mal
unterhalten.«

Berger sah auf und musterte den Inspektor neugierig.
Nach ein, zwei Sekunden sagte er: »Egal, Hauptsache, Sie
geben mir ein Bier aus.«

»Und wo gibt es hier Bier?«, fragte Sauter, um Geduld
bemüht.

»Um die Ecke gibt es eine Kneipe, die müsste jetzt leer
sein. Und im Nebenraum sitzt sowieso nie einer«, wusste
Berger.

»Sie kennen sich hier ja gut aus«, stellte Sauter fest.

»Ich bin zwei, drei Mal im Jahr an der Nordsee. Da gehört ein Besuch in Hamburg einfach dazu.«

Sauter musterte ihn und schwieg.

Berger stutzte, dann lachte er. »Ach so, nein, nicht das, was Sie jetzt meinen. Die Reeperbahn, meine ich. Davon habe ich genug. Als Musiker sowieso.«

Sie marschierten los und bogen um die Ecke, dann um eine zweite und waren damit schon mitten in Hamburg. Ein paar Schritte weiter war auch schon die besagte Kneipe. Sie traten ein. Herr Berger ging gleich in den Nebenraum, im Vorbeigehen bestellte er ein Bier für sich. Sauter nahm einen Kaffee.

Nachdem sie sich in eine Ecke des schummrigen Raumes gesetzt hatten, begann Berger: »Ich würde jetzt mal gerne wissen, worum es geht. Wieso Sie mich hierher zitiert haben, meine ich.«

Der Barkeeper brachte ihre Bestellung. Sauter wartete, bis er wieder fort war. Berger leerte unterdessen sofort mit nur einem Schluck das halbe Glas und holte wieder das Päckchen mit Tabak heraus.

Als ob er die Frage nicht gehört hätte, fragte Sauter gelangweilt: »Ist es nicht eintönig, immer am gleichen Ort Urlaub zu machen? Wobei, es ist sicherlich schön da oben am Meer. Aber jedes Jahr? Ich war dieses Jahr auf Kreta, traumhafte Insel.«

»Ich war dort auch einmal, nie wieder.« Berger hatte den Köder geschluckt, Sauter war noch nie auf der Insel gewesen. »Massen von Menschen, die Müllberge hinterlassen, nicht im Hotel, aber abseits, meine ich. Das sollte man verbieten, so etwas.« Berger leerte das Glas und winkte den Barkeeper herbei. Er bestellte noch ein Bier.

»Na ja, ist halt billiger als in Deutschland«, setzte Sauter nach. »An der Nordsee verlangen sie schon heftige Preise. Das kann sich nicht jeder leisten, außer man hat geerbt oder an der Börse spekuliert oder macht etwas mit Aktien.«

»Hab ich mal angefangen, vor Jahren, aber alles verloren. Na ja, fast alles, meine ich. Alles Verbrecher!«

»Man muss halt überlegen, wem man sein Geld anvertraut.«

Berger schüttelte den Kopf. »Ob *Sparking-Bank* oder *Blue Bank*, die sind alle gleich.«

Sauter nickte. »Aber nicht alle verlieren. Sie sind doch Fan vom *FV Beuren*. Der verdient einiges dazu seit dem Börsengang.«

»Ah, Schwachsinn«, Berger winkte ab. »Die sind bald pleite, wenn sie so weitermachen. Seitdem Ausländer auf der Trainerbank sitzen, geht es nur bergab. Sie kaufen für Unsummen Spanier und Brasilianer ein und zahlen denen astronomische Gehälter, dabei schmort die eigene Jugend im Aus. Schauen Sie sich mal den Kramer an. Erst nachdem er in der Nationalelf zum Einsatz gekommen ist und eine gute EM gespielt hat, durfte er endlich beim Beuren auf den Platz. Das ist doch eine Schweinerei.« Berger hatte sich scheinbar warm geredet. Er knöpfte seine Lederjacke auf.

Einen Moment später registrierte Sauter ein bekanntes Emblem auf dem T-Shirt unter der Jacke – *Bärmut*. Jetzt wurde auch dem Inspektor warm. »Herr Berger, wie war denn Ihr Verhältnis zu Herrn Schubert?«, fragte er.

Der Mann verlor sofort seine Gelassenheit. »Hat jemand der Sau endlich eins ausgewischt? Zu Recht. Hätte ich selber gerne gemacht, nur hat mir der Mumm dazu gefehlt.«

»Es gibt auch zivilisierte Methoden, sich zu wehren, Gerichte zum Beispiel.«

»Dass ich nicht lache. Versuchen Sie das mal. Der wird auf Sie mehr Anwälte ansetzen, als Sie Finger haben.«

»Vor dem Gericht sind alle gleich. Und jede Seite hat nur einen Rechtsbeistand.«

»Vergessen Sie's. Es gibt ein Sprichwort: ›Berühre die Scheiße nicht, dann stinkt es nicht.‹ Ich habe Sie leider berührt.«

»Wieso leider?«

»Weil er mir das Leben zur Hölle gemacht und mich zur Kündigung gezwungen hat.«

»Was haben Sie denn genau berührt?«

Berger nahm einen großen Schluck aus dem zweiten Glas und drehte sich noch eine Zigarette. Dass sein Gesprächspartner kein Raucher war, störte ihn nicht. »Ich habe seine Kompetenz infrage gestellt«, lispelte Berger. Er befeuchtete gleichzeitig das Zigarettenpapier. »Fataler Fehler. Schubert hat die Angewohnheit, überall mitreden zu müssen, egal, ob er Ahnung von der Materie hat oder nicht. Einmal habe ich ihn so richtig auf die Schnauze fallen lassen, in Anwesenheit aller Kollegen. Hinter seinem Rücken lachen ja alle, aber keiner traut sich etwas zu sagen. Es kam zu einem offenen Krieg zwischen uns. Auf jede Hinterhältigkeit habe ich gekontert.

Das Ende brachte dann etwas, tja, Harmloses. Wir hatten eine blöde Regelung bei der Rufbereitschaft. Hier ein Beispiel: Mich ruft im Dienst die Küche an, sie hätte ein Problem mit dem Kartendruck. Ich kriege das selber nicht hin, darf aber nicht direkt den Kollegen kontaktieren, der das Küchensystem betreut. Ich muss Schubert anrufen. Er kann noch weniger als ich, genauer gesagt gar nichts. Er telefoniert den Küchenbetreuer aus dem Bett. Der löst das Problem, drei Leute schreiben Stunden auf, die dann bezahlt werden. Nach so einem Einsatz, der ungefähr fünfzig Minuten gedauert hat, haben ich und der Kollege jeweils eine Stunde in den Dienstplan eingetragen. Der Schubert aber drei Stunden! Drei! Im alten Dienstplan hat noch jeder die fremden Zeiten und Dienste sehen können. Da konnte ich den Mund nicht halten. Der Chef hat es auch mitbekommen, so aufgebracht war ich. Dem Schubert ist nichts passiert, denn er hat sich gut rausgeredet – er hätte danach noch das System überwacht. Mein Leben ist aber zur Hölle geworden.«

Der Musiker hatte sich in Rage geredet. Sogar sein Bier hatte er vergessen. Jetzt fiel es ihm wieder ein und er leerte mit einem Zug das Glas und bestellte gleich noch eins. Dann fuhr er fort: »Ich bin eine befangene Person. Fragen Sie meine Ex-Kollegen. Die werden Ihnen einiges erzählen können. Anonym, selbstverständlich.«

Habe ich doch schon, dachte Sauter. Auch Koller war sichtlich aufgebracht, als er von den Machenschaften des Kollegen berichtet hatte. Niemand durfte es dem Berger eigentlich übelnehmen, wenn er tatsächlich einen Rachenzug gestartet hätte. Sauter wurde aus dem Berger nicht schlau. Irgendetwas stimmte da nicht. »Wann haben Sie den Schubert das letzte Mal gesehen?«, fragte er.

»Weiß nicht, nachdem ich gekündigt habe, einmal in der Stadt, aber das ist schon lange her.«

»Wissen Sie, wo er wohnt?«

In diesem Moment begann Sauters rechter Oberschenkel zu zittern – das Telefon. Er holte es raus – Martin. »Sorry, ich muss rangehen.« Er nickte Berger kurz zu.

Martin legte ohne Begrüßung los: »Die meisten Anrufe der letzten Tage gingen an eine Nummer, die wir Bergers Ex-Frau zuordnen konnten. Was Internetverbindungen betrifft: meistens nichts Besonderes, Nachrichtenportale, Sport, Musik. Aber die Jungs vom LKA haben eine Verbindung vom Router zu einem Server in Ecuador festgestellt. In die andere Richtung ging es über die WLAN-Verbindung zu einem Gerät im Haus. Die Kollegen sind dabei, anhand der MAC-Adresse den Hersteller und die Marke zu spezifizieren. Vermutlich liefen die Daten über eine Satellitenanlage. Der SAT-Receiver des Besitzers war es nicht, der ist nicht internetfähig.«

Sauter sog die Luft ein und drückte sie durch die Zähne wieder raus. Sein Hirn arbeitete. Berger hasste Schubert wie die Pest. Er war zwar Fan des *FV Beuren*, bemängelte aber dessen Personalpolitik. Er war nur einmal im Urlaub auf Kreta und danach: »nie wieder«. Die Banken hielt er für ein Geschwür im Leib der Gesellschaft. Beruflich hatte er mit der Steuerung entfernter Ziele zu tun. Und jetzt noch dieses geheimnisvolle SAT-Gerät.

Sauter erhob sich und ging ein paar Schritte in Richtung Tür. Die Kneipe war immer noch leer, nur die Bar war besetzt mit zwei Männern und dem Barmann. Leise sagte er: »Sagen Sie Bergmann, er soll die *Blue Bank*-Daten nach dem Name Maximilian Berger durchstöbern. Danke, ich melde mich.« Damit kehrte er an den Tisch zurück.

»Herr Berger«, Sauter vergaß, dass er noch keine Antwort auf seine letzte Frage bekommen hatte. »Was genau machen Sie eigentlich in Ihrer neuen Firma? Wie heißt die noch mal? Haben Sie etwas mit Satelliten zu tun?«

Er sah Berger an, dass sein benebeltes Hirn mit dieser Fragenattacke überfordert war. Es dauerte, bis er durch den

Zigarettenrauch einen Satz zusammenbrachte. »Selbstverständlich haben wir etwas mit Satelliten zu tun. Wie wollen Sie sonst die Sachen steuern?«

»Was machen Sie denn genau in der Firma? Wie hieß die noch einmal?«, wiederholte Sauter. Diese Durcheinander-Befrag-Methode wirkte beim Berger offensichtlich gut.

»Ich? *Koskom* heißt die Firma. Ich spiele die Software auf die Server und supporte sie.«

»Wie und wo spielen Sie die Software denn drauf?«

»Mal im Geschäft, mal direkt beim Kunden. Und wenn es später ein Problem gibt, schalte ich mich per Fernwartung auf den Rechner und behebe die Fehler.«

»Schaut der Kunde Ihnen dabei zu?«

»Selten. Es dauert manchmal Stunden, bis der Fehler gefunden und beseitigt ist. Manchmal muss ich tausende Zeilen mit Quellcode durchsuchen. Wir bieten keine Standartprogramme an, alle Programme werden an jeden Kunden angepasst.«

»Installieren Sie nur Server oder auch andere Geräte?«

»Nur Server. Beim Rest muss ich allerdings die Konfiguration anpassen.«

»Was meinen Sie mit dem Rest?«

»Die GPS-Empfänger, die SAT-Boxen.«

»So etwas wie bei Ihnen in Sankt Peter-Ording im Ferienhaus steht?« Sauter legte eine Karte auf den Tisch.

Bergers Gesicht, das nach dem dritten Bier sichtlich gerötet war, lief dunkelrot an. »Nein … Woher … ? Nein, so eine Scheiße!«, stieß er hervor.

»Was haben Sie denn dort stehen?«

Berger drehte nervös an der nächsten Zigarette. »Hat nichts mit der Firma zu tun.«

»Herr Berger, es dauert nicht lange, bis wir den Durchsuchungsbefehl haben. Es ist vorbei«, versuchte es Sauter nun.

Berger schaute den Kommissar mit wässrigen Augen an, die jetzt jedoch an Schärfe gewannen. Plötzlich stand er auf. Sauter versperrte ihm den Weg. »Muss zum Pieseln«, Bergers Zunge war schwer.

Kaum war er zurück, begann er zu reden. »Seit wann interessiert sich die Polizei für so etwas? Ich finde es einfach scheiße, dass ich monatlich sechzig Euro für ein Spiel pro Woche zahlen muss.«

Jetzt verstand Sauter nur Bahnhof. »Würden Sie bitte konkreter …«

»Ich hoffe, in meiner Firma kriegen sie nichts mit. Ich habe in meinen SAT-Receiver, auf dem wie auf den Geräten in der Firma Linux als Betriebssystem läuft, ein Modul eingebaut, das die Verbindung mit einem Server im Ausland herstellt. Dieser Server liefert per Internet die Keys, mit denen ich die Pay-TV-Sender knacken kann. Ich schaue mir höchstens ein Bundesligaspiel in der Woche an. Und dafür soll ich sechzig Euro zahlen?«

»Das Modul haben Sie aus der Firma …, sagen wir mal, mitgenommen?«

Berger nickte. »Ja, eigentlich geht es auch ohne. Aber dann hätte ich die Originalsoftware des Receivers überschreiben müssen, was im Garantiefall zu Problemen führen dürfte. Letztendlich kosten solche Geräte eine Menge Geld.«

»Sie haben gesagt, Sie sind zwei, drei Mal im Jahr in Sankt Peter-Ording. Wann waren Sie zuletzt dort?«

»Ich habe mir drei Monate Urlaub ohne Bezahlung genommen, habe in Sankt Peter-Ording das Auto stehen gelassen, das war im Juni, dann bin ich mit dem Rad nach

Skandinavien gefahren und jetzt auf dem Rückweg noch einmal zwei Wochen an der See geblieben«, erzählte Berger.

Sauter schaute ihn ungläubig an.

Berger verstand den Blick. »Ich kann keine fünfhundert Meter laufen, aber Rad fahren ... Ich radle jeden Tag zur Arbeit und zurück, das sind fünfzig Kilometer, bei Sonne und Regen.«

»Herr Berger, meine Kollegen können Ihren Hausbesitzer nicht finden. Bei wem haben Sie denn die Schlüssel abgeholt bei Ihrer Anreise?«

»In der Pizzeria um die Ecke. Die haben auch den Schlüssel für die Putzfrau«, sagte Berger achselzuckend.

»Rufen Sie dort an. Gleich werden meine Kollegen den Schlüssel abholen. Wenn Ihre Geschichte stimmt ... Solange wir warten, können Sie sich noch ein Getränk bestellen.«

Berger nickte zufrieden. »Oh, dann nehme ich ein Glas Whisky.«

Die Gier in der Tasche

Das *Emminger Tagesblatt* schilderte auch die kleinsten Details. Mit Fotos. Die meisten waren vor dem Gebäude aufgenommen worden: dutzende Krankenwagen, in die Verletzte geschoben wurden, die grünen Karossen der Polizei, die roten der Feuerwehr. Auf dem riesigen *Bärmut*-Parkplatz gab es keinen freien Fleck mehr. Die Leute standen neben ihren Autos und keiner fuhr fort.

Noch schockierender waren die Bilder von drinnen. Hunderte von Taschen mit und ohne Klamotten lagen auf dem Teppichboden. Ein Regal wucherte über einer Kiste mit Mützen empor. Zwischen den Regalen lagen Menschen, denen Notärzte halfen. Einige mussten fixiert werden, bevor sie ins Freie getragen wurden. Zwei Wirbelsäulenbrüche wurden schon diagnostiziert, berichtete der Reporter, anscheinend von umgefallenen Regalen verursacht. Eins hatte die Polizei bereits wieder aufgestellt und damit einige Leben gerettet.

Auch Videos zeigte die Zeitung auf ihrer Webseite. »Ich habe gerade in der Sammelumkleide Wäsche anprobiert, als es dunkel wurde«, erzählte eine trotz aller Aufregung ruhig wirkende Frau. »Kann halt passieren. Zurzeit erlebt man das ja oft, auch zu Hause. Meine Mutter sagt, so etwas hätte es früher nicht gegeben, und dass alle nur hinter dem Geld her sind und die Leitungen vernachlässigen. Ich habe mich in der Dunkelheit wieder angezogen und wollte schon rausgehen, als ich die ersten Schreie hörte. Eine Dame, die neben mir ihre Jacke anprobiert hat, ist in den großen Verkaufsraum gelaufen, nur vor die Umkleidetür, kam aber sofort zurück. Unsere Augen hatten sich mittlerweile an die Dunkelheit gewöhnt und ich sah durch die offene Tür, wie alle Leute wie verrückt mit vollen Taschen zur Kasse rannten. Dabei kam schon die Durchsage, man solle sich zum Eingang begeben. War auch klar, die Gänge zu den Kassen sind sehr schmal. Es ist immer lauter geworden. Als ein Regal auf den Boden krachte, erreichten uns markerschütternde Schreie. Erst als jemand geschossen hat, wahrscheinlich die Polizei, ist es ruhiger geworden. Die Drohung des Polizisten, zu schießen, wenn sich jemand vom Fleck rührt, wirkte. Wir sind bis zuletzt in der Umkleide geblieben, das hat uns vor Verletzungen bewahrt.«

Dikaio las den Bericht, schaute sich die Fotos und die Videos an. Er konnte es nicht glauben. Eigentlich war das anders geplant gewesen. Es sollte nur einen kleinen Tumult geben, ein paar blaue Flecken – so hätte es ausgehen sollen. Es sollte nur ein Signal an die Presse sein. Dass die Leute in ihrer Gier nicht einfach das Gebäude verlassen, sondern bis zuletzt ihre Beute verteidigen, damit hatte er wirklich nicht gerechnet. So oder so – er hatte sein Ziel erreicht. Der *Blickwinkel* weiß nun um den Ernst seines Vorhabens. Vielleicht auch die Polizei. Sie fahndet gerade nach einem Mann mittleren Alters, der sofort nach dem Stromausfall das Lager fluchtartig verlassen hatte. Falsche

Spur! Die Polizei sollte sich lieber mit den Verbrechern in den Bankenetagen beschäftigen.

Die *Emminger Nachrichten* hatten alle vor Ort anwesenden Verantwortlichen zur Ursache befragt. Alle hatten das Gleiche gesagt: »Wir sind dran, unsere Techniker untersuchen die Infrastruktur im Gebäude und in den nächsten Einrichtungen. Wir werden Sie informieren, sobald die Ursache geklärt ist.«

Dikaio lächelte. Das wird aber lange dauern.

Was ihm Bauchschmerzen bereitete, war das zweite Opfer in der *Blue Bank*. Es gab immer noch keine Infos, weder in der Presse noch im Internet. Vielleicht steckte aber doch in einem Blog oder Kommentar etwas drin – er hatte jetzt allerdings keine Zeit, sich damit zu beschäftigen. Er musste sich auf das Wesentliche konzentrieren. Mit den Banken war er fertig, auch mit den englischen. Die Koordinaten waren berechnet, das Ablaufskript war aktualisiert.

Sollte es ihm nicht gelingen, am Dienstagabend offiziell am Arbeitsplatz zu bleiben, würde er sich etwas einfallen lassen müssen.

Er hatte mehrmals überlegt, seine Vorgehensweise zu ändern, um auch ohne Anwesenheit im Büro das Programm starten zu können. Zum Beispiel hätte er einen Job definieren können – eine Reihenfolge aus verschiedenen Schritten, die zur geplanten Zeit automatisch ablaufen. Es war ihm aber zu gefährlich, sich ohne ausführliche Tests drauf einzulassen. Vor allem die Spuren danach zu verwischen, das hatte oberste Priorität. Für solche Tests, jetzt, in der heißen Vorbereitungsphase, hatte er deshalb keine Zeit. Wenn er auch für diesen Samstag das Okay vom Chef hatte, zwischendurch musste er ja das offizielle Projekt weitertreiben. Er durfte nicht auffallen, nicht jetzt!

Er hatte heute schon viel zu viel Zeit mit *Bärmut* verloren. Noch bevor er den Angriff startete, hatte er sich mit einem plötzlich aufgetauchten Problem beschäftigen müssen. Nämlich, in jedem Fall zu verhindern, dass bestimmte Personen an diesem Samstag sich auf die Einkaufstour zum *Bärmut* machen. Das Programm war bei dem einzelnen Objekt schnell durchgelaufen. Danach blieb er wieder an der Berichterstattung aus den Lagerräumen hängen, die immer neue Details präsentierte. Gerade wurde eine Eilmeldung auf der Webseite des *Emminger Tagesblatts* eingeblendet: »Die Polizei hat den Mann gefunden, der aus dem Lager flüchtete, und befragt ihn augenblicklich.«

Dikaio schloss den Browser und versuchte sich auf die Flughäfen zu konzentrieren. Er hatte noch eine Menge Arbeit.

Was war in der *Blue Bank* schiefgelaufen? Wer war das zweite Opfer? Er musste sich zusammenreißen. Die Zeit lief ihm davon. Und jetzt noch das da …

Der Experte zeigt den Vogel

Am Sonntag jemanden in den deutschen Behörden zu finden, war kein einfaches Unterfangen. Und da er außerdem keine Ahnung von den Zuständigkeiten hatte, war es fast aussichtslos. Krainer und seine Mitarbeiter telefonierten stundenlang mit den Bodenkontrollzentren in Oberpfaffenhofen und Darmstadt, dann mit anderen europäischen Zentren, bis sie jemanden in der Leitung hatten, der ihr Anliegen überhaupt verstand. Was, das mussten sie zugeben, auch nicht einfach war. Denn die Fragestellung war keine Routine: Ob es möglich wäre, über Geo-Satelliten Energieströme zu beeinflussen? Schließlich änderten sie die Frage geringfügig ab: Wenn wir annehmen, dass über einen Satelliten der Stromfluss beeinflusst werden könnte, wer könnte das theoretisch leisten und wo könnte das theoretisch geleistet werden? Die Italiener, die das europäische Satellitensystem *Galileo* überwachten, verstanden nun und verwiesen auf einen deutschen Fachmann namens Kasper.

Der Professor lachte zuerst, bevor er sich dazu äußerte. Schließlich sagte er: »Wenn so etwas möglich wäre, dann würde ich es eher den Amerikanern oder den Russen zutrauen. Wobei die Chinesen aufgeholt haben in diesem Bereich. Wir Europäer verlieren zu viel Zeit für Konsultationen und Konsenssuche. Unser *Galileo* ist ja immer noch in der Testphase.

Rein theoretisch ist alles möglich. Ein Radiosignal für andere Zwecke zu missbrauchen – warum nicht? Übrigens sind die Einsatzmöglichkeiten von *Galileo* im Energiesektor ja vorgesehen. Grundsätzlich hat man hier ein unabhängiges europäisches System ins Leben gerufen, um der deutschen und europäischen Industrie einen eigenständigen Zugang zum Kern dieser Schlüsseltechnologie zu ermöglichen.«

Krainer wartete auf einen geeigneten Moment, um die brennende Frage zu stellen: »Herr Professor, wenn so etwas theoretisch, ich unterstreiche, theoretisch realisierbar wäre, wo in Deutschland könnte das durchgezogen werden?« Krainer hatte sich damit abgefunden, die Suche auf ein Land einzuschränken.

Der Professor schwieg kurz, dann sagte er: »Unmöglich. Die Aktivität jedes Satelliten wird kontrolliert und analysiert. Etwas Ungewöhnliches würde gleich auffallen. Die Sicherheitssysteme sind so ausgereift, dass jede Abweichung sofort einen Alarm auslöst. Allerdings gibt es auch Trabanten, die nicht unter allgemeiner Kontrolle stehen.«

»Geht es um das Militär?«

»Nicht nur. Sogar der deutsche Nachrichtendienst betreibt mittlerweile Satelliten, um nach mehreren Abhörskandalen unabhängiger von seinen Partnern zu sein.«

Beide schwiegen.

»Moment mal«, die Langeweile in der Stimme des Professors schien verflogen. »Es gibt auch Testsatelliten bzw. Testbereiche auf aktiven Geräten. Die werden nur von den Herstellern beziehungsweise den Softwareproduzenten überwacht.«

»Wer genau betreut diese Geräte?« Krainer konnte seine Ungeduld nicht mehr unterdrücken.

»Eins ist in der Obhut der Franzosen, in Toulouse. Zwei betreuen deutsche Firmen, beide in der Bodenseeregion.«

Krainer sprang fast aus seinem Sessel. »Und Sie haben die Namen der Firmen?«

»Ja, sicher, das ist *MoMaRius*, eine Kombination aus Mond, Mars und Sirius. Die andere Firma heißt *SAKOBO*, alles großgeschrieben. Das ist die Abkürzung von ›Satelliten Kommunikation Bodensee‹.«

»Herr Kasper, ich muss jetzt dringend ein paar Telefonate tätigen. Darf ich Sie um einen Gefallen bitten? Wir haben keine Zeit. Es ist sehr ernst. Trommeln Sie Ihre Kollegen zusammen. Besprechen Sie das, was wir gerade evaluiert haben. Jeder Hinweis, jeder blöde Gedanke könnte den Durchbruch schaffen. Morgen, am Montag, sind sicherlich mehr Leute erreichbar als heute. Bitte.«

»Ich bin nun selber interessiert. Es gibt Sachen, die gibt's nicht, und dann gibt's sie doch.« Der Professor lachte wieder.

Der Institutschef und der Lichtstreifen

Kinzelmann könnte toben. Er würde am liebsten schreien, schlagen, demolieren. Er könnte hundert Dienstanweisungen verabschieden, in unzähligen Sitzungen mit dem Betriebsrat verhandeln, aber wenn alles ignoriert wurde, was dann? Und von wem wurde alles ignoriert? Vom Sicherheitsdienst! Dabei war die Regelung eindeutig: Jeder, der den streng geheimen Gebäudeteil der *SAKOBO* betrat, musste persönlich einchecken. Kinzelmann war einfach dem Kollegen nachgelaufen, der die Tür hinter sich nicht zuzog – was ausdrücklich in der Anweisung untersagt wurde. Gut, man müsste danach noch einzeln durchs Drehkreuz.

Die Kontrolle dieser Vorgehensweise gehörte zu den Aufgaben des Wachmanns. Der war aber in sein Smartphone vertieft und schaute erst auf, als der stellvertretende Direktor neben dem Glaskasten stand. Erst heute Morgen hatte Kinzelmann etwas über den Gerichtsprozess in Bayern gelesen, wo zwei Regionalzüge aufeinander gerast waren, weil der Fahrdienstleiter verbotenerweise sein Handy in den Dienstraum mitgenommen hatte, auf dem er dann auch noch weiterspielte, als die Katastrophe schon eingeleitet war. Zwölf Menschen starben, fast neunzig wurden lebensgefährlich verletzt.

Vielleicht hätte er wie üblich nur eine kurze Bemerkung fallen lassen. Nachdem aber Kinzelmann gestern am späten Sonntagabend einen Anruf des LKAs bekommen hatte, waren seine Nerven nun überstrapaziert. Mit der Zeitung in der Hand wedelnd, riss er die Tür zur Wachstube auf und schimpfte gleich los: »Sie kriegen nicht viel mit? Oder?« Seine Stimme vibrierte. Der Wachmann legte das Smartphone zur Seite, sein Blick wanderte aber immer wieder zu ihm hinüber. Das brachte Kinzelmann endgültig aus der Fassung. Er warf die Zeitung auf den Tisch, mit dem Bericht über das Zugunglück oben. Und nein, das war kein Unglück, das war eine Katastrophe. Er schrie den Mann in Schwarz an: »Wegen diesem Zeug«, er tippte abwechselnd auf das Telefon und die Zeitung, »sterben unschuldige Menschen. Sie verlassen morgens ihr Haus und begeben sich in die Hände von Leuten wie Ihnen, die, anstatt ihrer Arbeit nachzugehen, mit vierzig noch Kinderspiele spielen.« Er sog die Luft bis in den hintersten Winkel seiner durch jahrelanges Rauchen gebeutelten Lunge ein. Er musste sich zusammenreißen. Wenn der Wachmann gerissen genug war, würde er sich beim Betriebsrat beschweren. Doch dieser Anruf gestern hatte ihn richtig mitgenommen. Auch wenn sich herausstellen sollte, dass nichts dahintersteckte. Eine halbe Stunde hatte ihm der Vizepräsident des LKAs über die Geschehnisse der letzten Wochen berichtet, die eventuell in den Räumen seines Institutes ausgelöst worden waren. Vermutlich. Vielleicht. Möglicherweise. Wahrscheinlich. Die ganze Nacht hatte er nachgedacht, bis er zu dem Schluss gekommen war, dass theoretisch viele seiner Mitarbeiter in der Lage wären, die Software zu manipulieren. Ob sie tatsächlich den Schaden anrichten konnten, den Herr Krainer beschrieben hatte, entzog sich seinem Fachwissen.

»In einer Stunde erwarte ich Sie zusammen mit Ihrem Chef in meinem Büro«, sagte Kinzelmann nun wieder etwas ruhiger, ließ den Wachmann stehen und verließ den Sicherheitstrakt.

Kinzelmann war ein Frühaufsteher. Er trank gewöhnlich zu Hause einen Kaffee und fuhr dann ins Institut. Schon mehrmals war ihm dabei aufgefallen, dass sich aus einem Fenster im Gebäude F, wo die Softwareentwicklung untergebracht war, ein schwacher Lichtstrahl durch den geschlossenen Rollladen schmuggelte. Die ganze Front versank im Dunkeln, nur dieser schmale Streifen Licht stahl sich nach draußen. Heute fiel er ihm wieder auf. Nach der Aufregung in der letzten Nacht erschien ihm das spärliche Licht jetzt wie ein mächtiger Laserstrahl. Er machte sich auf den Weg dorthin.

Im Softwarehaus war alles ruhig. Die Programmierer und Entwickler entschieden im Rahmen der freizügigen Gleitzeitregel von sieben bis neun eindeutig zu Gunsten der neun. Dafür drückten Sie auch nach dem Ende der regulären Arbeitszeit ihre Sessel.

Der stellvertretende Direktor kannte sich gut in den Räumlichkeiten aus und ging gleich in den Trakt, in dem er den Lichtstreifen vermutete. Er öffnete eine Tür mit dem Generalschlüssel – er hatte mehrere und alle immer bei sich. Alles war dunkel. Er ging zur nächsten Tür. Und noch bevor er sie aufschloss, spürte er, dass drinnen etwas los war.

Dikaio. Das Versteck unter dem Tisch

Damit hatte Dikaio nicht gerechnet. Der Samstag, an dem er sich freiwillig zur Arbeit gemeldet hatte, war für den entscheidenden Test geplant. Nur nebenbei wollte er am Institutsprojekt tüfteln, dafür hatte er schon früher Vorbereitungen getroffen. Die Sache mit *Bärmut* hatte er schnell erledigt, allerdings war er länger an der Berichterstattung hängen geblieben.

Dass Teilprojektleiter Trachtmann sich stundenweise neben ihn setzte, um den Gesamtüberblick nach seinem Urlaub wiederzugewinnen, war die dickste Enttäuschung. Zu allem Überfluss schmiss aber der Chef, bevor er am Nachmittag ging, Dikaio auch noch raus: »Es ist später Nachmittag, genug für heute. Raus hier. Wir haben in den fünf Stunden mehr geschafft als an manchen drei Tagen. Und Ihre Frau hat ja morgen Geburtstag«, sagte er.

Karina hatte ihn im Laufe des Tages mehrmals angerufen, um die Einkaufsliste, die schon zwei Seiten umfasste, weiter zu füllen.

»Es tut mir leid«, hatte sich Dikaio entschuldigt. »Meine Frau hat morgen Geburtstag, ich muss noch einiges einkaufen.« Ja, das war blöd von ihm.

Am Sonntag war er dann damit beschäftigt, Karinas

Lieblingsessen vorzubereiten – Paella nach einem original spanischen Rezept. Dann bediente er die Gäste und räumte den Tisch ab. Er hatte gehofft, dass die Gattin nach einem anstrengenden Tag früher ins Bett gehen wird, aber sie wollte die gelungene Feier noch mit seinem Körper abrunden. Zum Glück war er nachts um drei aufgewacht und hatte bis halb fünf seine Entwürfe auf Papier gecheckt. Um fünf stand er im Raucherpavillon, in der Hoffnung, dass eine von Schlaflosigkeit gequälte Putzfrau auftauchen würde. Sollte innerhalb von zwanzig Minuten keine kommen, würde er es riskieren und mit seinem Chip die Tür öffnen.

Zu seiner Erleichterung summte es schon nach fünf Minuten und er schlüpfte unbemerkt durch den Türspalt. Mindestens drei Stunden hatte er zur Verfügung, vielleicht auch mehr. Rüdiger hatte frei, der Chef erschien nie vor halb neun.

Er holte seine Papierentwürfe heraus, breitete sie auf dem Tisch aus und steckte den USB-Stick ein – er hatte drei dabei, auf jedem nur einen Teil der Ablaufskripte – und übertrug die Daten vom Zettel in die Skriptdatei. Eigentlich akzeptierte das System nur die von der Firma verifizierten USB-Speicher, aber auch dieses Hindernis ließ sich umgehen.

Die Angaben zu den Flughäfen bereiteten ihm am meisten Kopfzerbrechen. Das Skurrile war, dass gerade die Parameter des *Galileo*-Systems, das sich ja noch im Probelauf befand, mit seinen Berechnungen am meisten übereinstimmten. Und die vom *GPS*, auf die er sich immer verlassen konnte, zeigten die größten Abweichungen. Die vom russischen *GLONAS* lagen in der Mitte. Dabei waren schon

Fehler im Zentimeterbereich schwerwiegend. Er musste eine Entscheidung treffen. Für eine erneute Überprüfung fehlte ihm die Zeit.

Dikaio vertiefte sich in die Formeln. Er hörte die hallenden Schritte im Flur nicht. Das Kratzen im Schlüsselloch bemerkte er nur deswegen, weil er sich in diesem Moment zum PC unter dem Tisch beugte, um den Stick abzuziehen. Er erstarrte zunächst in dieser Position, rutschte dann tiefer und glitt unter den Tisch. Die Zettel blieben auf dem Tisch liegen.

Die Tür öffnete sich. Schwere Schritte trugen jemanden zum Arbeitsplatz und den offensichtlichen Zetteln. Dieser Jemand blieb stehen, die Schuhspitzen nur ein paar Zentimeter vor seinen Oberschenkeln. Dikaio erkannte sie, diese Schuhe, die mit ihren übermäßigen Spitzen für den untersetzten Besitzer viel zu groß erschienen. Erst vor einem Monat hatte sich die Belegschaft auf dem Sommerfest darüber amüsiert, oder vielmehr über den Inhaber, den stellvertretenden Leiter Kinzelmann.

Dikaio war froh, den verstellbaren Tisch nicht hochgefahren zu haben, sonst würde er hier wie auf dem Präsentierteller sitzen. Er hielt die Luft an. In diesem Moment fiel ihm auf, wie laut der Rechner war. Normalerweise hörte er ihn gar nicht, jetzt schien das monotone Rauschen den Raum zu erschüttern.

Er hörte, dass Kinzelmann ein Blatt vom Tisch nahm. War es vorbei? Wie war er ihm auf die Spur gekommen? Dikaio war vor Angst wie gelähmt und konnte kaum noch die Luft anhalten. Er wollte nur eins: endlich aus voller Brust einatmen.

»Zimmer F-032.1. Bildschirm das ganze Wochenende an.

Standby-Funktion ausgefallen oder Schlamperei?« Dikaio saugte gerade leise, ganz leise Luft ein, als die brummende Stimme die Stille zerriss. Kinzelmann war dafür bekannt, Notizen auf sein Smartphone zu sprechen. Man erzählte, dass er schon in den 80ern mit einem Diktiergerät rumgelaufen sei.

Dann wurde es dunkel im Raum. Fast dunkel. Kinzelmann hatte den Monitor ausgeschaltet. Im Flur hatte die Automatik längst die Beleuchtung ausgeknipst. Wenn der Boss jetzt das Licht anmachen würde, war es vorbei.

Kinzelmann ging zur Tür und blieb dann abrupt stehen. Hörte er etwas? »Überprüfen, ob der Rechner das ganze Wochenende laufen muss. Ende Notiz Zimmer F-032.1«, sagte er aber nur. Dann fiel die Tür hinter ihm wieder ins Schloss.

Dikaio atmete auf, wartete noch eine Sekunde und schälte sich schließlich unter dem Schreibtisch wieder hervor. Er stand im Dunkeln vor seinem Schreibtisch und wunderte sich. Wie war Kinzelmann ausgerechnet auf sein Büro aufmerksam geworden? Der Rollladen war ganz unten, der Monitor erhellte nur eine Zimmerecke.

Er schaltete den Bildschirm wieder ein und ging durch die Durchgangstür, die selten abgeschlossen wurde, ins Nachbarbüro. Dort klebte er den Alarmsensor zu, machte das Fenster auf und kletterte raus auf die Wiese. Da sah er es: Durch einen kleinen Schlitz im Rollladen in der Ecke bahnte sich ein Streifen Licht den Weg nach draußen. Er merkte sich die Stelle und würde sie gleich von innen verdecken. In diesem Moment kam ihm ein Gedanke. Ein genialer Gedanke. Warum war er bloß nicht früher drauf gekommen?

Ein wiederkehrender Termin

Es war Dienstag, Kinzelmann saß in seinem Büro an seinem Schreibtisch und starrte grübelnd auf seinen PC. Die Ehre *SAKOBOs* war ihm sehr wichtig. Seit über dreißig Jahren kannte Kinzelmann diese Räume, hatte die ganze Karriereleiter in diesem Unternehmen durchlaufen. Nur ein Schritt trennte ihn noch vom Gipfel, der schon in Sicht war. Der Direktor würde in Kürze einen neuen Lebensabschnitt einläuten. Schon fünf Chefs waren in seiner Dienstzeit gekommen und wieder gegangen. Außer sich selber sah Kinzelmann keinen geeigneten Nachfolger. Dieses Mal musste es klappen.

Er machte sich deshalb auf die Suche nach möglichen Schwachstellen in seinem Institut – mein Institut, so und nicht anders, dachte er. Nicht dass er glaubte, die Vermutung des LKA-Vizepräsidenten hätte eine Grundlage. Wenn aber ein Schatten auf *SAKOBO* fallen würde, würde er alles tun, um diesen wegzuwischen.

Kinzelmann war von Anfang an dabei gewesen, als die ersten Personal Computer und Server im Institut aufgestellt wurden. Letztes Jahr hatte er mit seinen Enkeln das Technische Museum besucht. Die riesigen Rechner hatten die Jungs richtig amüsiert. Er hatte dabei nur gelächelt: Das war seine elektronische Jugend. Er hatte an allen Projekten und Schulungen teilgenommen, außer an der Programmier- und CAD-Softwareeinführung. Er brauchte nicht die Hilfe seines Assistenten oder vom Controlling, wenn er dringend Daten aus dem System brauchte, sei es Mitarbeiter- oder Umsatzzahlen.

Jetzt interessierte ihn zunächst der letzte Monat. Krainer hatte ihm konkrete Daten genannt, zum Beispiel den 12. September und den letzten Samstag. Wer sich aber mit modernen Techniken auskannte, wusste: Ein Programm in Bezug auf Zeiten zu manipulieren, war nicht besonders aufwendig.

Schon gestern, am Montag, hatte er jede freie Minute zwischen Sitzungen, Konferenzen und Jour-fixe-Terminen am PC gesessen. Keine seiner Anfragen hatte irgendetwas Packendes geliefert. Nun startete er den nächsten Report und listete alle Mitarbeiter auf, die außerhalb der Kernzeiten ein- oder ausgecheckt hatten. Die Liste war relativ lang. Besonders die Gehen-Liste. Nicht überraschend, denn wenn jemand Überstunden machte, dann eher abends als morgens. Ein paar Leute waren aufgefallen, weil sie regelmäßig zu spät einstempelten, nach neun, trotz der Dienstanweisung. Aber was die Instruktionen taugten, hatte er ja gestern Morgen selber im Sicherheitstrakt erleben dürfen.

Die Samstagsliste war nicht lang. Er machte sich eine Notiz: Überprüfen, ob in jedem Fall die Anordnung des Vorgesetzten vorlag.

Grundsätzlich nichts Auffälliges. Auch die Parkzeiten lieferten keine verdächtigen Werte.

Seine nächste Abfrage dauerte etwas länger. Das Ergebnis zeigte kein außergewöhnliches Laufverhalten von

Steuerungsanwendungen, weder auf dem Echt- noch im Testsystem. Er könnte noch genauer alle Programme, die ausgeführt wurden, aufbohren. Um die Daten richtig implementieren zu können, bräuchte er aber die Hilfe eines Experten. Er machte sich eine Notiz.

Den nächsten Report dürfte er eigentlich nur mit Zustimmung und in Anwesenheit von Mitarbeitervertretern und nur bei einem vorliegenden konkreten Verdacht ausführen. Auf diese Formalitäten verzichtete er aber. Kommt ja sowieso nichts raus, dachte er sich, und zunächst werden die Ergebnisse eh ohne die zugehörigen Benutzernamen angezeigt.

So war es dann letztendlich. Egal, mit welchen Begriffen er die Mitarbeiter-Mailboxen durchsuchte – »Stromausfall«, »Stromunterbrechung«, »Fernabschaltung«, »Manipulation«, »Arbeitszeit«, »Stempeluhr« und mit entsprechenden Ableitungen – es gab nichts Außergewöhnliches. Es war zwar unmöglich, jeden Treffer genau anzuschauen, trotzdem war er sich sicher, dass nichts hinter den einzelnen Mails und Dateianhängen steckte.

Er lehnte sich zurück und überlegte. Wen unter den Kollegen könnte er in die Geschichte einbeziehen, ohne großes Aufsehen zu erregen? Den EDV-Leiter? Die innere Sicherheit? Das Controlling?

Plötzlich lief ihm ein kalter Schauer durch die Glieder. Der Controlling-Stellvertreter Kreuzer war gleichzeitig Datenschutzbeauftragter. Er stand sogar über dem Sicherheitsbeauftragten. Und Kreuzer war der einzige ernst zu nehmende Gegenkandidat für den Direktorposten. Hatte er bewusst eine Lücke übersehen?

Kinzelmanns Stirn wurde feucht. Sollte tatsächlich in

diesen Räumen ein gefährliches Spielchen getrieben werden, würde er, Kinzelmann, letztendlich als Sündenbock dastehen. Immerhin kurierte er die Entwicklungsabteilung. Und wer würde davon profitieren? Kreuzer. Es war sehr unwahrscheinlich, dass unerlaubte Soft- und Hardwarezugriffe an seinem scharfen Auge vorbeiflutschten.

Wie könnte er den Spieß umdrehen und Kreuzer überlisten? Das müsste gut überlegt sein.

Für eine Sekunde grübelte er noch, dann kehrte er entschieden zurück zum Tagesgeschäft. Zuerst musste er seine Termine überprüfen, nicht, dass er eine wichtige Sitzung verpasste. Kinzelmann klickte auf »Kalender« – und stockte. Moment mal, er hatte nur die Mailboxen aller Mitarbeiter durchsucht, die Eingangs- und Ausgangsnachrichten. Was war mit dem Rest? Mit Kalendereinträgen? Mit Notizen und Jobs? Mit Entwürfen?

Er machte sich noch einmal an die Arbeit. Der Report lief jetzt deutlich länger. Doch weder bei den Jobs, den Notizen und besonderen Entwürfen, auf die er viel setzte, fand sich etwas Bedeutungsvolles. Er schickte noch eine – definitiv die letzte – Abfrage los, wechselte zum Verwaltungsprogramm und druckte die Unterlagen für die nächste Besprechung aus. Am besten wäre es, diese abzusagen, denn es ging um Investitionen in Millionenhöhe und er war gerade nicht in der Verfassung, wichtige Entscheidungen zu treffen.

Er stand auf, schob die A4-Blätter in die Mappe und wechselte, bevor er den Bildschirm sperrte, noch einmal zum Auswertungsprogramm. Da war nur ein Eintrag: »Stempeluhr« lautete der Titel. Nur ein Wort. Wahrscheinlich der Termin eines Technikers oder Handwerkers. Seit der

Umstellung auf das digitale System fielen die Stempeluhren öfter aus, meistens verloren sie die Netzwerkverbindung. Diese Kinderkrankheit war längst ausgeheilt, aber wie jedes andere war auch das Stempelgerät durch die häufige Nutzung reparaturreif, besonders die Knöpfe »Kommen« und »Gehen«, die täglich einige hundert Male gedrückt werden.

Kinzelmann spreizte die Finger, um drei Tasten auf der Tastatur zu aktivieren und damit den Rechner zu sperren, als ihm das Symbol links vom Termin »Stempeluhr« in die Augen sprang. Das war kein gewöhnlicher Termin. Das war ein wiederkehrender Termin. Er setzte sich wieder an den Tisch und blendete die Details ein. Erstellungsdatum: vor vierzig Tagen. Dauer: vierzig Tage. Heute also war der letzte Tag. Uhrzeit: 7:00. Was hatte das zu bedeuten? Kinzelmann war hin- und hergerissen. Es war höchste Zeit, den Betriebsrat einzuschalten. Wenn er jetzt die Abfrage mit geänderten Parametern losschickt und den Inhaber des Termins geliefert bekommt, handelte es sich um ein Dienstvergehen. Er schaute auf die Uhr und drückte einen Knopf auf der Telefonanlage. »Frau Mittel, verschieben Sie die nächste Besprechung um eine Stunde. Anders geht's nicht.«

Als er den Mitarbeiternamen neben dem Termin sah, schloss er die Augen und ließ sich zurück in den Sessel fallen. Er wusste, wo ihm dieser Name schon aufgefallen war. Erst gestern.

Die geheimnisvolle Kundin

Nach dem Gespräch mit Berger war Volker Sauter deutlich deprimiert. Er hätte wetten können, auf der richtigen Spur zu fahnden, aber dieses Mal hatte ihn sein Gespür in eine Sackgasse manövriert. Herr Berger wird sich für seine Programmierungsinnovation verantworten und seinem Arbeitgeber das »Mitnehmen« des Moduls erklären müssen, aber das war ein kleiner Fang. Und dieser hatte ihm eine Menge Zeit geraubt.

Er brauchte Raum zum Nachdenken. Er kaufte ein Ticket für den Nachtzug von Hamburg nach Augsburg. Dort würde er sich entscheiden, ob er nach Beuren fährt, um die Stadionspur zu verfolgen, oder nach Rittenburg beziehungsweise nach Bad Bergsee. Die zwei letzten Orte lagen ja nicht weit voneinander entfernt.

Kaum ließ er sich auf einem Sitz am Fenster nieder, schlief er sofort ein, saß aber nach einer Stunde wieder mit offenen Augen da. Unruhe breitete sich in ihm aus. Er kannte diesen Zustand. Er entstand immer dann, wenn er etwas Wichtiges übersah, etwas Greifbares, dann überkam ihn dieses fröstelnde Gefühl.

Er holte seine Mappe heraus und blätterte erneut die Unterlagen durch. An der Ausscheidungsliste von der *Laura-*

tal-Klinik blieb er hängen. Sie zog ihn wie ein Magnet an. Nicht die komplette Liste, nur eine Abteilung. Er traute nach der Panne mit Berger seinem Gespür nicht mehr hundertprozentig und doch musste die ganze Geschichte mit Schubert in Verbindung stehen. Nur die kurze Bekanntschaft mit dem Zeitgenossen hatte ihm gereicht, um Verständnis für den Täter zu haben.

Zwei Namen blieben in der IT-Spalte: Schmidt und Maurer. Den Ersten hatte der Personalchef als echten Profi bezeichnet. Solche Leute sind normalerweise selbstbewusst genug, um Kleinigkeiten ignorieren zu können. Der Zweite war jetzt in Rente. Schwerbehindert. Er hatte Glück, in das Ausscheidungsprogramm der Klinik reinzurutschen. Nichts Auffälliges. Eher aus Ratlosigkeit entschied sich Sauter, den Rentner aufzusuchen. Wenn der überhaupt zu Hause war. Man weiß ja, Rentner haben nie Zeit, sind immer unterwegs, dachte er. Nachdem er zumindest einen Punkt auf der Agenda hatte, schlief er wieder ein.

Kurz vor Augsburg rief Sauter seine Dienststelle an. Zehn Minuten später kam per SMS die Telefonnummer Maurers. Der wohnte nicht weit von Rittenburg, in Oberwangen, am »Tor zum Allgäu«, wie es auf der Webseite der Stadt stand. Sauter checkte die Zugverbindung. Kurz nach neun würde er dort ankommen. Um diese Uhrzeit war es nicht unmenschlich, den Rentner an diesem grauen Sonntagmorgen aus dem Bett zu holen.

Er wählte noch im Zug Maurers Nummer. Am Telefon meldete sich eine Frauenstimme: »Maurer.«

»Frau Maurer, ich weiß, es ist Sonntag. Aber ich muss dringend Ihren Mann sprechen«, sagte Sauter.

»Und Sie sind?«

Sauter war so auf den Sonntag fixiert gewesen, dass er sich gar nicht vorgestellt hatte.

»Entschuldigung, Kriminalinspektor Sauter aus Beuren.«

»Oje, hoffentlich nichts mit unserem Buben. Der wohnt nicht weit von Beuren.«

»Nein, Frau Maurer, es geht um etwas ganz anderes, aber sehr Wichtiges.«

»Mein Mann ist im Garten, er nutzt noch die letzten sonnigen Tage, um das Grundstück winterfest zu machen«, erklärte sie.

»Sonnige Tage?«, Sauter sah durch das Zugfenster, wie ein Grau das nächste überwältigte.

»Wo sind Sie denn?«, fragte sie.

»Kurz vor Rittenburg«, sagte er.

»Ach so, im Lauratal. Sie werden es nicht glauben, aber sehr oft, wenn im Lauratalkessel die Nebelsuppe kocht, scheint bei uns die Sonne. Anderseits liegt bei uns oft Schnee und im Tal nicht.«

»Wie finde ich Ihren Mann, Frau Maurer?«

»Fahren Sie zum Fischerverein, angrenzend befindet sich die Gartenanlage. Das zweite Häuschen ist unseres. Sie erkennen meinen Mann bestimmt gleich. Er ist der Größte in der Nachbarschaft, so um die zwei Meter.«

Das mit zwei Metern stimmte nicht ganz, höchstens ein Meter neunzig standen auf der überdachen Terrasse, die – so schien es – an das zickzackartige Alpenpanorama mündete. Gesunde Hautfarbe, nicht vorgespielte Ruhe, keine Eile – das Rentnerdasein schien gar nicht so schlecht zu sein.

Könnte sich hinter dieser Gelassenheit ein Tätertrieb verstecken? »Herr Maurer«, Sauter hatte keine Zeit für Höflichkeiten, »sind Sie nur aus gesundheitlichen Gründen vorzeitig in Rente gegangen oder gab es auch andere?«

»Wie soll ich sagen?« Der Mann sprach sehr langsam, aber nicht, weil er sich jedes Wort überlegen musste. Irgendetwas in seinem Inneren schien ihn zu bremsen. »Ich war nicht so krank, dass ich gar nicht mehr hätte arbeiten können. Aber ich hatte ein paar chronische Erkrankungen, dann noch die Krebs-OP vor fünf Jahren. Irgendwann wurde es immer mühsamer, allein die fünfundzwanzig Kilometer zur Arbeit zurückzulegen.«

»Wie war Ihr Verhältnis zu den Kollegen?«

»Im Prinzip gut. Es gab einige Reibereien, aber das war noch in der Zeit, bevor ich in Valentins Gruppe wechselte. Aber nichts Ernstes. Ich war aufgrund meiner Erkrankung nicht der Schnellste bei der Arbeit.«

Mauer sprach so, als ob Sauter ihn vor jemandem schützen wollte, das aber nicht bräuchte.

»Mit Valentin meinen Sie Herrn Schmidt?«

»Ja, die letzten drei Jahre haben wir uns sogar ein Büro geteilt. Es waren die schönsten Jahre in meiner Karriere.«

»Warum?«

»Valentin ist ein sehr gebildeter Mann, er liest viel, interessiert sich für Politik und Wirtschaft, macht viel Sport. Er verstand es, zur richtigen Zeit eine Pause einzulegen, einen Witz zu erzählen. Ich war nicht immer seiner Meinung, aber mit ihm ließ es sich einfach diskutieren, weil er zuhören und die Argumente abwägen konnte. Wir sind keine Freunde geworden, aber sind in Kontakt geblieben. Letztes Jahr hat er mich mit dem Fahrrad besucht. Wir haben ein bisschen über die alten Zeiten gequatscht. Ich war so lange im Unternehmen – über zwanzig Jahre – da will man wissen, wie es heute läuft.«

»Und was hat Herr Schmidt Ihnen so alles erzählt?«

»Eigentlich hat sich nicht viel geändert. Die gleichen Personen machen den gleichen Unfug.«

»Zum Beispiel?«

»Na ja, so wie es im Büroleben ist. Der eine kommt immer zu spät, der andere lässt seine Kaffeetasse in der Spüle stehen, der Dritte spielt den Unersetzlichen.«

»Meinen Sie damit Herrn Schubert?«

Ein Lächeln breitete sich in Mauers Gesicht aus. »Der wird bestimmt bei jeder Klatschpartie als Erster erwähnt.« »Auch von Herrn Schmidt?« So langsam wurde Sauter klar, dass Maurer alleine wegen seiner langsamen Art unmöglich der Täter sein konnte.

»Selbstverständlich, Valentin kann man nichts vormachen. Oder konnte. Er hat ja die Firma gewechselt. Er grinste oft, wenn jemand auf wichtig gemacht hat und dabei keine Ahnung von der Materie hatte.«

»Nur gegrinst?«

»Na ja, manchmal hat es ihn richtig geärgert, wenn er den Karren aus dem Dreck ziehen musste, nur, weil jemand durch seine Inkompetenz den Karren dorthin geschoben hatte. Und dafür noch sattes Gehalt bekam.«

»Meinen Sie mit ›jemand‹ Herrn Schubert?«

Maurer stockte. »Hm … Der ist schon besonders. Ich hatte mit ihm nicht viel zu tun. Nicht jeder kam mit seiner Art zurecht. Stellen Sie sich mal vor, wie sich ein Hochprofi fühlt, der ständig die Fehler seiner Kollegen ausbaden muss, die dabei noch das doppelte Gehalt bekommen.«

»Mit Hochprofi meinen Sie …?«

»Valentin hat die einmalige Begabung, in Sekunden-schnelle Probleme analysieren und Lösungen anbieten zu können. Er hat oft das System vor einem Crash gerettet, während die eigentlichen Zuständigen sich auf dem Klo versteckten. Da kann auch ein geduldiger Mensch sauer werden.«

»Hat er sich mal in die Richtung geäußert, dass man et-was dagegen unternehmen sollte?«

»Kann ich nicht sagen. Vielleicht. Es waren auch andere Sachen, die ihn gestört haben. Zum Beispiel die Trickse-reien mit den Ersatzzeiten während der Rufbereitschaft. Ich selber habe keine Rufdienste gemacht, aber Valentin schon. Ich habe nur mitbekommen, wie er sich geärgert hat, als nach einem Nachteinsatz er, der letztendlich den Fehler behoben hat, weniger Stunden aufgeschrieben hat als Schu-bert, der nur den Vermittler gespielt hatte, quasi für die Sekretärtätigkeit. Das Blöde im alten Dienstplan war, dass jeder die Zeiten vom anderen gesehen hat.« Maurer machte eine Pause, dann lachte er plötzlich auf. Sauter schaute ihn verständnislos an. »Ich kann mir vorstellen, dass mit dem neuen Dienstplanprogramm, in dem jeder nur seine eige-nen Zeiten einsehen kann, noch mehr getrickst wird. Ich glaube, dass diejenigen, die früher beschissen haben, jetzt richtig in Fahrt gekommen sind.«

Noch auf dem Weg zur Busstation rief Sauter Bergmann an. Ein kribbeliges Gefühl breitete sich in ihm aus.

Bergmann hatte nichts Neues zu berichten. »Wir hoffen, dass in den beiden Firmen *MoMaRius* und *SAKOBO* eine Spur entdeckt wird. Wobei die Gefahr besteht, dass die Verantwortlichen in Versuchung geraten, die Sache intern zu halten. Anderseits: Wir haben denen deutlich gemacht, dass es um kriminelle Aktivitäten geht, die Menschen in Gefahr bringen«, erklärte er.

»Durchsucht mal die *Blue Bank* nach dem Namen Valentin Schmidt. Ich glaube nicht, dass viel dabei rauskommt, aber wer weiß … Vielleicht auch *Bärmuts* Kundendatenbank.« Sauter war ratlos. Normalerweise hatte er bei jeder Ermittlung mehrere Optionen, mehrere Indizien, denen er noch nachgehen wollte. Heute standen keine weiteren Schritte auf der Tagesordnung. Er entschied sich, ins Krankenhaus zu fahren. Dort bekam er wenigstens einen guten Kaffee.

Am Sonntag war der Linienverkehr mehr als spärlich. Er saß allein in der letzten Reihe, außer ihm waren wenige Fahrgäste im Bus. Er schaute noch einmal die Entlassungsliste der Klinik durch. Jeden Einzelnen auf Teufel komm raus durchzuchecken, war sinnlos. Sogar hirnlos.

Den Sonntag und Montag konnte Sauter aus seinem Leben streichen. Auch den Dienstagvormittag. Keiner der Ermittlungsschritte hatte ihn weitergebracht. Stattdessen war ein weiteres Rätsel dazugekommen. Der Praktikant hatte im russischen Netz interessante Kommentare ausgegraben. Anscheinend befand sich das Parlamentsgebäude in Moskau seit Tagen im Dunkeln. Er schaffte es noch, sich einen Bericht in der Online-Ausgabe einer Boulevardzeitung zu sichern, bevor er gelöscht wurde. Mit Hilfe eines Internet-Translators ließ sich der Hintergrund durchleuchten. Keiner wusste, was die Stromunterbrechung verursachte. Auch eine interessante Mail wurde erwähnt, der Absender war: *Recht&Rache*. Das gleiche Muster wie in Deutschland. Das Verschwinden des Berichts aus dem Netz bestätigte die Brisanz der Situation. Wenn sich schon der russische

Geheimdienst mit dem Vorfall beschäftigte, tja, dann ...
Die Geschichte nahm immer größere Dimensionen an. Der
Versuch, über Interpol den Kontakt zu den russischen Kollegen herzustellen, war von der russischen Seite abgewehrt
worden. Der kühle Wind, der gerade zwischen Moskau
und dem Westen wehte, erschwerte die Kommunikation
zusätzlich.

Etwas später saß Sauter in der *Lauratal-Klinik* im Kiosk
und kaute an der mit Käse belegten Seele. In den letzten
Tagen hatte er stundenlang in den Personalakten der ausgeschiedenen Mitarbeiter gewühlt. Das Ergebnis: nichts.
Er könnte mittlerweile zwar einen Roman über das Kran-
kenhausleben scheiben, aber in seiner Sache tappte er nach
wie vor im Dunkeln.

Sein Telefon vibrierte. Eigentlich hätte er das ausschalten
müssen, auch im Kioskbereich war die Nutzung von mobilen Geräten untersagt. Bergmann war dran. Schon am
Sonntag hatte er ihm über die Resultate der Ermittlungen
berichtet. Nun erzählte er: »In der *Blue Bank* taucht Ihr
Schmidt zweimal auf: als Besitzer eines Girokontos und als
ehemaliger Fonds-Inhaber. Er hat mehrere Jahre monatlich
einhundert Euro in einen Fonds eingezahlt. 2008, als die
Krise ausbrach, hat er alle Anteile verkauft. In der Akte findet sich ein Vermerk seines Beraters: Kunde möchte nicht
täglich die Börsenkurse verfolgen.«

»Hat er einen Gewinn gemacht?«

»Eben nicht. Er hat um die fünftausend Euro einbezahlt
und zweitausend zurückbekommen. Alleine die Verwal-
tungsgebühren haben einen großen Batzen weggefressen.
Dreitausend Euro Verlust – eine üppige Summe. Es wäre
interessant, was er damals verdient hat.«

»Das werde ich beim Personalchef erfragen.«

3.500 Euro brutto, so viel hatte Schmidt in den Jahren verdient, als er die Fondsanteile gekauft hatte. Der Personalchef schien seit Samstag das Büro nicht verlassen zu haben und gab nun bereitwillig Auskunft.

3.500 Euro, auf der anderen Seite 3000 Euro Verlust. Viel Geld, aber das bedeutete noch nichts.

Bergmann war gestern noch ein Detail aufgefallen: Schmidt hatte zwar ein Girokonto bei der *Blue Bank*, dort wurden aber außer dem Kindergeld keine regelmäßigen Eingänge gebucht. Nur sporadische Überweisungen von einem anderen deutschen Konto. Dabei wurden oft Barabhebungen verzeichnet. Könnte das etwas bedeuten?

Sauters Handy klingelte erneut. Er nahm ab, verließ das Krankenhaus und setzte sich auf eine Bank vor dem Eingang. Bergmanns Stimme dröhnte: »Wir haben die *Bärmut*-Kundendatenbank nach Valentin Schmidt durchsucht. Einen Kunden mit diesem Namen gibt es nicht«, sagte er und machte eine Pause. Eine künstliche, wie Sauter begriff. »Aber, jetzt halten Sie sich fest, wir haben alle Kunden durch mehrere Banken gejagt, auch über das Meldeamt-Register. Es gibt eine Kundin mit dem Namen Lisa Heller. Sie wohnt in Rittenburg. Ihr Mädchenname ist … Raten Sie mal! Richtig, Schmidt. Und ihr Vater ist? Richtig, Valentin Schmidt.«

Sauters Kribbeln verstärkte sich. »Das heißt aber, dass er – wenn es wirklich der Schmidt ist – das Leben der eigenen Tochter aufs Spiel setzte. Sie hätte ja unter den Verletzten oder sogar Toten im *Bärmut*-Lagerraum sein können. Der Mann ist verrückt! Wenn die Vermutung stimmt, dann haben wir es mit einem durchgeknallten Spinner zu tun. Haben Sie seine Adresse?«

»Logo. Schreiben Sie auf. Wir treffen uns dort.«

Sauter wollte schon auflegen, als ihn ein Blitz durchfuhr. »Wissen wir eigentlich, zu welcher Firma er gewechselt hat?«

»Die Frage haben wir uns gar nicht gestellt.«

»Ich ruf Sie gleich zurück.«

Sauter grub aus dem Telefonbuch eine Nummer raus, die er in den letzten drei Tagen gefühlte hundert Mal gewählt hatte. Der Personalchef Keller wusste aber auch nicht, in welchem Unternehmen Valentin Schmidt nun tätig war.

»Aber ich kann mal nachfragen. Ich lege Sie kurz zur Seite.« Nach kurzer Pause hörte Sauter Kellers gleichgültige Stimme: »Ich habe mit Herrn Koller aus der IT telefoniert. Die waren ziemlich gut befreundet mit Schmidt, beziehungsweise sind es immer noch.«

Zwei Minuten später rief Sauter in den Hörer: »Raten Sie mal, Kollege Bergmann, wo der Schmidt jetzt arbeitet?« Nun genoss er die Pause und sagte dann: »So, bitte zum Mitschreiben: *SA – KO – BO*.«

Zwei unter einer Decke?

Kinzelmann war hin- und hergerissen. Nachdem er einen Namen hatte, durchsuchte er alle Datenbanken noch einmal, nur gezielter. Die Ergebnisse tauchten schneller auf dem Display auf. Der Mitarbeiter A – auf diesen Namen hatte er ihn getauft, so wird er auch die Anfrage beim Betriebsrat formulieren – hatte in den letzten zwei Monaten immer um Punkt sieben Uhr, manchmal ein paar Minuten später, eingestempelt. Vorher waren die Zeiten willkürlicher, mal um sieben, mal um Viertel nach sieben, oft auch später. An den vom LKA-Vize Krainer genannten Tagen war A im Dienst, auch am 12. September abends. Kinzelmann rief die Personalstelle an und ließ sich bestätigen, dass für diese Zeit eine Überstunden-Anordnung vom Vorgesetzten vorlag.

Irritierend war, dass A an vielen Tagen den Parkplatz nicht genutzt hatte. Er wohnte aber nicht direkt am Bodensee. War er an diesen Tagen mit der Bahn gekommen? Kinzelmann rief den Routenplaner auf. Siebzehn Kilometer mit dem Auto, fast alles Bundesstraße, zwanzig Minuten. Mit der Bahn eine Stunde. Das musste aber noch nichts heißen. Vielleicht besaß die Familie nur ein Auto.

Die Eincheck-Zeiten an der Eingangstür fehlten an diesen

Tagen auch. Hatte er immer mit jemandem zusammen das Gebäude betreten? Theoretisch wäre das möglich, wenn auch verboten. Am zweiten Durchgang, am Drehkreuz, werden die Zeiten nicht festgehalten. Das sollte dringend geändert werden!

Die Netzwerkdaten lieferten das nächste Rätsel: Theoretisch müsste jeden Morgen kurz nach sieben – unmittelbar nach dem Einstempeln – die Anmeldung von A im Netzwerk erfolgen. Die blieb aber öfter aus. Das konnte nur eins bedeuten: Der PC war die ganze Nacht gelaufen. Warum?

Er rief die Protokolle auf, die alle Aktivitäten von A auf drei Satellitensystemen auflisteten – auf dem Echt-, Entwicklungs- und dem Testsystem. Auf dem ersten zeigte das Protokoll kaum etwas an. Das war nicht verwunderlich. Für die Programmierer war das Hauptarbeitswerkzeug das Entwicklungssystem. Weder am 12. September noch am letzten Samstag lief dort ein Prozess unter dem Namen von A. Eine Sache machte Kinzelmann aber stutzig: Jeder Projektmitarbeiter war verpflichtet, sein Arbeitspensum, das er für ein Projekt aufwendete, niederzuschreiben. Dabei stand nicht die Kontrolle im Vordergrund, die Daten dienten vielmehr als Grundlage für spätere Kalkulationen und Angebote.

Bei A fielen ganze Arbeitsblöcke aus. Konnte es sein, dass er in diesen Zeitabschnitten die Software-Dokumentation erstellt hatte? Das war der heikelste Punkt: Alle Entwickler schoben diese Pflichtaufgabe vor sich her, anstatt gleich ihre Arbeitsschritte zu dokumentieren. Im Nachhinein kostete das nicht nur mehr Zeit, sondern war auch mit Fehlern behaftet. War A hier eine Ausnahme? Eher nicht. Denn auch in dieser Zeit war er laut Protokoll im Entwicklungssystem aktiv. Was hat er dort gemacht?

Plötzlich hatte Kinzelmann eine Idee. Er wollte die Aktivitäten von A mit einem Muster vergleichen. Er suchte sich einen Entwickler aus, der am selben Projekt beteiligt war: Rüdiger. Die teilten sich sogar ein Büro, das hatte er gestern bemerkt.

Rüdigers Arbeitsweise war eine ganz andere. Vor allem die Lücken tauchten nicht auf. Anscheinend war er einer von denen, die stundenlang am PC tüftelten, bis der Rücken Alarm schlug. Dann war es meistens zu spät, für den Rücken, versteht sich. Seit Jahren kaufte das Institut nur höhenverstellbare Tische, doch kaum jemand nutzte sie. Die Erklärung lautete immer: »Wir vergessen sie hochzufahren.«

Kinzelmann ließ erneut alle Reports mit Rüdigers Namen durchlaufen. Seltsam: Weder am 12. September noch am letzten Samstag war Rüdiger im Dienst, trotzdem hatte das System Aktivitäten unter seinem Namen vermerkt. Theoretisch konnte er von daheim per Fernwartung die Programme ausführen, aber das war eher unwahrscheinlich. Erstens war das nur im Notfall erlaubt, zum Beispiel bei Projektabschlüssen, und nur auf Anordnung des Gesamtprojektleiters. Zweitens durften sich nur wenige Personen von außen ins interne Netz einwählen.

Kinzelmann rief eine andere Liste auf. Rüdiger gehörte zu den Angestellten, die von zu Hause – nicht über den privaten PC, nur über den vom Institut gestellten Laptop – Zugang zum System hatten.

Kinzelmann merkte, dass ihn sein analytisches Denken, das ihm in schwierigen Situationen stets eine Stütze war, gerade in ein Durcheinander führte. Steckten die beiden unter einer Decke? Kinzelmann wusste aus mehreren Besprechungen, dass Rüdiger zu den führenden Entwicklern der Firma gehörte. Allerdings hatten ihn auch Gerüchte über sein Privatleben erreicht. Anscheinend hingen gerade dunkle Wolken über dem Ehehäuschen der Rüdigers. Was allerdings noch nichts zu bedeuten hatte.

Welche Programme liefen um die besagte Uhrzeit am Samstag? Kinzelmann klickte auf »Details«. Der Programmname sagte ihm nichts. Er klickte auf »Eigenschaften«. »Einlesen und Übermittlung von Skriptdateien zum *Sakobo2*«. Das machte ihn auch nicht schlauer. *Sakobo2* war der neue Satellit. Und weiter? Er fuhr mit der Maus auf das Symbol »I«, das für Information steht. »Keine Dokumentation vorhanden« – Shit, da haben wir es, dachte er. Er bräuchte jetzt dringend jemanden aus der Entwicklung. Den Chef konnte er gleich vergessen, der war Betriebsratsmitglied. Der würde gleich alles an die große Glocke hängen.

Auch wenn sich herausstellen sollte, dass die Angriffe nicht von seinem Institut aus ausgelöst wurden, müsste das Sicherheitskonzept unter die Lupe genommen werden. Noch vor drei Jahren war ein Mitarbeiter – eine ganze Stelle, einhundert Prozent Arbeitsvolumen – als Sicherheitsbeauftragter tätig. Aus Kostengründen war die Stelle abgeschafft und die Funktionen einem IT-Mitarbeiter übertragen worden, der die Thematik selbstverständlich nebenbei verfolgte und eher stiefmütterlich behandelte. Außerdem lag der Schwerpunkt auf dem Schutz vor Eindringlingen von außen. Dass auch eigene Mitarbeiter die Schwachstellen nutzen könnten, aus welchen Gründen auch immer, hatte niemand ernsthaft in Erwägung gezogen

Der Vize-Direktor schaute auf die Uhr. Halb fünf. Es

könnte sein, dass Rüdiger noch im Dienst war. Er würde ihn direkt mit seinen Auswertungen konfrontieren. Er verließ sein Büro, ging zum Aufzug, drückte zwar auf den Knopf, lief aber sofort weiter zum Treppenhaus, rüber zum Gebäude F, ins Entwicklerreich. Dann stand er vor Rüdigers Büro. Ohne anzuklopfen, wollte er die Tür aufreißen, aber sie war verschlossen. Kinzelmann holte den Generalschlüssel heraus und schloss auf. Es war niemand da. Alles war dunkel, die Monitore waren aus. Er hörte nur das Summen der laufenden Rechner. Er erinnerte sich daran, dass er sich schon gestern eine Notiz gemacht hatte. Im Trubel hatte er vergessen, der Sache nachzugehen.

Er schloss die Tür. Hätte er das Licht angeknipst, wäre ihm sofort etwas aufgefallen. Machte er aber nicht.

Er ging zurück zu seinem Büro und überlegte auf dem Weg noch einmal, welcher seiner Entwickler ihm die Funktionalität des Programms, das *Sakobo2* steuerte, erklären könnte, ohne dass er Fragen beantworten müsste.

Gut, wenn Rüdiger nicht im Büro war, wird er ihn zu Hause anrufen. Mit einer Klappe zwei Fliegen zu erschlagen, gehörte zwar nicht zu seiner Lebensphilosophie, er wollte es aber trotzdem versuchen.

Dikaio. In drei Stunden geht es los

Es war wieder einmal die Bestätigung dafür, dass alles Geniale einfach war. Wieso war er nicht früher drauf gekommen? Am Montagabend beim Gehen – er ging als Letzter – hatte er den Rollladen heruntergelassen, aber nicht ganz, den Fenstergriff auf horizontale Stellung gedreht – auf OPEN – und einen breiten Streifen über das Fenster und den Rahmen geklebt, um die Alarmanlage zu überlisten. Heute Morgen musste er nur aufpassen, dass er der Security, die regelmäßig ihre Rundgänge drehte, nicht über den Weg lief. So saß er an diesem entscheidenden Tag bereits um vier vor seinem Rechner.

Nach dem *Bärmut*-Angriff am Samstag hatten ihn plötzlich – nein, keine Zweifel – Fragen geplagt, die er sich vorher nicht gestellt hatte. Es könnten doch unter den Flughafenpassagieren oder Stadionbesuchern, falls die Verantwortlichen den Betrieb heute nicht stoppen werden, auch Kinder sein? Sogar seine Verwandten, Bekannten, Freunde? Sein Gedächtnis blendete den meisterlichen Satz aus der russischen Literatur ein: »Selbst das Glück der ganzen Welt ist keine Träne auf der Wange eines unschuldigen Kindes wert«. War das Dostojewski?

Rein zufällig hatte er vor drei Tagen am frühen Samstagmorgen kurz vom den *Bärmut*-Angriff bei seiner Tochter angerufen. Er war schon im Büro und wollte sie darum bitten, im Getränkemarkt Karinas Lieblingswein zu besorgen. Er selber hätte es nicht geschafft, er wäre froh, die Geburtstagseinkaufsliste, die seine Ehefrau ständig ergänzt hatte, noch bis zum Ladenschluss abzuhaken.

»Ich weiß nicht, Papa, ob ich es noch schaffe. Der Getränkemarkt macht ja um zwei zu.« Lisa stellte schon immer ihre eigenen Interessen in die vordere Reihe.

»Ist ja erst halb acht …«

»Na und?«, unterbrach ihn die Tochter. »Wir fahren in einer Stunde mit meinem Mann zum Einkaufen. Weiß nicht, wann wir zurück sind. Eine Stunde hin, eine zurück, mindestens zwei Stunden dort.«

»Der Supermarkt ist doch um die Ecke.«

»Wir fahren zum *Bärmut* und dann noch …«

Den Rest hatte er gar nicht mehr mitbekommen. Lisa fährt zum *Bärmut*???

»Ihr habt doch gesagt, ihr habt kein Geld und geht dieses Mal nicht hin«, murmelte er in den Hörer. »Okay«, presste er noch raus und legte auf.

Wenn er die Aktion am Samstag abgeblasen hätte, könnte er das ganze Projekt begraben. Seine Hände zitterten, kalte Schweißperlen traten auf die Stirn. Er musste was unternehmen. Sofort.

Dikaio hatte zwanzig Minuten gewartet und die Festnetznummer seiner Tochter gewählt. Der Schwiegersohn Hugo war drangegangen.

»Hier ist der Ambulante Pflegedienst. Herr Heller, haben Sie das Schloss in der Wohnung Ihrer Mutter austauschen lassen?«, Dikaio hielt die Nase zu. Zu voller Sicherheit hatte er noch ein Taschenstofftuch auf die Sprechmuschel gelegt.

»Nein, wieso?«

»Meine Kollegin versucht seit einer halben Stunde in die Wohnung zu gelangen. Der Schlüssel passt nicht. Klingeln bringt ja nichts.«

Hugos Mutter Erna war nach der OP ganz taub geworden. Dement war sie schon vorher. Sie hörte weder das Klingeln an der Haustür noch das Telefon. Letzte Woche hatte Hugo sie auf die Warteliste in einem Pflegeheim setzen lassen.

»Ich bin spätestens in einer Stunde da.« Der Schwiegersohn legte auf. Erst vorgestern war Erna in der Küche gestürzt. Zum Glück kurz vor dem Besuch der Pflegerin.

Die Uhr zeigte acht Uhr. Frühestens um neun werden Lisa und ihr Mann bei Erna in Überlingen sein – sechzig Kilometer von Rittenburg entfernt. Der *Bärmut*-Verkaufsladen in Golletsweiler lag genau in anderer Richtung. Sie werden es nicht mehr schaffen.

Trotzdem hatte ihn das unruhige Gefühl nicht losgelassen. Er hatte zwar nur einen leichten Schreckmoment im *Bärmut*-Laden geplant. Wenn Lisa doch nach Golletsweiler fahren würde? Eher unwahrscheinlich, aber möglich wäre es. Er hatte Karina unter dem Vorwand, er könne ihren Einkaufszettel nicht entziffern, angerufen.

»Lisa und Hugo sind nach Überlingen gefahren. Der Pflegedienst kommt in Ernas Wohnung nicht rein. Hoffentlich ist nichts passiert.« Karina war von der Tochter schon informiert worden und hatte mit ihrem ersten Satz ihn wieder frei atmen lassen.

Gestern hatte Dikaio es doch noch geschafft, das Script um weitere drei Flughafenkoordinaten zu erweitern. Vor allem, weil er alleine im Büro war, fast den ganzen Tag. Rüdiger hatte frei. Hoffentlich blieb er auch heute wie geplant zu Hause, trotz der Bitte des Chefs, der wie immer das Gefühl hatte, sie würden mit ihrem Teilprojekt hinterherhinken. Das war schon immer so, dem ging's nur darum, vom Gesamtprojektleiter nicht für das Scheitern des Auftrages verantwortlich gemacht zu werden.

Er überlegte, ob er noch einen Flughafen in das Skript aufnehmen oder lieber gleich damit beginnen sollte, die einzelnen Puzzleteile zusammenzufügen. Auf vier Dateien verteilten sich die Skripte. Jetzt galt es, diese miteinander zu verknüpfen, damit die nächste Datei zum richtigen Zeitpunkt vom Vorgänger aufgerufen wird. Er hatte so etwas noch nicht gemacht, war sich aber trotzdem sicher, was den Ablauf betraf. Schon jetzt die Skripte auf den Rechner zu laden, war zu gefährlich. Es blieb ihm also nichts anderes übrig, als heute Abend, unmittelbar vor dem Angriff, die Dateien endgültig zusammenzuführen. Bis dahin wird er sie auf den vier USB-Sticks aufbewahren. Sollte einer abhandenkommen, wäre kaum jemand in der Lage, die richtigen Schlüsse zu ziehen.

Leider kam an diesem Dienstag der Chef oft ins Büro und unterbrach seine Arbeit. Das ständige Hin und Her zwischen zwei Programmen, dem eigenen und dem offiziellen Projekt, machte ihn nervös. Er beschloss, etwas früher Feierabend zu machen und nicht erst um acht, wie ursprünglich geplant, wenn es komplett dunkel wird, zurückzukehren, sondern schon um sieben. Wer nichts riskiert …

Er ließ den Rollladen herunter, nicht ganz, stellte den Fenstergriff auf OPEN, klebte den Streifen darauf und verließ das Büro. Nur für drei Stunden. So dachte er.

Der Paul aus Toulouse

Kasper musste sich einiges an diesem Abend anhören. Einige Kollegen hatten unverhüllt gelacht, die anderen hatten ihm, auch wenn sie sich nicht offen äußerten, sicherlich nach dem Auflegen einen Vogel gezeigt.

Den jungen Kollegen aus Toulouse, den er letztes Jahr in einem Gremium in Brüssel kennengelernt hatte, rief er eher automatisch an, weil er als Nächster in seinem Telefonbuch stand. Marius hieß er, fast genauso wie die Firma am Bodensee. Marius, dessen Mutter aus dem Elsass kam, sprach sehr gut Deutsch. Er hörte aufmerksam zu.

»Weißt du, Paul, mich wundert nichts mehr. Ich lese gerade einen Bericht in der Tageszeitung. Hör mal zu: ›Das neueste System überprüft mit leistungsstarken Sensoren kontinuierlich den Luftdruck im Hausinneren und die Resonanz des Luftvolumens. Wird eine Tür schlagartig aufgehebelt oder eine Scheibe eingeschlagen, verändern sich diese Parameter impulsartig und der Alarm wird ausgelöst. Die kombinierte Zwei-Weg-Technik reagiert allerdings weder auf alltägliches Lüften noch auf Gewitter, Vogelflug, Überschallknall oder ähnliche Umweltereignisse. Auch die freie Bewegung der Bewohner und Haustiere ist kein Problem. Das Gerät sendet keine Strahlen aus, somit ist es von außerhalb nicht zu orten oder zu sabotieren‹‹. Er machte eine kurze Pause, dann fragte er: »Hast du etwas verstanden? Rate mal, worum es da geht. Um eine Alarmanlage, die nicht größer als ein Buch ist. Verrückt, oder?«

»Das stimmt. Jeden Tag werden Sachen auf den Markt gebracht, die vor zehn Jahren nur in unserer Fantasie existiert haben. Hast du schon den letzten *Spiegel* gelesen?«

»Liegt bei mir auf dem Tisch. Du meinst sicherlich den Bericht über den Amerikaner mit der Magnetsinn-Idee? Wenn du mich fragst, sage ich: Ich glaube mittlerweile an alles. Wenn ein Wissenschaftler, der jahrzehntelang auf dem Gebiet forscht, solche Behauptungen aufstellt, macht er so etwas nicht aus irgendeinem materiellen Interesse. Das braucht er nicht. Ich glaube das.«

»Zurück zu unserem Problem. Ihr betreibt ja auch einen Testtrabanten.«

»Wenn man den nachgelagerten Teil ausblendet, ich meine die Stromunterbrechung, wäre das theoretisch möglich. Wir nutzen mit *SAKOBO* zum Beispiel einige Programme gemeinsam. Du weißt doch, wir müssen alle sparen, deswegen entwickeln wir einige Softwarefragmente mit Partnern. Ich kenne nicht alle Anwendungen, nehme aber an, dass mindestens ein Programm in der Lage ist, manipulierte Daten zu verarbeiten und weitere Prozesse auszulösen. Wir haben ein Programm vor kurzem von *SAKOBO* übernommen. Ich war bei der Schulung dabei, deswegen kenne ich einige Details. Es wäre mal interessant, den Chef-Entwickler zu sprechen.«

»Das wäre wenigstens ein Anhaltspunkt. Danke, ich werde jetzt mal telefonieren.«

Das Bild an der Wand

Eine attraktive Dame im mittleren Alter öffnete die Haustür. Sie strahlte Zufriedenheit mit ihrem Leben aus. »Sie sind doch nicht von der Versicherung, oder? Mein Mann wollte den Termin verschieben«, lächelte sie die zwei Männer an.

»Nein, wir sind nicht von der Versicherung. Frau Schmidt?«

Die Frau nickte.

»Bergmann, Landeskriminalamt Stuttgart. Mein Kollege, Kommissar Sauter aus Bayern. Dürfen wir reinkommen?«

Die Hausherrin machte eine einladende Geste: »Kommen Sie ins Wohnzimmer. Lassen Sie die Schuhe an. Möchten Sie was trinken?«

Die Einrichtung war nicht teuer, aber stilvoll. Das Zimmer strahlte eine wohlige Wärme aus. Die Frau verstand es offenbar, ihr Familiennest gemütlich zu halten.

»Nein, danke. Wir bleiben nicht lange. Ich nehme an, Ihr Mann ist nicht zu Hause. Wissen Sie, wo er ist?«, fragte Bergmann.

»Er muss heute länger arbeiten und kommt gegen halb zehn nach Hause. Wissen Sie, Projektabschluss, alles auf den letzten Drücker«, erklärte sie.

Bergmann und Sauter schauten sich kurz an. Gerade hatten sie nach mehreren Telefonaten herausgefunden, dass ihr Mann um vier das Gebäude verlassen hatte.

»Hat er sein Handy dabei?«, fragte Sauter.

Sie nickte. »Ja, aber er geht selten ran. Er meint, er sei nicht verpflichtet, immer erreichbar zu sein, auch für mich nicht. Er hat's nicht so mit den ganzen Smartphones und Tablets.«

»Wieso das denn nicht? Er arbeitet doch in dieser Branche, na ja, nicht direkt, aber fast.«

»Sein Paradebeispiel lautet so: Früher hat man beim Frühstück alles besprochen, wer wann nach Hause kommt, wer Brot kauft, wer Nachmittagsschule hat. Jetzt heißt es nur: ›Ich schreibe dir.‹ Das gefällt ihm nicht. Wenn ich beim Essen zu meinem Handy greife, weil WhatsApp gebimmelt hat, steht er auf und verlässt den Raum. Er meint, dass er sicher sein will, dass, wenn er eine Nachricht oder einen Anruf bekommt, es tatsächlich etwas Wichtiges ist.«

Es gibt noch Männer, dachte Sauter.

»Würden Sie es trotzdem versuchen?«, fragte Bergmann.

Karina nickte und wählte. »Er geht nicht ran«, verkündete sie nur wenig später. Die Sprachbox hatte sich eingeschaltet. Sie sprach drauf: »Valentin, ruf mich bitte dringend zurück. Wir haben …«

In diesem Moment nahm ihr Bergmann das Handy aus der Hand und legte auf. »Frau Schmidt, ist Ihnen in letzter Zeit, sagen wir, in den letzten zwei Monaten, etwas aufgefallen? Hat sich Ihr Mann verändert?«

Karina wollte den Beamten nicht von ihrem Intimleben erzählen, wie erregt ihr Mann plötzlich geworden war. Eigentlich war es ihr recht, wenn, nachdem sie mehrmals ihre Runden im Ehebett gedreht hatten, der Strang ihres Ehemanns sich immer noch in voller Härte präsentierte. »Nichts Besonderes«, sagte sie deshalb, »nur, dass er vielleicht weniger liest als sonst, Bücher, meine ich, Krimis, Thriller und so weiter. Er liest allerdings mehr Zeitschriften und schreibt sich immer etwas auf. Es sah mir nach Formeln aus.«

»Haben Sie ihn nicht gefragt, worum es geht?«, fragte Bergmann.

»Doch«, sagte sie.

»Und?«, hakte Sauter nach.

Karina fühlte sich verunsichert, wollte sich das aber nicht anmerken lassen. Also erklärte sie sachlich-freundlich: »Er hat gemeint, er hätte so viel im Unternehmen zu tun, er würde mit seinem Projektteil etwas hinterherhinken und müsste nun einige Sachen zu Hause durchrechnen. Dafür hätte er im Büro keine Zeit. Er ist ja noch nicht so lange in der Firma. Es gibt viel Neues, er ist ja außerdem ein Quereinsteiger, sozusagen.«

»Frau Schmidt, es ist sehr wichtig: Wenn Ihr Mann sich meldet, finden Sie heraus, wo er ist, und geben Sie uns Bescheid. Das ist lebenswichtig«, verlangte Bergmann.

Sie verließen das Wohnzimmer. Sauter schaute durch das offene Treppenhaus nach oben. Über die ganze Wand zwischen den Stockwerken hing ein riesiges Bild. Karina folgte seinem Blick. »Das hat mein Mann aufgenommen, es ist aber schon lange her. Da war Kreta noch ein Paradies«, erklärte sie.

»Jetzt nicht mehr?«, schaltete sich Bergmann ein.

Karina lächelte entschuldigend. »Na ja, … Massentourismus halt. Wir fahren zwar immer noch mal hin, haben aber kein gutes Gewissen dabei. Diese Müllberge! Die Insel verträgt einfach nicht so viele Menschen.«

Das Kribbeln in Sauters Gliedern wurde stärker. Wo war Valentin Schmidt?

Der Schuss ins Leere

Dass Hausarbeit kein Zuckerschlecken ist, wusste Rüdiger schon lange. Dass es ein Horror ist, war ihm neu! Letzte Woche hatte seine Frau Betina ihn wieder einmal so richtig angefahren. »Du sitzt dir im Büro den Arsch platt und ich muss mich mit zwei Kindern herumschlagen, einkaufen, waschen, bügeln, kochen«, hatte sie geschimpft.

Das mit den zwei Kindern stimmte nicht so ganz, denn die Älteste, Anika, brachte er morgens in den Kindergarten, wo sie auch über Mittag blieb. Trotzdem beneidete er seine Frau nicht, obwohl ihn immer mal wieder sein Bürodasein ankotzte.

Er hatte letzte Woche lange mit dem Chef verhandelt, um diese zwei Tage frei zu bekommen. Am Donnerstag hatte Betina ihm mitgeteilt, dass sie eine Auszeit braucht und übers Wochenende bis Mittwoch in einen Kurzurlaub fahren wird. Alleine. Nach diesen vier Tagen wusste er nicht mehr, welcher Tag es war, wie oft er schon die Waschmaschine eingeschaltet und wann er zuletzt gegessen hatte.

Acht Uhr, er las der kleinen Selina gerade eine Gutenachtgeschichte vor, als sein Handy klingelte. Er ging sofort ran in der Hoffnung, es wäre Betina. Sie hatten ausgemacht, dass sie am Mittwoch so früh wie möglich zurückkommt, damit er es noch rechtzeitig ins Büro schafft. Er hatte zwar den Chef vorgewarnt, dass es später werden könnte, aber gleichzeitig versichert, er würde abends länger bleiben, um das Projekt voranzutreiben.

Die mobile Nummer auf dem Display kannte er nicht. Vielleicht rief Betina von einem anderen Telefon an. Er nahm ab. Es war nicht Betina, sondern: »Kinzelmann. Herr Rüdiger, können Sie ins Büro kommen? Es ist dringend.«

Rüdiger wusste im ersten Moment nicht, was er sagen sollte. Dann erklärte er: »Meine Frau ist nicht zu Hause. Ich kann die Kinder nicht alleine lassen, die sind noch zu klein. Was ist denn los?«

Es folgte eine Pause. Dann fuhr Kinzelmann fort: »Okay, wir haben keine Zeit, um einen Babysitter zu organisieren. Hören Sie gut zu: Es sind in letzter Zeit einige schlimme Sachen passiert, die anscheinend aus unserem Institut gesteuert wurden. Stichwort: Katastrophe auf Kretas Flughafen. Das sagt Ihnen doch etwas, oder? Genau, Stromausfall! Ist Ihnen etwas aufgefallen? Wir haben einen dringenden Verdacht. Ich kann Ihnen noch keinen Namen nennen, aber die Polizei ist unterwegs zu uns. Für heute Abend ist ein Angriff auf mehrere Stadien, Banken und Flughäfen angekündigt. Wenn das tatsächlich passiert, in unseren Räumen ausgelöst, sind wir Geschichte.«

Rüdigers Räder kamen ins Rollen.

»Herr Rüdiger, sind Sie noch dran?«

»Jetzt, wo Sie fragen, mir ist aufgefallen, dass mein Name im Protokoll auftaucht, und das an Tagen und zu Zeiten, zu denen ich gar nicht in der Firma war. Ich wollte der Sache nachgehen – vielleicht habe ich mal einen periodischen Job eingeplant oder etwas Ähnliches und habe es dann doch für nicht wichtig gehalten. Es war immerhin nur das Entwicklungssystem, nicht das Echtsystem.«

»Ging es um das Steuerungsprogramm von *Sakobo2*?«

»Ja, genau.«

»Ist es möglich, ein Programm unter einem anderen Username auszuführen?«

»Theoretisch schon, aber das alleine bringt nichts.«

»Was heißt theoretisch?«

»Über den Debugger zum Beispiel. Aber der ist gesperrt, nur ein eingeschränkter Kreis hat die Berechtigung …«

Plötzlich stockte Rüdiger.

»Was ist?«, fragte Kinzelmann.

»Der Debugger – ich kann nur vom Echtsystem behaupten, dass den keiner unerlaubterweise ausführen darf. Im Entwicklungssystem eigentlich auch nicht, aber …«

»Die Berechtigungen vergibt die IT?«

»Ja, in Absprache mit dem Abteilungsleiter.«

»Nehmen wir an, Mitarbeiter A kann den Debugger starten und ein Programm unter fremdem Namen ausführen. Könnte er dann auch andere Dinge manipulieren?«

»Logisch, außer den Parametern der geschützten Methoden könnte er alles anpassen. Auch die Inhalte, die an diese Methoden zum Weiterverarbeiten übergeben werden.«

»Herr Rüdiger, ich kann doch bestimmt nachschauen, ob ein Programm gerade ausgeführt wird, oder?«

»Selbstverständlich.«

»Wie mache ich das?«

»Haben Sie Zugang zum Entwicklungssystem?«

»Ja, aber nur Leserechte, glaube ich.«

»Das reicht. Melden Sie sich bitte an, rechts oben im Eingabefeld geben Sie …«

»Ich sehe keins.«

»Okay, dann ist bei Ihnen das Feld ausgeblendet. Drücken Sie die Tastenkombination STRG + ALT + F10.«

»Gut, bin so weit.«

»Geben Sie das Kürzel SP04 ein und drücken Sie ENTER. Sie müssen jetzt eine Liste mit allen Programmen sehen, die gerade laufen.«

»Oje, das ist aber eine Menge«, stöhnte Kinzelmann.

»Es werden alle angezeigt, auch Hintergrundprogramme, die beispielsweise für die Datensicherung zuständig sind. Drücken Sie STRG + F. Geben Sie stst* ein, dann ENTER«, wies ihn Rüdiger an.

»Habe ich.«

»Sehen Sie ein Programm mit dem Namen *ststsakobo2*?«

»Ja.«

Rüdiger wurde heiß und kalt. »Scheiße. Sorry.«

»Das heißt, es wird gerade ausgeführt?«

»Korrekt.«

»Kann ich es stoppen?«

»Noch einmal STRG + ALT + F10. Dann SP50. Das Programm *ststsakobo2* markieren. Rechte Maustaste, Work-Prozess, dann Abbrechen, mit Core.«

»Nicht so schnell … Ich komme gar nicht so weit«, stoppte ihn Kinzelmann.

»Schauen Sie unten auf die Statusleiste. Was steht dort?«

»Keine Berechtigung für die Transaktion SP50.«

»O Gott«, stöhnte Rüdiger.

»Was jetzt?«

»Ist noch jemand von der IT da? Wobei, bis die … Ich kann mich von hier auf das System draufschalten. Ich darf zwar nur mit ausdrücklicher Genehmigung …«

»Die haben Sie.«

Rüdiger warf kurz einen Blick auf Selina, die zu seinem Glück in ihrem Bettchen eingeschlafen war. Das Märchenbuch lag noch auf der Bettdecke. Egal, er rannte runter ins Wohnzimmer und schaltete den Laptop ein, froh darüber, dass der Akku nicht ganz leer war. Eilig startete er das Fernwartungsprogramm. Da fiel ihm ein, dass er die Option »Als Administrator ausführen« hätte wählen müssen – eigentlich ein Schwachsinn, er war ja auf dem Rechner als Administrator angemeldet – das war eine bekannte Macke, aber keiner kümmerte sich darum. Er beendete das Programm wieder und startete es neu, jetzt richtig. Die Sekunden rannten nur so davon. Endlich kam das Anmeldefenster: Username, Passwort – ENTER. Warten. Das Remote-Desktop-Programm starten. IP-Adresse eingeben – ENTER. Username, Passwort – ENTER. Warten. Es dauerte ungewöhnlich lange.

Endlich hatte er seinen Bürodesktop vor Augen. Nur noch eine Anmeldung. Username, Passwort – ENTER. Warten. STRG + ALT + F10. SP50, *ststsakobo2* markieren. Rechte Maustaste – Work-Prozess, Abbrechen, mit Core. Beim letzten Klick fror der Bildschirm ein. Rüdiger schaute sich um. Am Tisch saß seine Älteste. Sie startete gerade ihren Lieblingsfilm online. Shit. Die Internetleitung war zu langsam für zwei anspruchsvolle Anwendungen gleichzeitig.

Rüdiger wusste nicht, ob sein letzter Befehl ausgeführt worden war.

Dikaio. Der Angriff

Schon eine Stunde lang spähte Dikaio immer wieder aus seinem Versteck in Richtung Gebäude F. Irgendetwas lief dort gerade ab, denn die Security, die üblicherweise nach der Kontrollrunde im Wachhäuschen verschwand, drehte um und schlenderte erneut am Gebäude entlang. Damit hatte Dikaio nicht gerechnet. Er war doch kein Risiko eingegangen und hielt nach wie vor alle Daten auf vier Speicher-Sticks verteilt. Falls es in zwanzig Minuten nicht dunkel würde, müsste er den Haupteingang benutzen. An Aufgeben dachte er nicht. Der *Blickwinkel* wartete bestimmt schon gierig auf erste Meldungen vom Schlachtfeld.

Die Dämmerung verdichtete sich, sodass nur noch die Umrisse der Gebäude erkennbar waren. Als der Mann in Schwarz schließlich doch zu seinem Häuschen ging, rannte Dikaio zum Haus und sprang in den Schacht unter dem Fenster. Ob der Sicherheitsmann etwas gehört hatte? Er wartete ab und spähte über den betonierten Schachtrand. Niemand da. Er krabbelte hoch, stieß das Fenster auf und zog sich hinein. Drinnen schaute er auf die Uhr und erstarrte: acht Uhr. Da wollte er eigentlich schon losgelegt haben. Er hatte keine Armbanduhr und wollte draußen sein Smartphone nicht herausholen. Das Displaylicht hätte den Security-Mann anlocken können.

Um die Daten zusammenzuführen, blieb keine Zeit mehr. Egal, los geht's, dachte er. Er setzte sich und holte den ersten Stick heraus, den mit den Bankendaten. Dann startete er den Debugger, erledigte schnell die üblichen Schritte, scrollte zum Skript-Pfad, änderte ihn und lud die Daten hoch. Nächste Schleife, nächster Stick – die Fußballstadien. Nächste Schleife, dritter Stick – die Flughäfen. Die Daten wurden eingelesen. Schleife verlassen, weiterscrollen zum Programmcode, vierter Stick, Daten einlesen.

Dikaio war so darauf konzentriert, die richtige Reihenfolge einzuhalten, dass er die hallenden Schritte im Flur nicht hörte. Erst als sich der Schlüssel im Schlüsselloch laut drehte, registrierte er den Lärm hinter der Tür und hörte mehrere Stimmen. Im gleichen Moment, in dem die Tür aufgerissen wurde, drückte er die F8-Taste – AUSFÜHREN. Dann riss er den Stick aus dem Rechner und sprang aus dem Fenster.

Zuerst die gute Nachricht …

Sauter mochte kein Bier. Für einen Bayern war das sicher ungewöhnlich. Jetzt saß er im Sky-Café und hielt schon das zweite Weizen in der Hand. Das Spiel war eben zu Ende gegangen. *FV Beuren* hatte souverän gewonnen, doch das war zweitrangig. In keinem Stadion war der Strom ausgefallen. Die Flughäfen waren wieder wie üblich in Betrieb, nachdem sie diesen vorübergehend eingestellt hatten. Nur fünfzig Banken standen im Dunkeln.

Als Sauter mitbekommen hatte, dass trotz erfolgter Warnung keiner der zwölf Vereine die Spiele verlegt hatte, war er zutiefst schockiert. Da wünschte er sich fast, die Lichter wären in den Stadien ausgegangen und die Verantwortlichen würden bluten müssen. Er stellte sich aber auch vor, dass sein Tobi auf der Tribüne war …

Rüdigers Versuch, über die Fernsteuerung das Programm abzubrechen, war in letzter Sekunde gescheitert. Schmidts Angriff war weitergelaufen. Doch in dem Moment, in dem Valentin Schmidt den Stick mit dem Programmcode aus dem Rechner gezogen hatte, in der Hoffnung, dass der komplette Code schon in den Speicher geladen war, brach das Programm ab. Zum Glück hatte er die Banken zuerst angegriffen, alle anderen Ziele waren verschont geblieben.

Das war die gute Nachricht. Die schlechte Nachricht war, dass Valentin Schmidt spurlos verschwunden war. Jetzt, nach dreieinhalb Stunden, standen die Chancen, sein Versteck zu entdecken, schlecht. Mit ihm waren auch seine Programme und Berechnungen und vor allem seine Ideen weg. Der Programmcode hatte sich nach dem Ausführen selbst zerstört. Die LKA-Techniker konnten nur noch Reste retten, die aber keinen Überblick über die Struktur und Logik lieferten. Nur die Bank-Dateien stellten sie sicher. Sie würden vielleicht für Forscher interessant sein, diese ganzen Koordinatenberechnungen.

Für Sauter – und Bergmann – zählte aber etwas anderes: Draußen lief ein Mann mit einem gefährlichen Werkzeug herum, das jederzeit zum Einsatz kommen konnte. Und wenn einer imstande war, die Welt zu terrorisieren, dann konnten das auch noch andere.

Dikaio. Der neue Anlauf

Jetzt oder nie – Daniel buchte eine Reise nach Kreta. Entweder sie fliegen noch dieses Jahr oder nie wieder. Die Angst, den Flughafen wieder zu betreten, war gewaltig. Doch wenn er sie nicht überwinden würde, könnte er nie wieder seine Lieblingsinsel besuchen.

Er wählte eine Fluggesellschaft aus, die zehn Kilogramm Gepäck an Bord erlaubte. Er wollte keinen Koffer abgeben, um den Flughafen nach der Landung so schnell wie möglich verlassen zu können. Elena hatte sich lange gewehrt, dann aber seinen Argumenten nachgegeben, dass ein Geschoss nie die gleiche Stelle zweimal trifft.

Und so genossen sie schon wenig später die heilende Meeresluft, gingen wandern und schwimmen. Die Insel lebte weiter, nichts hatte sich geändert, als ob es die Katastrophe im letzten Herbst nicht gegeben hätte.

Heute erklommen sie den Gipfel eines kleinen Berges, fanden sich aber oben auf einer Mülldeponie wieder. Auf der anderen Seite des Berges schlängelte sich eine schmale Straße hoch, auf der die LKWs ihre Ladung zur Deponie trugen. Schon ein leichter Wind riss die Papierfetzen und Plastikteile aus dem Müllhaufen und zerstreute sie in der

Gegend. Ein Teil davon würde in den Schluchten landen, der andere im Meer.

Sie ließen zwangsläufig von ihrem ursprünglichen Vorhaben ab, auf der anderen Seite abzusteigen, liefen den Bergkamm etwas links entlang, bis sie Richtung Meer abbogen. Als sie wieder unten waren, wählten sie in einer kleinen Taverne einen Tisch direkt am Strand.

Daniel stand immer noch unter dem Eindruck des gerade erlebten Anblicks. »Was muss noch passieren, damit die Menschen verstehen, dass sie ihre eigene Existenzgrundlage zerstören?«, schimpfte er leise.

»Meinst du den Müllberg da oben?« Das war eine männliche Stimme hinter ihm. Er sah hoch, Elena folgte seinem Blick.

»Darf ich?«, fragte der Unbekannte und ließ sich, ohne die Antwort abzuwarten, auf den Stuhl neben Elena nieder.

»Schöner Ausblick, nicht wahr?« Der Unbekannte schien auf eine Unterhaltung aus zu sein. Er zeigte zum Meer. »Aber nicht so schön wie die Aussicht vom *Poseidon Beach* aus, oder, Herr Schwab?«

Daniel, der fahrig durch die Speisekarte blätterte, schaute auf. Der Unbekannte mit Bart und Schnauzer und tief gezogener Mütze starrte ihn an. Er nahm die Sonnenbrille ab und starrte weiter, als wollte er sein Gegenüber förmlich mit dem Blick durchbohren. Die Augen … Daniel war sich sicher, dass er diese Augen schon einmal gesehen hatte – ja, der harte Blick, das Foto in der Personalakte der *Lauratal-Klinik*, das Bergmann ihm gezeigt hatte. »Schmidt, Sie sind Valentin Schmidt«, stellte er sachlich fest.

»Den gibt es nicht mehr. Sag Janis zu mir«, antwortete Schmidt.

»Sind Sie uns vom Hotel hierher gefolgt? Wieso?«

»Daniel, du bist doch ein schlauer Bursche. Ohne dich hätten die Bullen viel länger gebraucht, um die Zusammenhänge zu entdecken. In welchem Zeitalter leben wir denn? Man muss keinem mehr folgen, um ihm auf der Spur zu bleiben. Hotel *Poseidon Beach*, Doppelzimmer mit Meerblick, Kühlschrank, Klimaanlage, großer Balkon, Halbpension, gebucht bei *Bly-Fly*. Getränkepaket zu den Mahlzeiten inklusive. Knapp über eintausend Euro pro Person. Du hast acht Tage Urlaub plus zwei Tage Überstundenausgleich. Deine Frau hat zehn Tage Urlaub.« Er zwinkerte Elena zu, die ihn mehr als misstrauisch musterte. »Ich dachte, Sie verfolgen höhere Ziele als Hacker-Angriffe«, bemerkte Daniel, der nicht so recht wusste, was das hier sollte.

»Ihr könnt Du zu mir sagen. Ich nutze diese Methoden nur im äußersten Fall. Letztes Jahr habe ich mich ein paarmal der dunklen Seiten des Internets bedient, zum Beispiel als ich mir die Handynummer Grubers besorgt habe, des Stadionchefs, den kennt ihr ja sicher. Und um die E-Mails zu versenden. Das Account von Station eins in der Klinik habe ich nur genutzt, um Schuberts Machenschaften ans Licht zu bringen. Das war mein Fehler«, erklärte Valentin Schmidt alias Janis.

»Sie nutzen diese Methoden nur im äußersten Fall?« Daniel blieb beim Sie. »Und was für einen äußersten Fall haben wir gerade, wenn ich fragen darf?«

»Ihr wart doch gerade oben.« Janis alias Schmidt drehte sich zu Elena um, die noch kein Wort herausgebracht hatte. »Das war sicherlich kein schöner Anblick. Das meiste von dem Müll wird im Meer landen. In etwa dreißig Jahren werden mehr Plastikabfälle als Fische in den Weltmeeren schwimmen. Das habe ich mir nicht ausgedacht, das prophezeien die Wissenschaftler.«

»Und was haben wir damit zu tun?« Daniel verstand noch immer nicht, was der Mann von ihnen wollte.

»Wir? Nichts, außer dass wir als Touristen unseren Teil dazu beitragen. Ich liebe Kreta, ich wäre auch bereit, mehr zu zahlen, nur damit der Schrott richtig entsorgt wird. Aber keiner will unser Geld. Die machen einfach weiter. Du hast recht: Damit haben wir nichts zu tun. Aber wir können trotzdem etwas dagegen tun.«

Daniel holte tief Luft. »Sie sind ein Idealist. Egal, was wir machen, es wäre ein Tropfen auf dem heißen Stein. Oder haben Sie eine Radikallösung in der Tasche?«

Schmidt alias Janis lächelte schmal. »Unsere Regierung, die EU, die UNO beschäftigen sich täglich mit mickrigen Sachen. Die wollen nichts wirklich ändern. Wir müssen sie dazu zwingen«, sagte er leise und eindringlich.

»Zu was denn?« Die Situation war Daniel unheimlich, gleichzeitig faszinierte ihn dieser Mann – und seine Idee.

»Wie wär's zum Beispiel mit einem ökologischen Pass für jeden Einwohner? Jeder Mensch in unseren Kulturen hat eine lebenslange Sozialversicherungsnummer und eine Steuernummer. Genauso könnte jeder Mensch eine eindeutige Öko-Nummer bekommen. Im Pass könnte der komplette Ressourcenverbrauch erfasst werden – Haushaltsgeräte, Flüge, Autofahrten, Strom, alles. Für jeden könnte eine Obergrenze festgesetzt werden, sozusagen ein sozialer Mindestwert. Wird dieser überschritten, greifen Sanktionen. Der Sünder wird zur Kasse gebeten oder ihm wird vielleicht komplett ein weiterer Konsum untersagt«, erklärte Schmidt alias Janis.

»Utopie.« Daniel schüttelte den Kopf.

Schmidt alias Janis grinste nur. »Wir könnten in den gro-ßen Industrieländern beginnen, die immer noch viel Dreck produzieren. Deutschland schleudert zwar im Vergleich zu China, Indien oder den USA weniger Kohlenstoffdioxid in die Luft, belegt trotzdem den sechsten Platz in der Um-welt-Sünderliste. Und wenn die Bundesrepublik auch nicht zur Top Ten der ›giftigsten‹ Länder gehört, schaut euch mal unsere Großstädte an. Gibt es dort noch saubere Luft?«

Daniel schüttelte erneut den Kopf. »Damit schaffen Sie nur eine riesige Datenbank, in der das Konsumverhalten jedes Bürgers gespeichert ist. Den globalen Konzernen könnte nichts Besseres passieren.«

»Das lässt sich verhindern.«

»Nein, gegen diese Gegner haben Sie keine Chance.«

»Deswegen werde ich sie zwingen müssen, die Lobbyis-ten, die Industrie, die Politik.«

»Wie denn?«

»Fangen wir klein ein. Wenn ich aus der Ferne Strom-flüsse steuern kann, wieso dann keine LKWs? Oder Schiffe? Oder Flugzeuge?«

»Das bedeutet Menschenopfer.«

»Tatsächlich, aber wenn die Menschen so dumm und so gierig sind, dann tragen sie auch eine Mitschuld. Dann ma-che ich denen nicht nur das Licht tot. Aber nun zur Sache. Ich brauche Helfer. Euch stinkt doch die ganze Globalisie-rungskotze auch. Schaut genau hin. Die Banken machen genauso weiter wie früher. Oder etwa nicht? Und die Fuß-ballmillionäre? Sind die ärmer geworden? Wir werden von Großkonzernen über den Tisch gezogen. Jemand muss das geraderücken.«

»Sie sind verrückt. Verkehrsmittel aus der Ferne steuern? Außerdem haben Sie keinen Zugang mehr zu *SAKOBO* und ähnlichen Programmen, oder?«

Janis lächelte.

»Ihr kennt doch mein Lieblingsopfer? Genau, den Langhaarigen aus der *Lauratal-Klinik*. Stellt euch vor, Schubert fährt jetzt jeden Tag mit seinem Rad zur Arbeit. Aber nicht, weil er plötzlich Gefallen an einem gesunden Lebenswandel gefunden hätte oder um seinen Ranzen zu bändigen. Nein, weil sein Auto nicht anspringt. Und das seiner Ehefrau ebenfalls nicht. Das heißt, die springen schon an, aber nur für kurze Zeit. So viel Elektronik, du weißt schon, so eine Tragödie. Ihr habt doch Internetzugang im Hotel, ruft die Webseite des *Kuriers* auf. Ihr kennt ja die Zeitung. Dort findet ihr interessante Details.«

Valentin Schmidt alias Janis stand auf. »Es gibt noch viel zu tun. Ich finde euch in eurem Hotel«, sagte er, deutete eine Verbeugung in Richtung Elena an und ging.